И НАМ, РОГАТЫМ, ОТКАТЫВАЙ !

ВИКТОР ПЕЛЕВИН

ИСКУССТВО ЛЕГКИХ КАСАНИЙ

Москва
2019

УДК 821.161.1-31
ББК 84(2Рос=Рус)6-44
П24

Разработка серии и дизайн переплета *Андрея Саукова*

Иллюстрации на обложке и форзаце
Вячеслава Коробейникова

Иллюстрации в тексте *Аскольда Акишина,
Филиппа Барбышева*

В иллюстрациях в тексте использованы репродукции
картин *Франсиско Гойя* и *Рембрандта*

*Все совпадения с реальными людьми,
событиями и обстоятельствами случайны*

Пелевин, Виктор Олегович.

П24   Искусство легких касаний / Виктор Пелевин. —
Москва : Эксмо, 2019. — 416 с. — (Единственный и
неповторимый. Виктор Пелевин).

ISBN 978-5-04-106222-4

В чем связь между монстрами с крыши Нотр-Дама, самобытным мистическим путем России и трансгендерными уборными Северной Америки?

Мы всего в шаге от решения этой мучительной загадки!

Детективное расследование известного российского историка и плейбоя К.П. Голгофского посвящено химерам и гаргойлям — не просто украшениям готических соборов, а феноменам совершенно особого рода. Их использовали тайные общества древности. А что, если эстафету подхватили спецслужбы?

Что, если античные боги живут не только в сериалах с нашего домашнего торрента? Можно ли встретить их в реальном мире? Нужны ли нам их услуги, а им – наши?

И наконец, самый насущный вопрос современности: «столыпин, куда ж несешься ты? дай ответ. Не дает ответа...»

В книге ответ есть, и довольно подробный.

УДК 821.161.1-31
ББК 84(2Рос=Рус)6-44

ISBN 978-5-04-106222-4

Эта книга нашептана мультикультурным хором внутренних голосов различных политических взглядов, верований, ориентаций, гендеров и идентичностей, переть против которых, по внутреннему ощущению автора, выйдет себе дороже.

ЧАСТЬ ПЕРВАЯ

Сатурн
почти не виден

Иакинф

J'ai demandé à la lune
si tu voulais ancore de moi[1].

Indochine

Тимофей был самым социально продвинутым из четверых — подвизался на телевидении говорящей (или просто презрительно щурящейся в камеру) головой: хмурился на центральных утюгах, с доброй надеждой выглядывал из утюжков, которым мы еще верим, шалил на интернет-утюжатах.

Он не был, что называется, фронтменом или энкором. Но хоть его телевизионная функция была ролью второго или даже третьего плана, она часто делала всю игру. Во время жарких дебатов о том, по какому пути пойдет дальше гражданское общество (и пустит ли его туда общество в погонах), Тимофей глядел сквозь экран глазами с красивой поволокой — и бросал иногда в микрофон несколько железных слов, облитых горечью и злостью: эдакий Лермонтов двадцать первого века, переключившийся на общую прокачку стиля.

---

[1] Я спросил луну, чем еще я могу быть ей полезен.

Стиль у него, несомненно, был: элегантность Тимофея доходила до того, что его принимали за гея (он, конечно, не обижался, но всегда разъяснял, что это ошибка). Четкой и яркой телеиндивидуальности у него пока не выработалось — рядом с ним всегда отсвечивало еще несколько таких же Тимофеев, с которыми его путали. Скорее всего, его исход из эфира прошел бы незамеченным. Но все еще было впереди, впереди...

Андрон был банковским брокером.

Друзья слышали от него только само это слово — про тайны своей работы Андрон рассказывал еще меньше, чем Тимофей.

На вопрос «Как там дела?» он обычно отвечал жестом: делал круглые глаза и дергал головой назад, как бы указывая затылком на что-то огромное, быстро и опасно вращающееся прямо у него за спиной, о чем лучше не говорить вообще, потому что оно может навестись на звук, подкатиться и мигом разорвать в клочья. Ясно было одно — Андрон работает в области высоких энергий и мгновенной ответственности за базар.

Спускаясь в мир из своего, как он выражался, «фильма ужасов», он снимал галстук и преображался в московскую версию большого Лебовского: мягкого и как бы неуклюжего добряка — хайратого, накуренного и небритого. Он сознательно поддерживал это сходство и с удовольствием откликался на обращение «dude». Но за плюшевым хипстерским фасадом скрывалась несгибаемая воля: каждое утро в семь ноль-ноль он укладывал свой длинный хайр в воинский пони-тэйл и шел на жизнь, на бой, на рынок.

Иногда он делился с друзьями эзотерическим биржевым юмором: например, показывал им выложенный Илоном Маском в твиттере черно-белый клип с песенкой шестидесятых годов про «Short shorts». Для друзей это были просто «короткие шорты» — и Андрон, раздражаясь на чужую тупость, начинал объяснять, что Маск изящно рефлексировал по поводу игры на понижение: ее вели против него американские инвесторы-пираньи, а он в ответ поставил их на целый *ярд грина́* одним-единственным твитом про саудовский выкуп акций, и эта шутка стала с тех пор трейдерским мемом. Правда, Андрон уснащал свой рассказ таким количеством биржевого сленга, что понять его полностью мог только другой брокер.

Третий из друзей, Иван, был замерщиком из фирмы «Балконный материк».

Такой социальный люфт совершенно не мешал походно-спортивному товариществу — наоборот, делал его крепче. Иван был накачанным, коротко стриженным и симпатичным блондином невысокого роста — «до Крыма мог бы играть эфэсбэшников в Голливуде», как исчерпывающе выразился Тимофей.

Иван про свою работу рассказывал подробно и не стесняясь — но его сага была коротка.

— Сначала прихожу я. Вежливый. Ласковый. Предупредительный, пахнущий одеколоном и аккуратно одетый. Снимаю размеры, улыбаюсь и беру деньги вперед. Это самое важное. Когда спрашивают, почему все деньги вперед, я отвечаю, что раньше нам делали заказы, а потом не оплачивали. И мы с тех пор работаем только по предоплате... Люди обычно платят, и зря. Потому что через неделю к ним приходят сборщики. Суровые сильные мужчины, которые говорят «пена́» вместо «пена» и пахнут рабочим потом. Они кое-как присобачивают рамы к балкону на этой самой «пене́» и уходят, оставив после себя швы, дыры и криво торчащие из бетона болты. Заказчик в ужасе, но ему объясняют, что скоро придет отделочник — и все приведет в порядок. А еще через три-четыре дня, когда клиент уже начал привыкать к болтам и дырам, приходит отделочник. Уже откровенно уголовный элемент, который начинает клеить на швы и дыры какие-то пластмассовые полоски, сидящие так криво и страшно, что люди думают: «Э, да он просто придуривается, а сам хочет дождаться вечера и всех нас убить...» И когда отделочник наконец уходит, они облегченно вздыхают, сдирают эти пластмассовые заплаты и улыбаются, видя перед собой привычные дыры, щели и болты... «Материк» в нашем названии — это не континент, а мат. Замаскированный «материк», так сказать. Но никто сначала не догадается. Вот этим и живем...

Свой домашний балкон Иван принципиально не стеклил.

Четвертый из походного товарищества, маленький чернявый Валентин, был социологом-ев-

14

ромарксистом и, как он всегда добавлял, социальным философом. Он попеременно носил майки с портретом Алена Бадью и эмблемой евро, а свою профессиональную сущность проявлял главным образом через комментарии к чужим рассказам. Сагу Ивана, например, он разъяснил Тимофею с Андроном так:

— Мы вчетвером — модель России. Новой России. Вот смотрите — один человек, условно говоря, работает. В том смысле, который вкладывали в это слово раньше. Этот человек — Иван. Я говорю «условно», потому что не работает на самом деле даже он, но он хоть как-то связан с людьми, которые работают. Он для этих монтажников и отделочников заказы собирает — и, возможно, даже кого-то из них видел. При этом он не особо их жалует. И за дело, кстати — работают они херово. Россия — страна низкой культуры производства, потому что в ней в свое время растлили рабочий класс. Рабочих на самом деле не освободили, а поработили еще глубже, но при этом отвязали их физическое выживание от результатов труда. Они у нас до сих пор в этом смысле отвязанные, поэтому ракеты падают и все такое. И конкурировать с остальным миром мы не можем. Но работяги — пусть плохо, пусть коряво — но что-то делают. А мы? Один ежедневно создает перед камерой невероятное напряжение мысли вокруг того, куда все двинется дальше — хотя оно никогда никуда не двинется, а останется на том же самом месте и в том же самом качестве.

15

Другой торгует шортами, которых ни один из упомянутых монтажников и отделочников не то что не натянет на жопу, а даже и в гриппозном сне не увидит. Причем торгует в таких объемах и на такие суммы, что трудящимся этого лучше не знать во избежание социального катаклизма...

— А четвертый? — спросил Тимофей.

— Четвертый осмысляет опыт первых трех, — ответил Валентин с ухмылкой, — и с этого живет. Но кормит всех тот самый полуосвобожденный пролетарий, которого никак не могут нормально закрепостить назад. Из всех нас его пару раз видел Иван. Пролетарий и балконы стеклит, и нефть качает, и электричество для биржи вырабатывает, и так далее... Приносит нам твердые западные деньги — квинтэссенцию мирового труда. Остальная экономика, если не брать военно-промышленный комплекс — это экономика пиздежа. Причем это слово имеет сразу три смысла — рукоприкладный, воровской и близкий к нему гуманитарный...

— Если бы ты понимал в мировой экономике побольше, — сказал ему Андрон, — ты бы так не говорил. Твердые западные деньги, чтобы ты знал, это не квинтэссенция мирового труда, а регулируемый вакуум, который отжимает все у всех и тянет куда надо. Со всего мира. Но говорить про это в мэйнстриме нельзя. У нас тут экономика пиздежа, а у них... Не знаю, таких комплексных деривативов в русском мате просто нет. Мы рядом с этими ребятами невинные лохи...

16

Тимофей подозрительно нахмурился, чувствуя поношение святынь, открыл было рот, но вовремя вспомнил, что он не на службе.

В общем, трудно представить четырех людей, у которых нашлось бы меньше общего, если не считать молодости — пожалуй, даже еще юности. Но одна совместная страсть у них все же была.

Трекинг.

Они познакомились в Непале на Латанге — в разряженном горном воздухе русские люди сходятся друг с другом легко и быстро. Потом, уже вместе, ездили на тропу Голицина, Софийские озера в Архызе, к Белухе на Алтай и еще на несколько маршрутов попроще. Мечтали, попав следующий раз в Непал, сходить к базовому лагерю под Эверестом — «возложить цветы», как шутил Иван.

Поездку в Кабарду даже нельзя было назвать трекингом в высоком спортивном смысле. Это был откровенный расслабон и любование видами — «бухинг», как выразился Валентин. Заранее не наметили даже точного маршрута, решив все определить на месте.

В поезде до Нальчика изрядно выпили — и остановились на день в городе, чтобы прийти в себя (а если совсем честно, чтобы продолжить). В результате до базы «Долина Нарзанов-2» добрались вечером следующего дня, уже почти в темноте, и протрезвели полностью только в горах.

Водитель схалтурил — высадил у крутой тропы, спускающейся от дороги, и сказал, что турбаза внизу. Но там оказался просто частный дом с реально злыми собаками, терпение которых не хотелось испытывать. Все же удалось поговорить с какой-то старушкой — выяснилось, что поворот на турбазу проскочили и теперь надо вернуться на дорогу и спуститься по ней почти на километр вниз.

Друзья не роптали. Любой вечер в горах прекрасен, а на грунтовке было к тому же тихо — машины уже не ходили. Если б не рюкзаки, был бы вообще рай.

К турбазе шли молча — здесь совсем по-другому дышалось и думалось. Как обычно, каждый давал себе слово переехать когда-нибудь жить в горы, покончив с липкой городской сажей навсегда — а для этого, зажмурившись покрепче, по возвращении в Москву вонзиться в сажу так глубоко и безжалостно, так эффективно и метко, что после этого последнего окончательного погружения... и т. д., и т. п.

Мысль была обычной для гор и одинаковой для всех четверых, словно их в очередной раз накрыло одним и тем же ватным одеялом. Но социальный философ Валентин прицепил к паровозу общей мыслеформы свой уникальный вагончик:

«Культивируя подобные намерения, — медленно и веско думал он, — мы вовсе не решаем выбраться из дерьма и переехать в горы. Мы на самом деле решаем нырнуть еще глубже в дерьмо, но не просто так, а во имя гор — и в этом именно сущность человеческого взаимодействия со всем высоким и прекрасным... Мало того, если разобраться, именно для поощрения особо глубоких и перманентных погружений в дерьмо социум и культивирует всяческую красоту, эксклюзив и изыск наподобие пятизвездочных курортов на десять дней в году... Но это, кажется, уже какой-то социологический фрейдизм...»

Выражение «социологический фрейдизм» стоило того, чтобы его записать, и Валентин уже потянулся за телефоном, но с мысли сбил хриплый стон, прилетевший сверху.

Потом донесся еще один, и еще — и сделалось наконец ясно, что кто-то громко и немузыкально поет. Песня приближалась, и вскоре стали различимы слова:

— Э сютю некзисте па! Димва пурква жекзисте ре!

Тимофей, знавший немного по-французски, засмеялся.

— Что он поет? — спросил Иван.

— Если бы ты не существовал, — ответил Тимофей, — скажи, зачем тогда быть мне?

— «Ты» — это кто? Бог, что ли? — спросил Андрон.

Тимофей пожал плечами.

— Ну и че он, экзисте? — не успокаивался Андрон.

— Кто?

— Про кого поют.

— Не знаю, — ответил Тимофей. — Джо Дассен, который эту песню пел, все обдумал и умер. Так что, наверное, не экзисте.

— Культурный уровень населения неудержимо растет, — сказал Валентин. — Это ведь не на Елисейских полях происходит. В горах на Кавказе. Ночью...

Дорога сзади серпантином уходила вверх — когда невидимого певца скрыл край горы, песня стихла, но скоро раздалась опять, уже ближе, и на кустах появилось пятно света. Кто-то спускался на велосипеде с гор.

— Фига себе. На велике. Откуда он едет-то? Там дальше ни одного населенного пункта на сорок километров. Или на все восемьдесят. Только чабаны.

— Может, просто кататься ездил. Возвращается...

Фара уже слепила глаза, и друзья расступились, чтобы дать велосипедисту проехать.

Сперва тот был скрыт яркой иглой света, бившей с его руля — а потом фара проплыла мимо и ночной ездок стал виден: это был мужчина с длинными седыми волосами и бородой, в черном спортивном костюме со светоотражающими наклейками.

«Какой-то гэндальф», — подумал Валентин.

На руле велосипеда горела не просто фара, а мощный электрический фонарь. Валентин успел заметить в ушах велосипедиста наушники, и стало ясно, отчего тот так фальшивит. Он от всей души

20

подпевал своему музлу — дурным голосом, как всегда выходит у людей, лишенных музыкального слуха.

— Какой интересный тип, — сказал Тимофей, когда велосипедист унесся в ночь. — Не похож на местного джигита.

— Может, теперь джигиты такие, — ответил Иван. — Куда он едет?

— На нашу базу и едет. Куда еще?

И точно: исчезнув за кустами, свет фары через минуту появился ниже — и осветил открытые ворота, плакаты у дороги и домики. Велосипед повернул в ворота, проехал между домиками, и фара погасла.

— Она, — кивнул Тимофей. — Как на фотках.

— Это Господь нам ангела послал, — сказал Иван. — Дорогу показать.

— На ангела он чего-то не очень, — ответил Андрон. — Был бы я один, обосрался бы.

— Узнаем завтра, кто это такой.

∗

Ночь пришлось провести в единственном открытом коттедже типа «гарден вью»: администрация ушла спать. Возможно, в тот самый дом с собаками, у которого водитель ссадил друзей.

Коттедж был просто дощатой хижиной, но в нем, к счастью, оказалось три кровати. Никто даже не стал распаковываться. Иван спал на рюкзаках.

В девять утра на ресепшене зародилась жизнь.

— У нас заказано два полулюкса, — объяснил хмурой смуглой женщине Тимофей. — И еще нам нужен проводник для трекинга. Дней на пять.

— Полулюксы моют, — ответила женщина, — заселение в два. А насчет проводника не знаю. Трекинг в стоимость не входит.

— У вас на сайте написано, что услуга предоставляется по договоренности. Вот мы как раз и хотим договориться.

— Побеседуйте тогда сами. Или с Мусой, или с Акинфием Ивановичем. Не знаю, сколько они возьмут.

— А где они?

Женщина раскрыла разлинованную тетрадь и погрузилась в изучение каких-то зеленых каракулей.

— Мусы следующие три дня не будет. Акинфий Иванович здесь. Вон его велосипед...

Глаза Тимофея блеснули.

— Это его мы вчера на дороге видели? Едет в темноте и поет.

Женщина улыбнулась.

— Его. Он катается по горам. Велосипед свой увозит вверх на машине, а потом, когда туристов нет, спускается вниз с песнями. Чтобы не слишком педали крутить. Поет так, что собаки в ответ воют. Такая у него личная оздоровительная программа.

— Он местный? — спросил Иван.

Улыбка исчезла с лица женщины.

— Вот вы его сами спросите, раз договариваться будете. Он вам скажет, откуда и чего. А я не знаю. Я вам лучше талоны дам на завтрак, пока не забыла. Еще успеете.

— Где этот Акинфий Иванович?

— Завтракает. Идите кушать, в ресторане его и найдете.

В ресторане ночного певца не было. Друзья устроились на террасе и принялись молча есть — голодны были все.

Завтрак оказался приличным: свежие фрукты, мюсли, местный кислый сыр, яйца с беконом. Вот только в хлебе было что-то тревожное — его мелкие серые ломти наводили на мысли об армии и тюрьме.

«Впрочем, — думал Валентин, — это вопрос восприятия. Западному человеку, наоборот, показалось бы, что это продвинутая органика с отрубями. А у нас ранние детские впечатления приводят к тому, что...»

— Вы трекингом интересовались?

От неожиданности Валентин выронил ложку.

Вчерашний незнакомец стоял возле террасы и внимательно смотрел на гостей. Днем он выглядел так же странно, как ночью — седые длинные волосы и борода, и при этом молодое лицо с блестящими темными глазами. Из-за такого сочетания трудно было определить его возраст даже примерно: от сорока до шестидесяти. На нем был вчерашний спортивный костюм со светоотражающими вставками и вьетнамки на босу ногу.

— Мы интересовались, — ответил Тимофей. — А вы Акинфий Иванович?

Незнакомец кивнул.

— Садитесь к нам.

— Я уже поел. Подходите в мой офис, как закончите.

И Акинфий Иванович показал на небольшой сарайчик, стоявший за кухней в стороне от жилых корпусов.

— Офис, — повторил Андрон, когда Акинфий Иванович отошел. — *Офис*.

Друзья тихо засмеялись.

— За офис будет надбавка процентов в пятьдесят, — сказал Иван. — Мы эту бизнес-модель знаем и используем.

— Посмотрим, — ответил Тимофей.

Внутри сарайчик действительно оказался оборудован под мелкий офис: стол с монитором и древний факс, который, кажется, был подключен к компьютеру вместо принтера.

Акинфий Иванович сидел за столом и заполнял какую-то разлинованную таблицу вроде той, что была у женщины на ресепшене. Он поднял руку, прося дать ему еще секунду, и друзья принялись осматривать помещение.

На стене висела огромная карта местности с проведенными синей ручкой маршрутами и красными флажками. Рядом помещался стандартный портрет Путина в пилотке за военно-морским штурвалом и большая фотография: Акинфий Иванович с группой счастливых туристов на зеленом горном склоне.

На другой стене экспозиция была несколько необычнее. Там висел лакированный череп с ребристыми мощными рогами, а по бокам — почему-то две маски сварщика с короткими рукоятками. Словно бы Акинфий Иванович охотился в горах на сварщиков, изредка переключаясь на другую живность.

— Это местный козел? — спросил Тимофей, показывая на череп.

— Дагестанский тур, — ответил Акинфий Иванович, не отрываясь от своей таблицы.

— Интересно, — сказал Андрон. — Я, когда маршрут подбирал, читал про тура сказку в интернете. Карачаевскую народную.

— Сказки любите?

— Нет, просто делал поиск по словам «Кавказ» и «тур». В смысле, «маршрут, поход». А гугл выдал животное. Сказка, конечно, совершенно индейская по своей бесхитростности.

— О чем же она? — вежливо поинтересовался Акинфий Иванович.

— Почему у Эльбруса раздвоенная вершина.

Услышав эти слова, Акинфий Иванович будто проснулся. Он положил ручку на стол, поднял глаза и оглядел Андрона с ног до головы.

— И почему?

Он произнес это презрительным тоном, словно Андрон сказал что-то невероятно наглое, даже возмутительное.

Андрон немного смутился.

— Ну, там что-то такое... Что жил у этой горы старый тур с козлятами, и один раз на тура покатился с вершины какой-то белый шар. Тур ударил его рогами и разбил пополам. Одна половина взлетела на небо и стала луной, а другая отскочила и ударилась о вершину Эльбруса. Раздался, мол, звук, как от лопнувшего мяча, и гора раздвоилась. С тех пор такая и стоит.

— Нормально, — сказал Тимофей.

— А куда вторая половина делась? — спросил Иван.

— Мне тоже интересно было, — ответил Андрон. — Но карачаевский эпос об этом умалчивает. Самое главное, из него следует, что туры жили на нашей планете до образования Луны. И футбольные мячи в это время тоже были. Аж захотелось поехать в это Карачаево и поселиться, честное слово. Бесхитростный и добрый, должно быть, там народ.

Акинфий Иванович, только что казавшийся очень напряженным и даже оскорбленным, вдруг широко улыбнулся.

— Не слышал такой сказки, — сказал он. — А раздвоенных гор тут много. Почти все. Вы на сколько дней пойти хотите?

— Дней на пять, — ответил Тимофей.

— А какой тяжести маршрут? Опыт у вас есть?

— Мы в Непале обычно ходим, — ответил Иван. — Сюда отдохнуть приехали.

— Хорошо. Вы как отдохнуть хотите, посложнее или полегче?

— Посложнее? — спросил Валентин, глядя на друзей.

— Носильщиков тут нету, сразу предупреждаю, — сказал Акинфий Иванович. — Вещички на себе.

— Ну тогда полегче. Чтобы не напрягаться. Так, воздухом подышать, по сторонам поглядеть.

— Хорошо, — сказал Акинфий Иванович.

Он поднял со стола запечатанный в пластик лист бумаги и протянул Тимофею.

— Вот варианты с расценками. Карточек не принимаем, только наличные.

Тимофей проглядел список.

— Вот это что такое — «фирменный маршрут «Иакинф»?

— Да просто по горам. Я тут давно обитаю, подобрал, чтобы не слишком напряжно было и всю красоту увидели. Если с рюкзаками и чтобы без напряга, самое то.

— Почему он самый дорогой?

— Записываются охотней, — улыбнулся Акинфий Иванович. — Проверено.

— А что такое «Иакинф»?

— Это мое имя. Раньше оно так писалось в русском языке. Очень древнее греческое имя.

Тимофей повернулся к друзьям.

— Ну че, пойдем тропой Иакинфа?

Возражений ни у кого не было.

— Выйдем сегодня? — спросил Тимофей.

— Завтра рано утром, — сказал Акинфий Иванович. — Сегодня отдыхайте, вам акклиматизироваться надо. А я пока в горы съезжу, заложу дровишки для костра и еще кой-чего... И с чабанами пообщаюсь насчет кошей.

— Это зачем? — спросил Андрон.

— Ну, ночевать... Вы, кстати, водки с собой возьмите по бутылке хотя бы. Или по две. Купить можно в нашем ресторане.

— Будем бухать? — ухмыльнулся Иван.

— Нет. Оставим чабанам за гостеприимство.

Полулюксы отличались от вчерашнего коттеджа люстрами из фальшивого хрусталя и душевыми кабинками с китайской сантехникой. В комнатах было душновато, но никто не роптал. Всем вдруг захотелось спать.

Акинфий Иванович был прав — день на акклиматизацию определенно требовался. И еще прилично времени ушло на формирование походного минимума: две палатки, рюкзаки. Сменка, еда, вода.

— Вода на маршруте будет, — сказал Тимофей. — Акинфий обещал. Так что брать на день. Нет, он точно странный мужик. И не местный явно. Не кавказец вообще. Таинственный незнакомец...

— Беглый нацистский преступник, — предпо-

ложил Андрон. — Служил в дивизии СС «Шарлемань», а теперь здесь ошивается.

— Если так, хорошо сохранился, — сказал Иван.

— Надо его расковырять, — продолжал Тимофей. — Чувствую, интересная у него история.
Шарлемань не шарлемань, а какой-нибудь Мак-
сим Горький взял бы такого мужика в серьезный
оборот. Создал бы сочный образ, чтобы люди
вдохновлялись революцию делать, а потом хорошо
его продал мировой буржуазии... Надо ковырнуть.

— Времени хватит, — ответил Андрон. — Пять
дней.

✳

В семь утра Акинфий Иванович уже ждал друзей
у выхода с базы — возле «уазика», на котором вчера возил что-то в горы. Шофер, небритый парень
из местных, даже не посмотрел на приезжих. Он
картинно, словно голливудский ковбой, жевал
стебелек травы и глядел вдаль. Валентину показалось, что шофер немного похож на Тимофея в его
сардоническом телеобразе — вот только лишней
телекамеры для бедняги у Вселенной не нашлось.

— Поднимемся до плато, — сказал Акинфий
Иванович, — чтобы в гору долго не переть. А там
почти по одному уровню пойдем.

Через пару часов машина затормозила у огромного сиреневого камня на краю дороги. Ковбой,
так и не сказавший за всю дорогу ни слова, сразу
же после высадки развернулся и поехал назад. Еще

с минуту долетало урчание мотора, а потом на мир опустилась первозданная тишина.

— Миллион лет до нашей эры, — сказал Иван, оглядываясь по сторонам. — Вот так же точно здесь было.

Акинфий Иванович кивнул.

— Не представляете, как здесь все сохраняется. В одном месте на скале есть надпись с ятями. О том, что в тысяча восемьсот сорок седьмом, кажется, году тут стоял гусарский полк... Вид у нее такой, будто вчера вырезали.

— Мы эту надпись увидим?

— К ней крюк километров пятнадцать, — ответил Акинфий Иванович. — Но если хотите...

— Не хотим, — сказал Тимофей. — Уже мысленно увидели.

Первый день прошел практически на плоскогорье — дорожка петляла по краю огромного горного пастбища. Вдали темнели неправдоподобно огромные силуэты быков, похожие на квадратные коричневые паруса. Белые вершины гор оставались так же далеко — но справа от тропинки стали понемногу подниматься лиловые кремнистые скалы. На них можно было смотреть часами. Говорили мало — просто не тянуло. Голова не хотела думать словами.

Когда стало темнеть, друзья озаботились ночлегом — где-то надо было разбить палатки. Но Акинфий Иванович молча шел вперед, подсвечивая дорогу мощным фонарем. Тропинка между тем накренилась вниз, рядом с ней появился длинный крутой обрыв, и шагать в темноте над пропастью надоело быстро.

— Может, пора тормознуть? — спросил наконец Тимофей.

— Еще две минуты. Тут будет кош.

Через пару минут, действительно, тропинка вывела к темной хижине.

— Здесь и заночуем, — сказал Акинфий Иванович.

Зайдя в хижину, он зажег керосиновую лампу на столе и погасил свой фонарь.

В хижине пахло керосином, сыростью и недавней смертью. Она была пуста — но здесь явно водились люди. На столе стояла двухконфорочная газовая плитка с пустой кастрюлей.

— Тут кефир, что ли? — спросил Иван, открыв один из стоящих у стены бидонов.

— Айран, — ответил Акинфий Иванович. — Можно пить. В другом бидоне вода.

— Ага, — сказал из другого угла Андрон, — я понял наконец, откуда этот запах...

Он показал на крюк с висящим на нем куском бычьей туши — ребра с клочьями мяса. Мясо было не то чтобы совсем свежее, но вполне еще годное.

— Можно было бы полжарить, — сказал Акинфий Иванович. — Но мангала нет. И дров тоже. Дрова дальше будут. Суп можно сварить.

— Обойдемся, — ответил Андрон за всех. — Кто здесь живет?

— Никто. Чабаны иногда ночуют.

— Удобно, — сказал Тимофей. — А они не обидятся, что мы в их будку залезли?

— Не обидятся. Во-первых, они в курсе. Во-вторых, мы им денег оставим и водки. Водку взяли?

— Взяли, — ответил Иван. — Кстати, и самим бы сейчас не помешало. А то подмерзли.

— У меня вискарь есть, — сказал Тимофей. — Как раз самое время принять. В качестве лекарства. Акинфий Иванович, будете?

— Ну давайте, — охотно согласился Акинфий Иванович.

В кошаре нашлись два граненых стакана. Распаковывать свои не хотелось, и пить пришлось по очереди. Тимофей предложил прикончить бутылку — чтобы меньше на себе тащить. Помочь готовы были все. Тимофей наливал Акинфию Ивановичу побольше, чем другим, и Валентин подумал, что это не просто так: после выпивки наверняка начнутся расспросы.

Так и оказалось. Когда все разлеглись на своих спальниках — лезть внутрь пока не хотелось — Тимофей спросил:

— Акинфий Иванович, а вы по-французски понимаете?

— Плохо, — ответил Акинфий Иванович.

— Мы слышали, как вы на шоссе поете, — сказал Андрон. — Так необычно. Кавказ, глушь — и человек по-французски поет.

— Я французскую попсу люблю, — улыбнулся

Акинфий Иванович. — Очень песни у них красивые. Вот и подпеваешь иной раз. Но языком не владею, учил английский. Его нормально знаю.

— А где вы английский учили?

— В школе, — ответил Акинфий Иванович. — Я спецшколу кончал.

— В Нальчике?

— В Москве.

— Так вы тоже из Москвы? — изумился Тимофей. — А где там жили?

— На Арбате. Староконюшенный переулок знаете?

— Ага. А когда сюда переехали?

— В начале века, — ответил Акинфий Иванович. — Но планы строил значительно раньше. Просто тогда боязно было.

— Понятно. А почему решили? Природа, воздух?

— И это тоже, — кивнул Акинфий Иванович. — Много всяких обстоятельств сложилось.

— Расскажите, — попросил Тимофей.

— Да за вечер не успеем, — сказал Акинфий Иванович. — История долгая и странная. Еще подумаете обо мне что-то не то.

— Расскажите-расскажите, — повторил Тимофей. — Я вот сразу, как вас увидел, понял, что вы человек с биографией. Фольклорный, так сказать, субъект. Или объект. Такие даже нашему брату журналисту не часто встречаются.

— А зачем вам моя история? — благодушно спросил Акинфий Иванович.

Видно было, что выпитый им вискарь уже включился в беседу.

— Истории для того и существуют, — ответил Тимофей, уже всерьез ощутивший себя журналистом, — чтобы их рассказывать. Иначе это несправедливо.

— По отношению к кому?

— К историям.

— А... Ну да, можно так вопрос поставить. Ладно. Только я рассказчик плохой. Не лектор. Просто Ганнибал, хе-хе. Так что вы вопросы мне задавайте лучше. Если смогу, отвечу.

Акинфий Иванович допил остаток вискаря в своем стакане.

— Когда вы сюда первый раз приехали?

— В девяностые, — ответил Акинфий Иванович. — Время было лихое и голодное, вы не помните — пешком под стол ходили, а кто-то, может, и вообще фигурировал только в проекте. А вот родители ваши небось хорошо все помнят. Жизнь была опасная, часто жуткая. Но счастливая и бесшабашная, как в детстве...

Он легонько зевнул.

— А почему вы думаете, что в детстве жизнь счастливая? — спросил Валентин.

— Потому что в детстве не знаешь, куда тебя кривая вывезет. Можешь стать героем-летчиком, можешь — серийным убийцей. Можешь — миллионером, реально. Можно уйти в будущее по любой тропинке. А когда перед человеком открыты все

34

дороги, он счастливый и веселый от одного сознания — даже если никуда по ним не пойдет. Все шлагбаумы подняты, из окна видна даль и все такое. Когда взрослеем, шлагбаумы один за другим опускаются, и путей впереди остается все меньше и меньше.

— Да, — согласился Валентин. — Взросление — это утрата возможностей. Только дело не в том, что шлагбаумы закрываются. Они, может, и не закрываются. Просто в жизни каждый день надо делать выбор, находить себе путь. А если прошел под один шлагбаум, уже не сможешь под другой.

— О чем я и говорю. Дорожки ветвятся, ветвятся, а потом из всех мировых маршрутов остается только тропинка на работу, и ты уже полностью взрослый.

— Да вы поэт, — сказал Андрон. — Хорошо сформулировали.

— Но так бывает не всегда, — продолжал Акинфий Иванович. — Вот как раз в девяностые годы старые дороги, по которым каждый человек брел в свой советский тупик, вдруг закрылись. Но зато открылись новые. Так что мы все — молодые и старые — как бы снова стали детьми, хотя время было очень недетское. Пришлось начинать сначала. И мне тоже.

— А кем вы тогда работали?

— Молодым врачом в поликлинике. Я быстро понял, что надо что-то менять... Перепрыгивать, так сказать, на новую тропу.

— Кем же вы стали?

— Экстрасенсом, — засмеялся Акинфий Иванович.

— А что это такое? — спросил Иван. — Это типа предметы двигать на расстоянии?

— Тебе сколько лет?

— Двадцать один.

— Видишь, ты уже и слова такого не знаешь. А тогда его знали все. Страна сидела у телевизоров. Они еще были старые, советские — большие деревянные коробки, часто с черно-белой картинкой. А на экране мерцал такой загадочный мистический мужчина. Телегипнотизер. Давал установку или заряжал воду...

— Как заряжал? — спросил Иван.

— Ну вот прямо так и заряжал. Говорил, поставьте бутылку с водой возле телевизора, и будет вам от нее счастье.

— И что, люди верили?

— И тогда верили, — вздохнул Акинфий Иванович, — и сейчас верят. Только сегодня мозги вправляют по-другому, через тренинги, всякие коучинги, семинары и особенно это, книги про путь к успеху. И поэтому люди думают, что раньше все были глупые, а теперь они умные. И типа к успеху идут. А им просто так воду заряжают.

На лице Тимофея появилась ухмылка.

— Кто заряжает? — спросил он.

— Гипнотизеры по продажам, кто, — ответил Акинфий Иванович. — Только они в интернет перелезли.

— А телегипнотизеры и экстрасенсы — это одно и то же? — спросил Иван.

Акинфий Иванович поглядел на него и улыбнулся.

— Какой же ты еще молодой, — сказал он. — Для простоты можно считать, что да. Но есть нюансы. Телегипнотизер — это экстрасенс национального масштаба. Если посадить перед камерой экстрасенса, получим телегипнотизера. Так понятно?

— Понятно.

— Но я таким, конечно, не был, — продолжал Акинфий Иванович. — О телевидении я даже не мечтал — тут связи нужны, таланты... А у меня данные для этого бизнеса были довольно средние — вот разве медицинское образование пригодилось, чтобы грамотно лапшу фасовать. И все.

— А какие данные нужны экстрасенсу? — спросил Иван.

— Надо ауру видеть, — ответил Валентин.

— Биополе чувствовать, — добавил Тимофей.

— Надо, чтобы чакры были открыты, — немного подумав, сказал Андрон.

— Я гляжу, вы и без меня в теме, — засмеялся Акинфий Иванович. — Но это все не главное. Главное — уверенность в себе. И такой... как бы сказать... перевернутый масштаб восприятия. Как у актеров, политиков и всяких шоуменов.

— Это что такое?

— Ну, — наморщился Акинфий Иванович, — надо, чтобы человек смотрел на мир как в перевернутый бинокль. Вокруг бегают мелкие пигмеи, а он типа титан. Если человек действительно так себя чувствует, его и другие начинают таким ощущать.

— А притвориться можно?

— Нет, — ответил Акинфий Иванович. — Притвориться титаном нельзя. В свое величие надо свято верить, а у меня именно с этим и была главная проблема. Все эти манипуляции с биополем я, конечно, освоил. Как воду заряжать и порчу снимать, тоже знал. Даже ставил защиту от злобных духов — «астральную крышу», как тогда говорили. Это я у одного бурята научился, такая сокращенная версия их религиозной ганапуджи. В общем, стандартный набор того времени.

— Сами-то вы в свою науку верили? — спросил Тимофей.

Акинфий Иванович усмехнулся.

— Как тебе сказать... Вот когда Ельцин был членом Политбюро, его спрашивали, верит он в коммунизм или нет. Он отвечал так — верю как в прекрасную мечту и идеал. Но решать, товарищи, надо назревшие практические вопросы... А был при этом одним из главных советских коммунистов. Тоже своего рода телегипнотизер. Вот и я похоже к вопросу подходил. Понятно?

Тимофей кивнул.

— Только не подумайте, — продолжал Акинфий Иванович, — что я был обманщик и вредитель. На самом деле я людям скорее помогал. Вы про «эффект плацебо» слышали?

— Конечно, — сказал Андрон. — Это когда вместо лекарства дают пустышку.

— Дело не в пустышке. А в том, что человек считает ее лекарством. Верит в нее. Вот и тут то же самое. Люди себе не верят, а экстрасенсу доверяют. Целитель им нужен типа как зеркало. Как кочка, куда ногу поставить, чтобы исцелиться через веру. Мастерство экстрасенса не в том, чтобы воду заряжать, а в том, чтобы заставить пациента в это поверить. Вот тогда можно камлать как угодно. И все будет работать, все без исключения...

— Как считаете, — спросил Тимофей, — Иисус так же больных исцелял?

— Видимо, да, — ответил Акинфий Иванович. — Верили в него сильно, потому и работало. Но я, конечно, Иисусом не был. Экстрасенс из меня вышел так себе, районного масштаба. В Москве или Петербурге такому делать было нечего — актерский уровень не катил. В столицах народ вострый. А на провинцию таланта хватало. И потянулись передо мной, как сказал древний поэт, глухие, кривые, окольные тропы...

— Откуда это? — спросил Тимофей. — Что-то знакомое.

— В какой-то фантастике было, не помню. Ходил я не по тропам, конечно, а по асфальту. Просто в уездных городишках. Тогда интернета не было, зато везде выходило много желтых листков, где печатали разные безумные объявления. Вот там я давал свою информацию — дипломированный экстрасенс-энергетик чистит каналы, снимает порчу, отводит карму и дает астральную крышу. Заряжает воду на год вперед и все такое.

— Все-таки врали, значит? — спросил Тимофей. — Немножко, но привирали?

— Нет. Ни разу. Я действительно был дипломированный экстрасенс. Правда, диплом у меня был по обычной медицине, но ведь был же. И каналы я чистил честно — представлял их себе и убирал воображаемую грязь. Так же точно снимал порчу и заряжал воду — все по инструкции. Как экстрасенсы делают. То есть участие с моей стороны было стопроцентно искренним. Другое дело, что за его эффективность я не ручался. А кто из экстрасенсов ручается? Знаете, как это у Шекспира: «I can call spirits from the vasty deep. — Why, so can I, or so can any man. But will they come, when you do call for them?»[1]

— Ну и ну, — уважительно протянул Андрон, — даже Шекспира наизусть помните.

— Кое-кому я правда помог, — продолжал Акинфий Иванович. — И не только за счет плацебо. Я ведь все-таки был доктор. Мог иногда дать полезный совет просто на уровне здравого смысла. Типа свинцовую трубу из водопровода убрать или там не спать головой к трансформатору. На всякое насмотрелся...

---

[1] Я духов вызывать могу из бездны! — И я могу, и всякий это может. Вопрос лишь, явятся ль они на зов...

— А вы в каких краях гастролировали?

— Да везде. Но под конец заметил, что бизнес лучше идет на Кавказе. Может, потому, что и сам я немного на кавказца похож...

— Вы не на кавказца похожи, — сказал Иван. — Скорее на колдуна.

Акинфий Иванович засмеялся.

— Бороды такой белой у меня тогда не было. Была пегая бородка. В общем, не знаю почему, но именно в этих местах люди мне доверяли больше всего. Постепенно у меня даже выработался кавказский акцент. Такая мимикрия для слияния со средой. Почти по Дарвину...

— По Дарвину будет, если у вас после генетической мутации детки заговорят с кавказским акцентом, — сказал Валентин. — И бегать будут с пегими бородками.

Акинфий Иванович посмотрел на него без улыбки.

— До деток мы еще дойдем, — сказал он. — В общем, вот такую жизнь я вел в девяностых. И занесло меня в этот самый Нальчик. Вы там были проездом?

Тимофей кивнул.

— Как вам?

— Ничего, красивый.

— В то время очень тревожный город был, — сказал Акинфий Иванович. — И люди в нем встречались опасные. Особенно если не знать всех местных поведенческих тонкостей — что, с кем и как...

Лампа затрещала и погасла.

— Керосин кончился, — сказал Иван.

— Знак свыше, — ответил Акинфий Иванович. — Давайте спать уже, а то зеваем. Завтра поговорим.

*

Под утро, еще затемно, прошел дождь. Капли долго барабанили по крыше, которая в одном месте протекала — Ивана подмочило, но он заметил это только тогда, когда часть его спальника уже пропиталась водой. Чертыхаясь, он принялся отжимать его в углу. Остальные кое-как смирялись с надвигающимся мокрым днем.

— Сегодня в основном скачем по камням, — сказал Акинфий Иванович. — Завтракаем и выходим, надо много пройти.

Тропинка пошла в горы — и действительно, почти всегда была возможность наступить на ровный камень, а не в грязь. Но тщательный выбор места для следующего шага отнимал так много сил, что любоваться видами получалось не очень. К тому же сами виды за ночь успели измениться самым радикальным образом.

Все покрывал туман. Он был клочковатым — словно с неба падали обрезки облаков — и густым: не всегда было понятно, что в двух метрах справа или слева. Идти приходилось осторожно, зато постоянное присутствие опасности делало прогулку захватывающей.

Туман тоже был по-своему красив, но теперь

панорама состояла из возможностей и намеков. Все вокруг сделалось восхитительно неясным, все казалось обещанием, неизвестным письмом в плотном и влажном сером конверте — и Валентин вспомнил вчерашние слова Акинфия Ивановича о детстве. Да, в детстве возможно что угодно, и в тумане тоже. Тропинка загибается вверх и уходит прямо в сказку...

Правда, сказка была страшноватой. Сырой воздух отдавал распадом; по мокрому камню иногда скользила даже вибрамовская подошва, и возможность свалиться в пропасть, несколько раз проступавшую сквозь мглу возле тропы, была самой настоящей.

Акинфий Иванович шел впереди и задавал своей быстрой ходьбой немного не комфортабельный темп.

— Давайте помедленнее, может? — попросил через пару часов Андрон.

— Хотите в темноте карабкаться?

— Нет.

— Тогда быстрее надо. Я и так медленно иду...

Последний час действительно пришлось идти в полутьме — к тому же опять начало накрапывать, и плотно сбившиеся в цепочку друзья чувствовали себя солдатами, спешащими в самое сердце опасности... А дождь капал все гуще, и было уже понятно, что скоро он польет всерьез.

Но как раз в это время тропинка стала пологой, потом по сторонам замелькали кусты — и впереди наконец появилась серо-коричневая хижина, очень похожая на вчерашнюю.

— Успели, — сказал Акинфий Иванович.

Во втором коше нашлась такая же точно керосиновая лампа, как в прошлом. Бидон с водой тоже ждал у стены. Айрана и мяса не было. Газовой плитки тоже. Но запах внутри все равно стоял тяжелый и какой-то старинный.

— Так в японских замках пахнет, — сказал Тимофей. — В какой-нибудь башне. Снаружи красиво, а как войдешь... Не то чтобы совсем противно, но так... своеобразно. Не из нашего времени.

— Да, — ответил Акинфий Иванович, — запахи здесь древние. Изначальные. Минус керосин, конечно...

— Керосин сегодня тоже древний запах.

Поужинали холодными консервами и серым хлебом с базы.

— Вот сегодня точно выпить надо, — сказал Андрон. — Чтобы согреться.

— Чабанскую водку пить придется.

— Ничего. Мы это, монетизируем. Денег больше оставим.

Когда ужин был съеден и водка выпита, Иван сказал:

— Акинфий Иванович, на чем вчера остановились?

— На том, что лампа погасла, — ответил тот и засмеялся.

— Как вы в Нальчик приехали, — сказал Тимофей. — И что народ там был опасный.

44

— Угу, — кивнул Акинфий Иванович. — Опасный. В общем, снял я себе комнату с кухней в частной гостинице. Типа такой крохотной квартирки. Клиентов в Нальчике у меня было прилично. В основном доверчивые старушки, на которых совок пахал. Они привыкли слушать политинформацию по телевизору и всему верить. Раньше им Брежнева с Андроповым показывали, а теперь стали показывать Ельцина, Кашпировского и Чумака. Вот они и решили, что из центра пришла команда заряжать воду. Я преувеличиваю, но не сильно.

— Денег много зарабатывали?

— Как в анекдоте про Раскольникова, — махнул рукой Акинфий Иванович. — Пять старушек уже руп. Еле на гостиницу хватало. Я надеялся на жирного аборигена с духовными запросами — частные дома в Нальчике были ого-го какие. У людей на Кавказе деньги при советской власти всегда водились. Но богатый клиент не клевал. Моя реклама до него не доходила. И ясно было, по какой причине — этих желтых газеток с объявлениями серьезные люди не читали.

— Почему?

— Да очень просто. Их кто вообще читал, эти листки с объявлениями? Тот, кому надо было что-то дешево и быстро купить, продать или снять, и так далее. А обеспеченный кавказский клиент — он себе все уже купил, снял и надел. Он по объявлениям не рыскал. Он сидел у себя на кухне, спокойно пил чай и смотрел телевизор... На теле-

45

визор, как я уже говорил, у меня выхода не было. А вот на местное радио нашелся.

Тимофей снисходительно усмехнулся и поглядел на Акинфия Ивановича как на малое дитя.

— Дорого тогда стоило? — спросил он.

— Дорого. Денег моих не хватило бы. Все случайным образом срослось. Через интеллигентную местную девушку, работавшую на этом радио. Прочла мое объявление — и наняла меня сделать приворот. Вернуть парня, который ее бросил. После моего приворота у них через день все по новой закрутилось, поэтому она в меня сильно поверила — и устроила бесплатную передачу у себя на радио. Не рекламную, а такую... Как бы с научным сомнением. Тогда такое часто пропускали.

— Вы и привороты делали? — спросил Андрон.

— Делал, — засмеялся Акинфий Иванович. — Вовсю. Очень прибыльное занятие.

— А кто вас научил?

— Этому меня как раз никто не учил, — ответил Акинфий Иванович. — Сам научился. По Александру Блоку.

— Который «Двенадцать» сочинил?

— Тот самый, — кивнул Акинфий Иванович. — Он экстрасенсом, конечно, не был — но написал в девятьсот шестом году статью под названием «Поэзия заговоров и заклинаний». Очень ценная работа. Там много всяких заклинаний, особенно по приворотной части. Одно мне особенно нравилось — прямо такое страшное было, что даже образованные люди велись. Оно от мужского лица, но я на женский лад тоже приспособил, заменил молодца на молодицу и так далее. Настолько часто пользовался, что до сих пор наизусть помню. Хотите послушать?

— Да! Да! Давайте! — попросили сразу все.

Акинфий Иванович глубоко вдохнул, прочистил горло, сделал серьезное лицо и зарокотал низким речитативом:

— Во имя сатаны и судьи его демона, почтенного демона Пилата Игемона, встану я, добрый молодец, и пойду я, добрый молодец, ни путем, ни дорогою, заячьим следом, собачьим набегом, и вступлю на злобное место, и посмотрю в чистое поле в западную сторону под сыру-матерую землю... Гой еси ты, государь сатана! Пошли ко мне на помощь, рабу своему, часть бесов и дьяволов, Зеследер, Пореастон, Коржан, Ардух, Купалолака — с огнями горящими... Не могла бы она без меня ни жить, ни быть, ни есть, ни пить, как белая рыба без воды, мертвое тело без души, младенец без матери... Мои слова полны и наговорны, как великое океан-море, крепки и лепки, крепчае и лепчае клею карлуку и тверже и плотнее булату и каменю... Положу я ключ и замок самому сатане под злот престол, а когда престол его разрушится, тогда и дело сие объявитца...

В коше надолго установилось молчание. Слова Акинфия Ивановича были мрачны и загадочны; от демонических имен веяло настоящей страшной древностью — а особенно жутким показался прорезавшийся во второй половине его речитатива кавказский акцент, совершенно разбойничий, из-за которого даже понятные русские слова вдруг сделались колдовской абракадаброй.

— Сатанэ пад залот прэстол, — повторил Андрон, но никто не засмеялся.

— И что, вы это по радио прочли? — спросил Иван.

Акинфий Иванович тихонько хихикнул.

— Зачитал. Представляете себе? Тогда и не такое читали.

— И что, — спросил Тимофей, — нашлись после этого клиенты?

— Нашлись. Тут, собственно, все и началось. Через три дня в мою квартирку позвонили. Утром еще. Я в первый момент подумал, что менты...

— Что-то еще по радио брякнули? — понимающе спросил Тимофей.

— Да не, тогда свобода была. Менты не за этим ходили, а за деньгами. По радио рекламируешься, значит, должен платить... Я первым делом подошел к окну и осторожно так выглянул — если менты, там бы их машина стояла. Смотрю, машина действительно стоит. Но не ментовская, а белая «чайка». Это, чтобы вы знали, удивительно было очень. Машин таких в СССР было мало, и ездить на ней мог или какой-нибудь академик, или мировая балерина. Вернее, не ездить — на таких машинах не ездили. На таких возили...

— Секретарь обкома приехал? — предположил Валентин.

— О, какие вы слова знаете, — удивился Акинфий Иванович. — Нет, не секретарь. В общем, заходят ко мне два джигита в спортивных костюмах. И объясняют, что у них для меня работа по специальности. Заплатят, мол, хорошо. Я спрашиваю, а что именно нужно? Они говорят, поедем с нами, там расскажут. Я спрашиваю, кто расскажет? Увидишь, отвечают. И уже начинают желваками играть. В общем, самый был подходящий момент, чтобы неохотно прогнуться. А то бы все равно прогнули — экстрасенс такие вещи чувствовать должен. Оделся я поприличней и пошел за ними в белую «чайку».

— А что же вы на них демонов не напустили? — спросил Иван. — Купалолоку бы послали.

— Они еще ничего не сделали, — ответил Акинфий Иванович, — чтобы Купалолоку на них напускать. Я ведь мялся не потому, что ехать не хотел, а цену набивал. В душе я рад был безмерно. Понимал — крупная рыба клюнула. Очень крупная. Так и оказалось...

Акинфий взял свой стакан и допил последние пятьдесят грамм водки.

— Нальчик тогда по виду был обычный советский город, если в центре, — продолжал он. — А ближе к окраинам уже шла частная застройка. И вот привозят меня в трехэтажный белый дом с большущим старым садом. Забор высоченный.

Сейчас-то таким никого не удивить, а тогда непривычно выглядело. К тому же дом весьма странный... Я его про себя мавританским назвал, хотя в архитектуре не слишком разбираюсь. Стрельчатые окна, витые колонны, две башенки на фасаде. Солидно. И не пошло сделано, а с большим вкусом — видно, что архитектор хороший. Заезжаем с улицы в гараж, заходим оттуда прямо в дом. Дом изнутри обставлен как музей. Все античное — амфоры, статуи. Наверное, копии, но по-любому впечатляло. В общем, вхожу в большую комнату на втором этаже, и встречает меня такой холеный пожилой мужик в прекрасном костюме. Я, честно говоря, поразился — потому что ждал чего-то карикатурного, типа Аркадия Райкина в папахе.

— Это кто? — спросил Иван.

— Советский актер, — ответил Валентин. — Комик, очень популярный был. И смешной. Еврей такой типа пожилого Бората. Он в папахе часто юморил.

Акинфий Иванович погрозил ему пальцем.

— Осторожней, — сказал он, — национальностей лучше не касаться, а то можем случайно кого-то обидеть. Но мужчина этот на кавказца похож не был. И на еврея тоже. Я сразу понял, что здесь другое.

— Как поняли?

— Да вот трудно сказать. Не только по лицу, а еще по обстановке в комнате, наверное. Там все какое-то такое было... Не знаю. Специфичное.

50

Каменные головы, человеческие и бараньи. Статуя из алебастра, вся в следах от ударов, так что от нее один контур остался. Словно бы кто-то в шинели и с отбитой головой. И маски. В несколько рядов на стенах маски.

— Сварщика? — спросил Иван.

Акинфий Иванович посмотрел на него тяжелым взглядом.

— Нет, — сказал он. — Если вы на мой офис намекаете, то у меня они по делу висят. У нас электросварка своя на базе. А там очень странные маски были, древние, то ли из глины, то ли из терракоты. Желто-коричневые. Были и совсем темные. Я таких не видел раньше. Немного похожи на современные африканские — все в насечках и как бы татуировках. Но при этом ухмыляются очень весело. Заговорщически. Глянул на такую маску, и самого ухмыльнуться тянет, честное слово. Некоторые были из цветного стекла, с черными бородами — склеенные из осколков. Но лица как живые... А главный объект в комнате был такой здоровенный медный бык. Размером с рояль.

— Бык?

— Ну да, примерно как на Уолл-Стрите, только поменьше. Снизу закопченный, хоть копоть эту видно что счищали. А на спине крышка на петлях — внутри пустой. Типа казана. Наверное, пищу готовить — такого быка можно ставить прямо над костром. Сразу понятно, что вещь очень старая и наверняка безумно дорогая. Еще, помню, запах в комнате был необычный. Словно бы тяжелые духи, или благовония. И холодно. Мужик этот сел в кресло и так испытующе на меня смотрит. Потом пригласил напротив сесть. Представился. Звали его Жорес...

— Хорошее имечко для Нальчика, — сказал Тимофей. — Видно, папа был из старых большевиков.

— Я тоже так решил. А Жорес меня спрашивает: «Ты правда что ли Ардуха знаешь?»

Тимофей с Андроном засмеялись.

— А мне вот смешно не было ни капли, — продолжал Акинфий Иванович. — Я даже не раздуплил сначала. Подумал, он про местных пацанов. Какого, спрашиваю, Ардуха? А он говорит — ну, ты по радио хвастался, что Ардух тебе помогает. Тут только я сообразил, что это из блоковского заклинания. Ах, говорю, вы об этом... Нет, лично его не знаю. Но общих знакомых много. Он тогда спрашивает, ну хорошо, лично не знаешь, но духами командуешь? Они сквозь тебя ходят? Говорят сквозь тебя? И глядит так, что врать уже не хочется... Гордость у экстрасенса тоже есть...

— И что вы ему сказали?

Акинфий Иванович улыбнулся. Видно было, что воспоминание ему приятно.

— Меня прямо осенило, вот как от испуга бывает, или от сильного напряжения. Я ему говорю — это, знаете ли, от *закона давлений* зависит. Я даже не придумал еще в тот момент, что это за закон давлений такой, просто брякнул наугад. Он спрашивает — какой закон давлений? И тут я ему начинаю втирать как по писаному, сам не знаю, откуда слова берутся: вот представьте, уважаемый Жорес, дверь на петлях. Чтобы она открылась, надо, чтобы к ней приложили усилие. Или изнутри потянули, или снаружи толкнули. Сквозняк или рука. Медиум вроде меня — это такая же дверь. Личного желания что-то сквозь себя пропускать у нее нет. Двери как-то деревянно, понимаете ли. Но если возникнет давление изнутри или снаружи, она по закону физики откроется.

— А что это за давление? — спросил Иван.

— Вот и он тот же вопрос задал. А у меня к этому моменту такое вдохновение наступило, словно Пушкин вселился. Это, говорю, то же самое, что необходимость. Если у вас есть серьезная необходимость с каким-то духом пообщаться, то вы становитесь по отношению к нему как бы областью низкого давления. И от духа в вашу сторону подует сквозняк, который дверку сам и откроет. От меня тут мало что зависит. Он улыбнулся так еле заметно и отвечает — правильно излагаешь. И сколько стоит тебе петли смазать?

— А вы много брали за сеанс? — спросил Иван.

— Обычно около ста зеленых, — ответил Акинфий Иванович. По тем временам хорошие деньги были. Но тут я почувствовал, что дело серьезное — и объявил внаглую пять тысяч. Долларов. Чтобы вы понимали, в то время за похожую сумму квартиру в Москве можно было купить. Я уверен был, что он меня пошлет. Но он даже торговаться не стал. Сразу согласился. Мы, говорит, сейчас в одно место поедем. Переобуйся, Буратино — сапоги тебе дадим резиновые. А то туфли попортишь... Я не понял, почему Буратино. Только потом дошло — дверь же деревянная. Манера шутить у этого Жореса была чисто бандитская — видно, общался с криминальным элементом много и плотно. Да и сам походил на авторитетного бандюка.

— Вы не подумали, что он вас убить хочет?

— Подумал, конечно. Первым делом. Тогда все друг друга сначала убивали, а потом здоровались. Но я ведь ничего еще не сделал, вроде рано было. Да и интересно стало. Нашли мне сапоги, я надел, и сели мы в машину...

— В белую «чайку»?

— Вот нет, уже в красную «ниву». Я сразу понял, что мы в горы поедем — там только «нива» нормально пройти могла, ну и «уазик», конечно. «Уазик» с нами тоже поехал, с его братвой. Как я и думал, рванули вверх. Ехали долго, потом остановились на привал. Перекусили разными копченостями, вина выпили очень хорошего — хоть оно в пластмассовой канистре было, такое и сейчас не в каждом магазине купишь.

— Они же мусульмане, — сказал Иван, — вина пить не должны.

— Эти пили. Чабаны тоже пьют. Да и потом, тогда же время другое было. Ислам и все такое

54

прочее – это уже потом вернулось. А тогда мы еще были советские люди. Стакан портвейна, сырок «Дружба». Как положено. В общем, захорошело мне от вина, и стал я по сторонам глядеть уже благосклоннее. Горы здешние я тогда вблизи первый раз видел, и показались они мне красивыми необычайно. Другой воздух, другое небо. Рай. Жорес заметил, как я по сторонам гляжу, и спрашивает – красиво? Красиво, говорю. Очень. Прямо видишь, каким этот мир должен быть по исходному замыслу... Он сощурился и спрашивает – чьему замыслу?

Тимофей засмеялся.

– Вот и я тоже протрезвел сразу, – кивнул Акинфий Иванович. – Понял, что за базаром следить надо, мы же духов вызывать будем. И отвечаю так аккуратно – тут разные мнения есть. Многие верят, что никакого замысла вообще нету, а все само собой так устроилось. Хотя я лично такую постановку вопроса не до конца понимаю. Если все само собой движется, чем оно тогда отличается от вечного двигателя? А вечного двигателя быть не может, это ученые доказали. Тогда получается, что у нас тут его быть не может, а у них там, – Акинфий Иванович ткнул пальцем в потолок, – запросто. Выходит, у нас тут законы одни, а там другие... В общем, попытался с этого разговора съехать.

– А он? – спросил Иван.

– А он не съезжает. Спрашивает уже прямо – в Бога веришь? Для экстрасенса не самый любимый вопрос. Как ни отвечай, другие вопросы появятся. Иногда неприятные, особенно в кавказских условиях. Надо уметь выкручиваться.

— И как вы выкрутились?

— Да как обычно. Надо понять, что твой собеседник сам по этой теме думает. Ну, вспомнил я его мавританскую саклю с масками — и чисто на интуиции говорю: наверное, есть боги и есть боги над богами, как цари над царями. Вот посмотрите, как оно на Земле. Есть местное начальство, есть центральное, есть международные центры силы... Есть авторитетные пацаны. Люди шепчутся, что есть мировое правительство, которое все решает, но вживую его никто не видел. Вот и во Вселенной, наверное, так же... Он улыбнулся еле заметно и спрашивает — ты правда так полагаешь? Я тогда уже совсем по правде говорю — я никак не полагаю. Потому что мое умозрение кончается там, где эти вопросы только начинаются.

— Вот это хороший ответ был, — сказал Тимофей.

— Ему тоже понравился. Спасибо, говорит, за то, что честный со мной. Это для нашего проекта важно... В общем, свернули мы рогожку, убрали еду с вином в багажник и поехали дальше. Горы, дорога, горы... Приехали под вечер, хотя еще было светло.

— Куда?

— Никуда. Я даже не понял сперва, что мы на месте — ничего примечательного вокруг не заметно. Просто горы, и все. Машины остановились, мы вышли, и он так с интересом на меня смотрит. Чуешь, говорит, что-нибудь? Я плечами пожал и отвечаю — место сильное. Но вы, Жорес, зря меня все время экзаменуете. Я могу правильно ответить, могу неправильно — дело не в этом. Дело в том, что между медиумом и партнером по бизнесу есть разница. Партнера проверяют. А с медиумом работают на доверии. Иначе не срастется. Он кивнул и отвечает — хорошо, согласен. Больше проверять не буду. Вот посмотри-ка сюда... И дает мне открытку старую, из фотографии сделанную. Я на нее эдаким Шерлоком глянул и понял, что она еще довоенная...

— Каким образом? — спросил Тимофей.

— Да по штемпелю, — засмеялся Акинфий Иванович. — Тридцать восьмой год. С другой стороны каракули какие-то на французском, уже почти не разобрать — чернила выцвели. А на самой открытке гора. Он говорит, теперь вперед посмотри. Гляжу вперед — и вижу эту гору. Вот ту же самую точно. Я удивился. Спрашиваю — неужели французы до войны сюда приезжали, чтобы панораму эту снять? Что в этой горе такого особенного? А он отвечает — гляди внимательнее, Иакинф...

— Он вас так называл?

— Да, — ответил Акинфий Иванович и зевнул. — С самого начала. Я ему даже не прсдставлялся — он мое имя по радио слышал. Видно, знал, откуда оно происходит. Иакинф так Иакинф, я не возражал... Все, хватит на сегодня. А то не выспимся. Спокойной ночи, малыши...

*

На следующее утро наконец распогодилось. Когда пространство стало прозрачным, выяснилось, что в мире очень мало людей. В природе совсем не ощущалось человеческого присутствия — разве что в небе иногда распускался далекий самолетный след.

Тропинка была уже сухая.

— Всегда пропасть и стена, — сказал Андрон. — Или с правой стороны стена, а с левой пропасть. Или наоборот.

— Зарэпуй, — посоветовал Тимофей. — А то неярко. Не трогает душу. Но в стихах, может быть, проканает...

После этого пошли молча. Виды были хороши, но никто не делал снимков — все знали по опыту, что прозрачная даль съежится на экране до бессмысленной синей полоски. Говорить тоже не хотелось.

Молчание нарушил Иван, когда остановились передохнуть.

— Когда я гляжу на горы, — сказал он, — у меня часто такое чувство, что это... Чьи-то постройки.

— Да, — кивнул Валентин. — Понимаю. Я тоже вчера древнюю стену видел. В смысле, не настоящую, конечно. Скалы. Просто похоже на развалины.

— Какие-то допотопные пирамиды, — продолжал Иван. — Немыслимо старые гробницы. Построенные кем-то великим.

— Кем? — спросил Тимофей.

— Вот я не знаю. Кем-то, кто здесь жил до нас. В смысле, до людей. Строили они иначе, потому что технологии были другой природы. И получилось вот это.

— Да кто же это был такой? — повторил Тимофей. — Разумные динозавры?

— Нет, не динозавры. Гораздо раньше. Кто-то, про кого люди никогда даже не узнают.

— Почему, — сказал вдруг Акинфий Иванович. — Люди всегда знали, кто горы построил.

— Кто?

Акинфий Иванович пожал плечами.

— Боги...

Он сказал это таким тоном, словно упоминал отлично известных всем лиц, про которых почему-то никто не догадался вспомнить.

— А, ну да, — улыбнулся Тимофей. — Боги над богами, вы говорили вчера. Ардух и этот, как его... Куполокака. Можно и так подойти. Тем более что в священных книгах все уже написано. Кто, как, когда и за сколько. В смысле, дней.

— Написано там много, — согласился Акинфий Иванович. — И смешного, и глупого. Понимаю вашу иронию, но я бы не стал прямо все-все отметать... Разумное зерно там тоже есть. Пошли, ребята, пошли...

Горный горизонт был, если вдуматься в только что постигнутую тайну, невероятно загадочен. Вся поверхность земли была занята усыпальницами больших и малых богов.

Размеры и древность этих надгробий указывали на безмерное величие покойных. С другой стороны, божественных пирамид было столько, что из-за одного их количества боги казались не особо долговечным народцем. А значит, и не слишком серьезным — особенно если вспомнить, какая песчинка наша Земля перед лицом Космоса...

Высоких мыслей хватило до темноты.

Вечером выяснилось, что Андрон принял данный ему совет к сердцу.

— Пропасть справа, стенка слева, — продекламировал он, — вызывает чувство гнева. Пропасть слева, стенка справа — та же подлая подстава...

— Целый день сочинял? — спросил Тимофей.

— Угу.

— О работе думаешь, — сказал Валентин. — Поэтому и образность такая. То стенка, то пропасть. И эмоции соответствующие. Недоверие к людям, фрустрация, злоба. Ты по инерции на бирже торгуешь.

Андрон вздохнул.

— Есть такое.

Акинфий Иванович опять привел группу в кош, на этот раз совсем старый и ветхий. Но все равно это было лучше, чем спать в палатках — и делалось непонятно, зачем вообще надо было тащить их с собой. Когда Валентин спросил об этом, Акинфий Иванович ответил:

— Еще пригодятся.

После ужина (пить не хотелось, и приняли по

символической стопке — лишь Акинфий Иванович налил себе вторую) все уже ожидали продолжения рассказа.

— Вы говорили, — напомнил Тимофей, что этот Жорес показал вам старую фотографию. И велел еще раз поглядеть на гору.

Акинфий Иванович кивнул.

— Ну да. Говорит, внимательнее надо быть, Иакинф. Погляди-ка еще раз. Я снова на открытку смотрю, потом опять на гору. Ну она, точно... Или нет? И тут до меня доходит. Гора такая же, а те горы, что вокруг, нет. На открытке другое место. Совсем другое. А гора та же. Я его спрашиваю, где гора с открытки? Он отвечает — в Тунисе. Я спрашиваю, а почему здесь такая же? Нет, говорит, не такая же. Есть отличия. Правда, небольшие. Вот здесь и здесь... Показывает на открытку — и я вижу, что действительно есть разница. Небольшая, как между двумя близнецами. Но есть. На горе с открытки дорога протоптана — от подножия до самой вершины. А на этой ничего подобного нет.

Лицо Акинфия Ивановича стало серьезным.

— В общем, непонятно было, что думать. Ну ладно, похожи горы, а дальше? Жорес тогда говорит: про здешнюю гору ты сам, наверное, все понимаешь. Людей тут не бывает, только быки с пастухами. Поэтому у нее даже имени нет. Вернее, есть — целых два. В зависимости от того, из какого села чабаны. Здесь это не отдельная гора, а так, складка рельефа. А вот та гора, что в Тунисе — другое дело. Она там действительно гора. Очень известное место. Ты слышал такое название — «Джебел Букарнина»?

— Это на каком языке? — спросил Иван.

— Я тоже поинтересовался. Он говорит, на арабском. Но происхождение этих слов еще античное. У горы две вершины. Два отчетливых выступа. На финикийском языке «баал корнин» значит «господин с двумя рогами».

Последние три слова Акинфий Иванович произнес торжественным голосом, в котором опять прорезался хищный кавказский акцент. В воздухе потянуло тревогой. Акинфий Иванович, видимо, сам это ощутил — и улыбнулся.

— Я напугался аж, — продолжил он. — А потом думаю — с двумя рогами или не с двумя, ничего не значит. Вон, у каждого барана два рога. Чего, бояться их теперь? Спрашиваю Жореса — что это за господин с двумя рогами? Он говорит — древний бог. Баал.

— Может быть, Ваал?

— Он сказал — Баал. Слышал про такого? Я отвечаю, не приходилось. Да ты слышал, говорит, просто не помнишь. Про Ганнибала ведь наверняка знаешь. Это значит «милость Баала». Кстати, фамилия Ганнибала была «Барка», в переводе «сверкающий, сияющий». Представляешь карфагенских солдат при Каннах? Или под Римом? Дом далеко, но каждый помнит, что их ведет к победе *сверкающая милость Баала...* Даже покруче товарища Сталина будет...

— А кто этот Баал? — спросил Иван.

— Пунический бог. Слово «баал» значило что-то вроде «господин». «My sweet Lord», так сказать. Харе-харе. Могло означать любого бога или какую-нибудь земную шишку типа крупного землевладельца. Но бога Баала действительно изображали с рогами.

— Черт так выглядит.

Акинфий Иванович вздохнул.

— Чтоб вы знали, христиане своего черта слизали с бога Пана, потому что с креативом у них плохо было с самого начала. Могли только в чужих храмах костры коптить.

— Пан — это польский бог, — сказал Тимофей.

— Еще у них есть бог Пропал, — подхватил Валентин. — Гневный аспект Пана. Пан или Пропал. Типа как Янус.

— В Польше не был, — ответил Акинфий Иванович. — В общем, Жорес эту открытку спрятал, и мы пошли к горе. Должен вам сказать, что чем ближе мы подходили, тем страшнее мне делалось. Веяло от нее чем-то холодным и страшным, как из подвала с трупами. Или мне так казалось после того, как Жорес меня загрузил, не знаю. А может, просто холодно стало под вечер, я тогда непривычный был... Шли мы по узкой и еле заметной тропке — но проложена она была именно там, где на тунисской фотографии древняя дорога. Я догадался, что это Жорес так рассчитал. Чтобы подъем на вершину был как в Тунисе. И через полчаса примерно вышли мы на небольшое плато... Метров тридцать в диаметре, со всех сторон камни.

— Это не плато, — сказал Иван. — Просто поляна.

— А разве в горах бывают поляны? — спросил Акинфий Иванович.

— Почему нет.

— А что тогда такое «плато»?

— Плато большое, — ответил Иван. — Вот здесь плато Бечесын, оно же огромное.

— Еще «плато» — это Платон по-английски, — сказал Валентин. — Если такое слово что-нибудь говорит собравшимся.

— Говорит, — ответил Тимофей с ухмылкой. — Покойный Березовский на это имя английский паспорт получал. Платон Еленин.

— Не знал про такое, — сказал Акинфий Иванович. — Это, наверное, чтобы Аристотель Онассис на него сверху вниз не смотрел, когда в раю встретятся. Богатые все себе могут позволить... Хорошо, не плато. Небольшая такая полянка.

— Как здесь?

— Нет, побольше. Но место похожее, в таких коши обычно и ставят. Коша там, правда, не было — зато стояли палатки. Жорес говорит, пока свет еще есть, пойдем поднимемся. Кое-что покажу. Поднялись мы по скале — там в камне такие природные ступени были, удобно лезть. И вот

64

на самом верху смотрю — в скале высечены два огромных рога. Как у меня в офисе на стене, видели череп? Вот такие же почти. Но не целиком, только основания. Вот представьте — из стены как бы торчит лоб огромного тура, рога выходят изо лба, загибаются назад и уходят в скалу...

— Что, просто рога и лоб? — спросил Андрон. — А головы не было?

— Только лоб и начало рогов, — кивнул Акинфий Иванович. — Но сделано так хорошо, что все остальное угадывается. Как будто из глубины камня к свету рвется какой-то рогатый зверь, и уже почти высвободился из плена... Уже почти прорвался в нашу пустоту.

— Как меч короля Артура, — сказал Иван.

— Вот примерно. Только тянуть за эти рога мне не хотелось. Спустились мы вниз и пошли к палаткам...

— А кто в палатках был? — спросил Тимофей.

— Братва этого Жореса, которая с нами ехала, туда загрузилась. У него своя палатка была, типа командирской. Заходим. Ему уже к этому моменту ковер внутри расстелили, на нем корзина с фруктами, подушки — в общем, человек даже в горах жить умел. Сели мы на ковер, выпили еще вина, и я его спрашиваю — что за рога? Зачем они тут? И стал он мне объяснять про бога Баала. Есть, говорит, такая вещь, называется «интерпретацио греко». Это когда богов и богинь из других культур стараются понять через их греческие аналоги. Ее древние греки придумали, когда путешествовали. Римляне тоже этой системой пользовались.

— А разве так можно? — спросил Иван. — Боги ведь обидятся.

— Человеку сложно обидеть бога, — ответил Акинфий Иванович. — Худшее, что может случиться — вы его собой не заинтересуете.

— Откуда вы знаете?

— По опыту работы экстрасенсом, — ухмыльнулся Акинфий Иванович. — Да и любая церковная старушка в курсе.

— Современный бог, может, и не обидится, — сказал Андрон. — А древние могли. Они были завистливые и злобные, постоянно что-то друг у друга воровали, интриговали и так далее. Конечно, обиделись бы, если бы одного стали называть именем другого.

— Боги в древнем мире были общие, — ответил Акинфий Иванович. — В разных культурах поклонялись одним и тем же сущностям. Люди их чувствовали сквозь ярлыки. Просто в разных языках имена звучали по-разному. Поэтому в «интерпретацио греко» никакого святотатства не было.

— Вы чего, — усмехнулся Тимофей, — верите, что эти боги правда жили? А куда они тогда делись?

— Умерли, наверное, — вздохнул Валентин. — Поэтому античность и кончилась.

— Скорее, пришли новые боги, — сказал Андрон, — и у старых этот мир отжали. А старых богов загнали под шконку.

66

— Может, и так, — отозвался Акинфий Иванович. — Только мир — это вам не мобильник в стразах, чтобы его отжать. Скорее, боги просто ушли в тень. Кто-то, может, и умер... А кто-то до сих пор на вахте. Но тогда я в этих вопросах не разбирался и про «интерпретацио греко» узнал впервые. Поэтому слушал Жореса с большим интересом.

— А что он дальше сказал?

— Стал объяснять, что по греческой интерпретации пунийцы поклонялись на этой горе Кроносу. Или Сатурну. Кронос, говорит, это бог времени и многого другого. Греки изображали его с серпом — кстати, выражение «серпом по яйцам» пришло из античности, Кронос именно этим инструментом оскопил папашу Урана. А пунийцы изображали Кроноса без серпа, зато с рогами. Или даже с бараньей головой. Но это не значит, что Кронос был бараном. Имелось в виду другое. Левый рог — прошлое. Правый — будущее. Вот это и значит «Двурогий Господин». Хозяин прошлого и будущего, властелин, так сказать, времени. А вовсе не черт.

— Может быть, черт тоже властелин времени.

— Есть такая гипотеза, — согласился Акинфий Иванович. — Но тогда не только времени, а еще и пространства. Всего этого физического измерения. В это многие сектанты и еретики верили, в том числе ранние христиане...

— Хорош отвлекаться, — сказал Валентин. — Показал он вам рога на скале, объяснил про Кроноса. И что дальше?

— Дальше я его про рога спросил. Почему они тут. И он ответил, что на горе Джебел Букарнина в Тунисе когда-то стоял храм Кроноса, или Баала. И в нем была статуя бога, которая совершала настоящие чудеса и сильно помогала карфагенянам в их экспансии. Ее, натурально, разрушили римляне. А здесь эта статуя просто еще не высечена из камня — лишь намечено, где ей полагается быть. Только начали беспокоить камень, только коснулись божественных рогов и лба. И они проступили из скалы в той же относительной точке пространства, что на горе под Карфагеном. Понимаете?

— Думаю, этих Баалов в Карфагене ставили всюду, — сказал Тимофей. — Как Августов в Римской империи. Или как Лениных при Советской власти.

— Это понятно, — ответил Акинфий Иванович. — Но статуя статуе рознь. Большинство просто истуканы. А в некоторых действительно обитает божество. Одной из целей пунической войны для римлян было как раз разрушить магические объекты Карфагена. В частности, эту статую. Это было прямым указанием римских богов, полученным через оракула.

— Почему?

— Потому что статуя, как сейчас говорят, работала.

— Но ведь и у римлян такой бог в пантеоне. Сатурн. Вы сами сказали. Что же он, сам себя?

— Не все так просто. У римлян были, конечно,

Сатурналии и все такое, но поклонялись они не Сатурну, а его сыну Юпитеру, или Зевсу. Сатурн был более древней сущностью — богом предыдущего цикла. И относился к эллинским богам не слишком хорошо, если вспомнить мифологию. Пунические войны были войнами богов. Как и любые большие войны вообще. Люди там просто пешки. Или даже шашки, которые вообще не понимают, что идет чужая игра, и думают, что сами прутся в дамки наперекор стихиям.

— Интересно, — сказал Иван. — Вторая мировая тоже была войной богов? Или, например, наполеоновское нашествие?

— Надо полагать. Пушкин же писал что-то вроде «Барклай, зима иль русский Бог...» Значит, чувствовал. Но мы такое не скоро понимать начнем. А вот с древним миром уже ясно. Во всяком случае, тому, кто в теме. Жорес, например, про Кроноса знал все.

— Расскажите, — попросил Иван.

— Чтобы вы понимали, у каждого бога был, как сейчас говорят, свой баг и своя фича. Баги какие? Гефест, к примеру, хромой. Афродита на передок слабая. Марс военный преступник. У Кроноса тоже был баг.

— Какой?

— Он, как бы это сказать, кушал своих деток.

— Зачем?

— Существовало пророчество, что один из детей Кроноса его свергнет. Это и был Зевс, которого мамаша спасла — подложила мужу булыжник в пеленках, а тот и проглотил...

Иван засмеялся.

— Боги эти, похоже, не шибко умные были. Мог бы пеленки развернуть и проверить. Особенно если дите молчит и не шевелится.

— Все это надо понимать метафорически, — ответил Акинфий Иванович. — Булыжник символизирует что-то одно, пеленки что-то другое... Это я смеюсь, так ученые рассуждают. На самом деле да. Неубедительно. Но обратите внимание вот на что — как я уже сказал, Кронос есть то же самое, что Сатурн. Про кольца Сатурна знаете? Это как бы спутники, размолотые в крохотные частицы... Кристаллы космически холодного льда. Те же мертвые детки, для гарантии прокрученные через мясорубку. Их мелкий-мелкий прах. Совпадение? Не думаю. Вот такие примерно вещи этот Жорес задвигал.

На этот раз не засмеялся никто.

— Над мифологией он тоже насмехался, — продолжал Акинфий Иванович. — У него свое мнение было по всем вопросам. Очень, надо сказать, необычное.

— Какое? — спросил Тимофей.

— Он сказал, что Кронос был богом времени и царствовал над Золотым веком. То есть над самым лучшим временем, какое только бывает. Что, вообще говоря, логично — потому что зачем иначе становиться богом времени, да? Конец Золотого века вроде означал, что Кронос перестал править миром. Но Кроноса никто не свергал. Он просто удалился от дел. И мир по-прежнему работает именно на него. А не на какого-то там Зевса или не буду говорить дальше.

— Почему?

— Чтобы понять, активен бог или нет, достаточно поглядеть, действует ли его фича. То есть функция. Любовью занимаются? Значит, Афродита при делах. Воюют? Значит, Марс тоже. Вот и с Кроносом то же самое. Время ведь осталось? Осталось. А что оно делает, время? Да то же самое, что всегда — кушает своих деток. Иногда некрасиво и быстро, как наших дедушек и бабушек, иногда терпеливо, гуманно и с анестезией, как нас, но суть не меняется. Мы — дети своего времени. И время нас пожирает. Вот это и есть проявление Кроноса.

— Дети своего времени, — повторил Валентин. — Свое время — это чье?

— Вот в этом, — Акинфий Иванович поднял палец, — и весь вопрос. Чье? Мы думаем, что наше. Но разве это так? Что мы вообще можем? Немного побегаем, поторгуем своей юностью, нагадим на тех, кто был раньше — а потом начнут гадить на нас и понемногу спишут... Незаметно сожрут. И так цикл за циклом. С незапамятных времен.

— Да, — сказал Иван, — пришел седой волшебник время и всех загасил...

— Ну не всех, — ответил Акинфий Иванович, — на семенной фонд оставят. Но в конечном счете — да. На это Жорес и напирал. Вот, говорит, посмотри, Иакинф. Считается, что Зевс-Юпитер папу Сатурна сбросил в Тартар, а сам возглавил, так сказать, мироздание. Но где сейчас Зевс? Да только в фильмах про древнюю Грецию. То есть папа его таки скушал вместе с говном и пеленками. Просто с задержкой. И всех остальных греческих богов тоже схомячил. И не только греческих, между нами говоря, а и тех, которые позже в бизнес сунулись. Но сам Кронос при этом держится в тени. И даже поклоняться себе особо не позволяет.

— Почему?

Акинфий Иванович пожал плечами.

— Ответственность. Зачем нужно брать на себя обязательства перед теми, кого жрешь, если можно их жрать без всяких обязательств? Это как про мировое правительство говорят — почему оно тайное? Да потому что на хрена ему светиться? Придется пенсии платить, дороги чинить и так далее. А можно рулить из прохладной тени, без всякой головной боли.

— Конспирология на марше, — улыбнулся Тимофей.

— Почему конспирология. Я не утверждаю, что оно есть, это правительство. Я говорю, что высовываться ему в любом случае незачем.

— А я все-таки не понял, — сказал Иван, — для чего рога на скале были высечены?

— Я тоже об этом постоянно думал, — ответил Акинфий Иванович. — И только момента ждал, чтобы спросить. А Жорес все про Кроноса задвигает. Мы, говорит, смотрим, как Кронос ест своих детей, и считаем, что это естественный ход вещей. Ага, конечно. Бараны на мясокомбинате так же чувствуют, и по-своему правы. А вот древние пунийцы, которые в Карфагене жили, мыслили по-другому. Они рассудили так — если Кронос кушает деток, значит, ему это нравится. И стали приносить ему в жертву натуральных детей. Своих.

— Тоже Жорес сказал? — нахмурился Иван.

— Это исторический факт. Под Карфагеном остались такие кладбища, тофеты. Там много принесенных в жертву детей. Это и на семейном уровне было, и на государственном.

— А какие-нибудь исторические свидетельства остались?

— Куча. Жорес мне несколько цитат зачитал. Одну, из Диодора Сицилийского, я потом сам нашел. В Карфагене стояла бронзовая статуя Кроноса. Он держал перед собой руки ладонями вверх, лодочкой, как мы бы сказали, но оставался зазор. Под ладонями был огонь. Кроносу в руки клали детей, и они через этот зазор скатывались в пламя...

— Жуть какая, — вздохнул Иван.

— Дети — это самое дорогое, что есть у родителей. А богу надлежит отдавать самое ценнос, про это дажъ в Библии есть. И про детские жертвоприношения там тоже, кстати... Я спрашиваю — но зачем, зачем? Тут Жорес на меня уставился и спрашивает — что такое дети? Скажи мне. Я подумал и говорю — цветы жизни? Он засмеялся. Нет, говорит. Не только. Это концентрат времени. Сгущенное время, так сказать. Время, свернутое в пружину. Когда ребенок растет, становится взрослым, а потом стареет и умирает, пружина раскручивается. Время расходуется. Смерть — это когда оно кончилось. Кронос ест детей просто потому, что питается временем. Это его еда. И древние пунийцы стали кормить его самыми вкусными и свежими булками, какие могли найти.

— Мрачняк, — сказал Валентин.

— Да, — кивнул Акинфий Иванович. — Мне тоже тревожно стало. Представляете, сидишь в палатке с малознакомым человеком, а он такие темы задвигает.

— Он про Карфаген рассказывал?

— Угу. Главная мысль была такая — карфагеняне в религиозных вопросах очень нагло себя вели. Приставали со своими дарами к богу, который хотел оставаться в тени и за кулисами. Это, говорит, как стрелять из нагана под окном у порохового фабриканта. Приносить в жертву патроны, чтобы он бросил вниз пирожное. Вы этого фабриканта или рассмешите, или утомите своей глупостью. Можете, конечно, и растрогать до слез — и получите пирожное. А можете разбудить в плохом настроении. Все варианты возможны.

— А какой получился у карфагенян?

— Вот тут не до конца понятно. С одной стороны, им долго везло, и по-крупному. Они ведь старше Рима были. Со всеми воевали, кто тогда жил, и даже этот самый Рим пару раз сильно наклонили. А потом везуха кончилась. Может, что-то в ритуалах напутали, может, Кроносу надоело. Но до этого метод работал. И не только у них. Всю древность. Не с карфагенян это началось и не ими кончилось. Жорес так сказал — вот если есть какой-то замаскированный бог, которому человеческие жертвы приносят, то это он и есть. Наш Двурогий Баал. А называть и рисовать его могут как угодно. Хоть Кронос с серпом, хоть пролетарский интернационализм с молотом.

— Можно, наверное, и так историю увидеть, — сказал Тимофей.

— Да ты попробуй по-другому, мил человек. И что у тебя получится? Вот был один латиноамериканец, который говорил, что сюжетов всего четыре. Я уже не помню, что там у него — какие-то герои, крепости, путешествия. А по-моему, сюжетов всего два. Первый — как человека убивают из-за денег. Второй — как человека приносят в жертву.

Андрон засмеялся.

— Ага, — сказал он. — Подтверждаю. Я лично ничего другого вокруг не вижу.

— Как всего два, — сказал Иван. — А вот, например, производственный роман?

Это как человека убивают из-за денег, — ответил Андрон. — Только медленно. Сюда же все детективы и триллеры. И семейные хроники, ага.

— А русская классика? Толстой? Чехов? Салтыков-Щедрин?

Андрон немного подумал.

— Это второй сюжет. Всякие Моби Дики тоже. Вся советская литература. И даже книги про воспитание.

— А там-то кому жертву приносят? — спросил Иван.

— Всяким идеям и учениям, — сказал Андрон. — Передовым веяниям и реакционным взглядам. Тому, что в воздухе носится. Ну или просто заскокам психики.

— А, ну если так, конечно. Любой сюжет можно под эти два подвести. И любую жизнь тоже. Ну а почему тогда философы про это не говорят? Или хотя бы критики?

— Так они все в доле, — ухмыльнулся Акинфий Иванович. — Им как раз за то и платят, чтобы они в этих двух историях находили бесконечное разнообразие и свежесть. А на самом деле оба сюжета можно даже объединить в один.

— Ладно, — сказал Тимофей, — а дальше что произошло? В смысле, у вас с Жоресом?

— Дальше самое неприятное случилось, — сказал Акинфий Иванович. — Даже рассказывать не хочется. Потому что конец у рассказа не очень хороший. Давайте завтра.

*

С утра опять сгустился туман, но не такой плотный, как днем раньше. Дождя не было. Акинфий Иванович сказал, что они прошли петлей и теперь возвращаются к базе.

— Через две ночи будем над ней. Оттуда спустимся за полдня. Можно даже быстрее, я на велосипеде за пару часов доезжаю. Вниз по дороге педали крутить не надо.

— Мы самое красивое уже видели? — спросил Тимофей.

— Нет, — засмеялся Акинфий Иванович. — Самое красивое я на потом оставил. Еще два дня у вас, наслаждайтесь.

Он бодро убежал в туман, и скоро оттуда полетели его немузыкальные вопли на французском. Друзья отстали, обсуждая, чем заняться после трека — тормознуть на пару дней в Нальчике или сразу в Москву.

— В Нальчике чего делать? — спросил Андрон. — Азия, как говорил поручик Ржевский. Только в рояль насрать или на дуэли с кем-нибудь стреляться.

— А че, — ответил Тимофей, — можно организовать. Насрешь в рояль кому-нибудь с большим кинжалом, тебя и застрелят. А мы рядом постоим. Как секунданты.

— Лермонтова, кстати, убили именно за хохмы про большой кинжал, — сказал Валентин. — Принесли в жертву идеям офицерской чести, как сказал бы наш гид. Правда, не в Нальчике. А где-то в Минводах.

— Одним словом, здесь где-то, — ответил Тимофей. — Кстати, если они действительно из-за кинжала поругались, почему стрелялись? Логичнее было бы на кинжалах и решить. По французскому методу: левые руки связать шарфом, в правую инструмент, и вперед.

— Вот правда, — кивнул Валентин. — Куда лермонтоведение смотрит... А где Акинфий?

Акинфия Ивановича больше не было слышно. Друзья пошли быстрее. Тропинка растворялась в подступающем все ближе тумане, становилось холодно, и скоро все ощутили тревогу. Наконец издалека прилетело громкое фальшивое пение:

— Силижур а-а! Силикон ритьон![1]

— Акинфий Иванович! Подождите!

Голос Акинфия Ивановича ответил:

— Эй, малята, не отставайте! Тут развилка! Потеряетесь!

— Пошли быстрее, — сказал Тимофей.

Скоро из тумана выплыла развилка. Тропинку рассекал надвое здоровый остроугольный камень, чем-то напомнивший Валентину нью-йоркский небоскреб «Утюг». На камне восседал Акинфий Иванович — было непонятно, как он забрался на него без стремянки.

— Ну чего, — спросил он, — куда пойдем, направо или налево? Оба маршрута годятся.

— А в чем разница? — спросил Тимофей.

Акинфий Иванович усмехнулся.

— Кто ж его знает, в чем. Жизнь непредсказуема.

---

[1] вероятно, Акинфий Иванович поет песню Louane «Jour 1»: «C'est le jour 1, celui qu'on retient» — «День 1, тот, что мы запомним».

— Где виды лучше?

— Я бы сказал, одинаково.

— А где идти легче? — спросил Андрон.

— То же самое.

— Вы, Акинфий Иванович, прямо как вещий ворон, которому врать надоело, — сказал Иван. — Налево фигня, направо та же фигня. Вы всем тут выбор предлагаете?

— Нет, — ответил Акинфий Иванович. — Не всем. Иногда сам выбираю. Вас решил спросить. Решайте. Направо или налево.

— Наше дело правое, — сказал Тимофей.

— А наше как раз левое, — отозвался Валентин. — Андрон?

— Левая сторона в древности считалась нечистой. Пошли направо.

— А я левша, между прочим, — сказал Иван. — Мне такое даже слышать обидно. Налево.

— Так, — констатировал Акинфий Иванович. — Голоса разделились. Как будем решать?

— А вы сами куда предпочитаете?

— Мне фифти-фифти, — сказал Акинфий Иванович. — Что в сумме дает один хрен. Так что выбирайте, пожалуйста, сами.

Решили кинуть монету — и десять рублей указали дорогу влево.

— Я же говорил, — засмеялся Валентин.

Акинфий Иванович слез с камня.

— Пошли.

Остаток дороги молчали.

Следующий кош выглядел почти обитаемым. Из стены торчал крюк, где опять висели бычьи ребра с мясом, но теперь мясо оказалось очень свежим. На плитке стоял чайник — подняв крышку, Валентин увидел внутри несколько веточек с толстыми разварившимися листьями. Еще в коше пахло не выветрившимся до конца табаком, а на полу лежало два раздавленных окурка. Люди были здесь совсем недавно.

После ужина Акинфий Иванович засобирался спать — и друзьям стоило некоторого труда уговорить его продолжить историю.

— Про рога на скале, — напомнил Валентин.

— Ну ладно...

Акинфий Иванович откинул серебряные волосы со лба и несколько секунд глядел в пол, словно заряжаясь решимостью. Видно было, что вспоминает он что-то мучительное.

— В общем, — сказал он, — послушал я эти рассказы про Карфаген, а потом улучил момент и главный вопрос задал. А именно — зачем тут эти рога в скале высечены? Что ты такое задумал, говорю, жертву приносить? Ага, отвечает Жорес, именно.

— Что, детей? — спросил Тимофей.

— Вот я тоже поинтересовался. Он засмеялся, ладошкой махнул — не бойся, Иакинф. Не детей. Во всяком случае, не человеческих. Читал бы Библию, знал бы, что детей еще в древности заменили на агнцев. Маленьких таких ягнят. Это ведь тоже концентрат времени. Только их много надо, потому что живут они недолго. Я спрашиваю, а Кронос как к этому относится? Он плечами пожал — ты, говорит, водку пьешь, а ведь не задумываешься, из чего Советская власть ее гонит. Я думаю, и Кроносу такие вопросы не особо важны. Ну, у меня отлегло немного. Я спрашиваю — а зачем это? Какая конечная цель?

— Деньжат выпросить, — сказал Иван.

— Да нет, — усмехнулся Акинфий. — У него с этим вопросом порядок был. И со всеми другими тоже. Я же говорил, в каком он доме жил. Нет, тут другой интерес был. Он меня спрашивает — тебе что, все знать обязательно? Я говорю, если какая-то помощь нужна, то да. Надо же понимать, в чем участвую. Что на душу беру. Он отвечает — хорошо, разумно вопрос ставишь. Рад, что у экстрасенса душа нашлась. Сейчас объясню...

Акинфий Иванович покачал головой и замолчал. Когда молчание стало тягостным, Иван спросил:

— Что же он объяснил?

— Сказал, что власть Кроноса над живыми существами осуществляется через время. Каждому отмерен свой срок. Время — своего рода проклятье. Приговор к смерти. И одновременно благословение, потому что, кроме времени, у живых нет ничего вообще. По сути, они сделаны из времени. Отняли время — отняли все.

— Время — деньги, — сказал Андрон.

— В том числе, — кивнул Акинфий Иванович. — В культе Кроноса было несколько этажей — для профанов, адептов, посвященных и так далее. Жертвы приносили на всех этажах. Но смысл у жертвоприношений на каждом уровне был разный. Внизу просто просили бога о какой-нибудь малости — чтобы груз доплыл до места, такое в Карфагене чаще всего было, там все приторговывали. Или чтобы урожай взошел, судебное дело разрешилось и так далее. Серьезные жертвы приносили во время войн — но это тоже, в общем, тупой уровень. А вот на самом верху... Там суть вопроса понимали очень хорошо — и вступали с богом в неэквивалентный обмен.

— Что это такое?

— Когда дают больше, чем просят. Богу предлагали много чужого времени — и просили в обмен немного личного. Возвращали гораздо больше, чем просили. Это делали по особому древнему ритуалу, и бог на него отзывался. В самом центре культа Баала стояла группа людей, которые давно такой обмен наладили. Они фактически приобрели бессмертие и жили с незапамятных времен. Их называли *темными бессмертными*...

Эти слова Акинфий Иванович опять произнес с густым кавказским акцентом, чтобы выделить их грозный смысл. Но получилось неожиданно смешно.

— Томные безмерные? — повторил Тимофей, и друзья захихикали.

— Темные. Темные бессмертные, — отчетливо повторил Акинфий Иванович.

— С незапамятных времен — это сколько лет?

— Столько, сколько стоял Карфаген, — ответил Акинфий Иванович. — И даже раньше. Намного раньше.

— Это Жорес говорил? А он откуда знал?

Акинфий Иванович обвел слушателей глазами.

— Жорес этот, — сказал он, — был одним из них.

— Он что, сам признался?

— Я сразу понял, как про них услышал. Прямо холодом повеяло. И ясно стало, откуда он про древний мир столько знает.

— А как он на Кавказе оказался?

— Когда римляне разрушили Карфаген, они убили темных бессмертных. Искали их всюду. Типа как Ганнибала.

— А что, бессмертных можно убить?

— Конечно, — ответил Акинфий Иванович. — Бессмертный в человеческом теле — это как бутылка со временем. Если аккуратно подливать в нее время, бутылка будет сохраняться. А если ее разбить, время сразу вытечет. Но римляне убили не всех. Многие скрылись заранее и уехали в глушь. Некоторые поселились на Кавказе у этой горы. Они решили, что это тайный знак, посланный им Баалом. Здесь им удалось возобновить контакт со своим богом. Но храмов они уже не строили. И статуй не ставили — если не считать этих рогов на скале. Вообще не привлекали к себе внимания, с умом пользовались своей великой силой, грамотно смешивались с волнами переселений и так далее. И этот Жорес был из них самым последним. Он до сих пор приносил Баалу жертвы по старому ритуалу, только заменил человеческую молодежь на ягнят. Так он сказал, во всяком случае.

— А бог согласился?

— Видимо да, — ответил Акинфий Иванович. — Раз он эти жертвы принимал и продлевал Жоресу жизнь, значит, Жорес был ему зачем-то нужен... Я, кстати, по ходу и выяснил, почему его Жоресом звали.

— Да, — сказал Валентин, — почему? Это ведь не особо древнее имя.

— Имена для таких людей как перчатки. Его настоящее имя было другим, просто звучало похоже на «Жорес». «Джируз», или что-то вроде.

— Он вам его назвал?

Акинфий Иванович усмехнулся.

— Не мне...

— А кому?

— Слушайте дальше, малята. В общем, я ему говорю — вы, Жорес, как я вижу, человек не просто продвинутый, а продвинутый до самого упора. Может, уже и не человек вообще. Зачем вам приблудный московский экстрасенс? Какая от него польза? А он отвечает — видишь ли, Иакинф, в отношениях с людьми помочь ты мне не можешь. Но в отношениях с богами есть свой ритуал и свой этикет. И дело тут не в продвинутости, а в благоговении и почтительности, потому что для богов между людьми разницы особой нет — все черви...

— Про рога когда расскажете? — напомнил Валентин.

— Вот как раз и подошли, — ответил Акинфий Иванович. — Как ты думаешь, спрашивает Жорес, зачем тут вырубили на скале рога? Затем, чтобы бог узнал форму горы и узнал рога статуи, которые находятся там же, где были у древнего памятного изваяния. Бог считывает сложный геометрический рисунок и понимает, что обращаются к нему те самые лица, что и две с половиной тысячи лет назад, или раньше. С другими, может, он и говорить не станет. Или будет, но совсем по-другому. Хорошо, отвечаю, это понятно — но я-то вам зачем? А затем, говорит, что к божеству всегда обращались по определенному ритуалу. И это так же важно, как форма горы и рога на нужном месте. Бога вызывал специальный герольд, наделенный, как у вас выражаются, психическими сверхспособностями. Он указывал богу на жертвователя и жертву. И только потом сам жертвователь решался предстать перед богом... Я спрашиваю, а где ваши ягнята? Он рукой махнул — мол, не твое дело. Ягнят в другом месте сожгут. На мясокомбинате. По документам проведут как инфицированных. Там все готово. Главное, чтобы Двурогий понял, что подарок от меня. Для этого ты должен к нему обратиться...

— Что-то он крутил, — сказал Тимофей. — Неубедительно как-то... Неправдоподобно и замысловато.

— Вот и мне тоже так показалось, — ответил Акинфий Иванович. — Я прямо кожей ощутил, что тут какой-то подвох. Слушай, говорю, Жорес, а под статью ты меня не подведешь, случайно? Он засмеялся даже. Да успокойся, отвечает. Тебе только и надо, что сказать перед костром несколько слов. Объявить на древнем языке — мол, прибыл гонец из Пизы. Дальше буду общаться я сам, а ты помалкивай. Но почему именно я, спрашиваю. Да потому что у тебя способности, говорит. Ты духов чувствуешь. Сквозь тебя моя просьба пройдет. Я как услышал по радио, каким ты голосом Ардуха призываешь, сразу понял, что ты мне и нужен, Иакинф... А сам еле ухмылку прячет.

— Вы согласились? — спросил Иван.

Акинфий Иванович кивнул.

— А что делать было? Мы же там не вдвоем отдыхали. Там джигиты его в соседних палатках были. Что будет, если откажусь, непонятно. С другой стороны, просил он меня, в общем, о малости. Что-то там такое возгласить у костра за серьезные бабки. Позвать какого-то бога. Да я их каждый день звал за копейки, как пылесос. Какие проблемы?

— А не страшно было?

— Чего?

— Что бог услышит и...

— Нет. Страшно было, что джигиты зарежут,

если не так себя поведу. И прямо на месте прикопают. Я только к этому моменту соображать начал, что никто, собственно, не знает, куда я из Нальчика уехал. Да и кто вообще меня хватится? Мало ли в России бродячих экстрасенсов...

Акинфий Иванович зевнул, закрыл глаза и надолго замолчал. Валентин подумал, что тот уснул.

— А дальше?

Акинфий Иванович встрепенулся.

— Выходим мы, значит, из палатки. А там уже почти светло. Костер как горел, так и горит — джигиты всю ночь дрова подкидывали. Жорес говорит, встань вот здесь, спиной к костру. Сосредоточься и читай, пока бог не ответит. И дает клочок бумаги. На нем несколько слов русскими буквами. Я и начал читать. Он пару раз произношение поправил, а потом отошел в сторону и сел на камень.

— А что за слова?

— Я их не понимал, конечно. Только имя узнал — «Джируз» — и еще два слова — «ханни бааль». Милость Баала, он меня уже на этот счет просветил. Он сказал, протяжнее читай, не спеши. Читаю минуту, пять — ничего. Десять минут — ничего. Я на него краешком глаза гляжу, а он мне так рукой машет, читай-читай, не отвлекайся. Ну, я и читаю, а сам так думаю с усмешечкой: Ганнибал-Ганнибал, всех на свете... И неприличная рифма в голову лезет.

— Ганнибал Лектор, — сказал Тимофей. — Теперь я вашу шуточку понял. Что вы не лектор, а просто Ганнибал. Это имя, кстати, меня всегда прикалывало. Типа сначала воевал чувак, а потом лекции читал в академии Генштаба.

— Фильма этого я тогда не видел, — ответил Акинфий Иванович, — таких ассоциаций не было. Думал про Ганнибала-полководца. Даже портрет его вспомнил — в школе репродукция висела в кабинете истории. Молодой бородатый парень... А потом я заметил, что слова понемногу действуют.

— Как?

— А так, что я эту скалу с рогами уже совсем по-другому видеть стал. В ней угроза появилась. И мощь. Я догадывался, конечно, что сам себя завожу, но поделать ничего не мог. Потом страшно стало. А что, если и правда какой-нибудь бог явится? Что делать буду? И тогда...

Акинфий Иванович помотал головой из стороны в сторону — словно бы сомневаясь в собственном воспоминании.

— Тогда он и явился.

Акинфий Иванович сказал это без всякого драматизма, но в коше стало тихо. Вдруг сделались различимы странные звуки за стенами — ночные сигналы насекомых, далекие крики птиц. Ночь, в сущности, вовсе не была уютной и нежной. Это ощутили все.

— Что, древний бог? — спросил Иван.

Акинфий Иванович кивнул.

— Он что, перед вами из скалы вышел?

— Нет. Началось с самых обычных мыслей.

Сперва у меня в голове словно щелкнуло, и я понял, что Ганнибал носил шлем с двумя рогами, чтобы походить на своего бога. А до этого такую же каску носил Александр Филиппович Македонский. «Джентльмены удачи» смотрели?

— В детстве, — ответил Тимофей. — Каску помню, да.

— А почему он ее надел? — вопросил Акинфий Иванович. — Потому что был человек понимающий и знал, кто дает удачу и за что. Его не зря называли «Александр Двурогий». Почти как Баала с карфагенской горы. В те времена все серьезные пацаны были в теме — вот только Александру времени не добавили, а наоборот. Наверное, в чем-то ошибся. Или самого в жертву принесли... Я так еще важно это помыслил, будто сам в теме был. И тут я его и увидел.

— Баала?

— Его. Он, правда, не представился. Но выглядело серьезно. Словно бы такой... воин в доспехах из света. Наверное, я потому это подумал, что вспоминал про Ганнибала и Александра. Но особых подробностей я не разобрал — свет был такой ослепительный, что поначалу я не мог нормально смотреть. Вот как если бы из солнца вырезать фигурку — смогли бы вы ее разглядывать? Различил только два рога, завернутых вниз — из них самый яркий свет и бил. Вернее, не из рогов свет, а сами рога из света. Понимаете?

— Как-то не очень.

— Ох, как бы вам объяснить... Если вы в игры всякие играете — представьте, что такой супермен, у которого на голове два реактивных двигателя, и они его держат в воздухе. Его изображали двурогим, но это на самом деле не рога, просто древнему человеку такое сравнить было не с чем, кроме как с бараном. Но это и не двигатели, конечно. Сравнение не лучше. Скорее воронки из света... Вихри...

— А другие его тоже видели? — спросил Тимофей. — Джигиты эти?

— Не думаю. Это был... Сон наяву, что ли. Но до того отчетливый, что я даже скалу эту видеть перестал.

— Ослепли?

— Нет. Просто этот двурогий и сияющий все мое внимание захватил. Но при этом он не то чтобы болтался передо мной в воздухе. Нет, он оставался в каком-то своем мире. Совсем ином. Я только после этого допер, как такое бывает — кому-то явление Божьей матери в небе, а никто рядом ее не видит. Потому что Богоматерь не в небе появляется, а в уме. Понятно?

— Понятно. А Жорес заметил?

— Что-то он почувствовал, потому что от костра быстро так отошел и глаза ладошкой прикрыл. Но видел ли он то же самое, сказать не могу... А потом бог со мной заговорил.

— На каком языке?

— Вообще не словами. Меня как будто к компьютеру подключили — я за секунду очень много нового узнал... Причем не так, как бывает, когда один человек другому что-то объясняет и тот постепенно врубается. Нет. Как будто меня впустили в такое пространство, где все эти вещи...

Акинфий Иванович замялся, подыскивая выражение.

— Висят в воздухе, — подсказал Валентин.

— Ну примерно. Их не по одной понимаешь, а сразу вместе. Не зная их, с богом общаться просто нельзя. Словно мне мозги прокачали перед аудиенцией. Чтобы я хоть примерно понимать начал, куда голову просунул.

— И что вам закачали?

— Целую новую картину мироздания. Как все устроено между богами и людьми.

— Расскажите.

Акинфий Иванович поглядел на часы.

— Завтра. Последний день будет, отдохните как следует. Вы же не байки из склепа слушать приехали, а видами любоваться. Давайте спать.

∗

Последний полный день трека оказался самым приятным и расслабушным. Было прохладно, в меру пасмурно — клочья тумана не скрывали гор, а как бы показывали их в другой рамке. Тропа почти все время шла вниз, и шагать по ней было легко и весело. Из дольнего мира долетали зовы быков и запахи сильной и дикой природы.

По краям тропинки проплыло несколько могучих конопляных кустов — и друзья с улыбкой переглянулись. Но собирать урожай, конечно, никто не стал. Как выяснил в первый же день Иван, при желании все можно было купить у местных.

Заблудиться теперь было трудно. Акинфий Иванович шел далеко впереди, распевая что-то на своем диком французском. Друзья, сбившись вместе, обсуждали планы — на завтра и послезавтра. Потом разговор перешел на вчерашний рассказ проводника.

— Я думаю, — сказал Тимофей, — у него такое шоу бедуинов. Как в Египте. Рассказывает одно и то же по секрету каждой группе. Все просчитано. От рогатого черепа в кабинете до цитаты из Шекспира.

— Вот не уверен, — ответил Андрон. — Ты же его сам раскрутить решил. Расспрашивать начал. Сам он вроде болтать особо не рвется. Всякий раз просить надо.

— Любой хороший рассказчик так делает, — сказал Тимофей. — Чтобы не думали, будто он свою историю навязывает.

— Можно сегодня не упрашивать. Посмотрим, что будет.

— Он просто рассказывать не станет, — сказал Иван. — Вот и все.

— Поглядим, — ответил Тимофей. — Ты хоть одному его слову веришь?

Иван пожал плечами.

— Верю, не верю, а интересно. Если и врет, красиво.

— Ну да, — сказал Андрон. — Художественно. И необычно для такой дыры.

— Угу, — согласился Тимофей. — Наверняка входит в стоимость тура.

Больше про Акинфия Ивановича и его сказку до конца дня не вспоминали. Все вдруг прониклись мыслью, что завтра возвращаться на базу, и старательно впитывали в себя горные красоты не только глазами, но и кожей.

Несколько раз останавливались отдохнуть — Акинфий Иванович выбирал для стоянок места с особо пронзительным видом. На одной из таких остановок Валентина накрыло сентиментальной волной. Он подошел к росшему на краю обрыва кусту, присел рядом и даже шмыгнул носом от прилива чувств.

— Что это, — спросил Андрон, разглядывая куст, — можжевельник?

Валентин точно не знал. Возможно, знал Акинфий Иванович — но он стоял поодаль и не слышал вопроса.

— Сорвать хочешь на память?

— Нет, — ответил Валентин. — Хочу им стать.

— Это как?

— А так. Живет можжевеловый куст на краю бездны. Растет, гордо глядит в синюю даль... И никуда ему не надо ехать в десять утра. Было стихотворение про то, как умирает японец, мечтая возродиться сосной где-то там... над обрывом.

— Купи квартиру в «Москва-Сити» на сороковом этаже, — ответил Андрон. — И гляди себе в бездну, пока жопа не треснет.

— Там никакой бездны нет.

— В «Москва-Сити» как раз очень конкретная бездна со всех сторон. Но здесь нюансы понимать надо. Не всякий увидит...

Валентин все-таки оторвал небольшую зеленую лапку от куста, но потом, подумав, бросил ее в пропасть.

Шли в этот день дольше обычного — и до конечной точки добрались уже в полной темноте.

Это было такое же пустое пространство между скалами, как в прошлые дни — но коша здесь не оказалось. Зато на плоскую площадку вели как бы каменные ворота из двух здоровенных глыб. Это было красиво.

— Где спать будем? — спросил Тимофей.

— Зачем палатки с собой брали? — ответил Акинфий Иванович. — Вот в палатках и будем. Разбивайте...

Друзья испытали противоречивые чувства — с одной стороны, после утомительной прогулки совершенно не хотелось что-то делать. С другой, приятно было, что все эти дни таскали на себе палатки не зря. Второе чувство перевешивало.

Пока разбивали палатки, Акинфий Иванович

собрал укладку для костра — дрова были припасены прямо здесь, в нише заросшей кустами скалы. В центре поляны чернел выгоревший круг от прежних костров. Видимо, это действительно был типовой маршрут, и все необходимое ждало на трассе.

— Шоу бедуинов, — тихо повторил Тимофей, и Андрон засмеялся.

Когда палатки были готовы, Акинфий Иванович уже разжег огонь. Друзья сели вокруг — и несколько минут блаженно жмурились в тепле.

— Отличная идея, — сказал Тимофей. — Насчет костра. А то все время чего-то вечером не хватало.

— Сегодня можно посидеть подольше, — ответил Акинфий Иванович. — Нормально будет. Дров тут много.

Никто пока не просил Акинфия Ивановича продолжить рассказ — а сам он, похоже, совершенно к этому не стремился. Он как-то посерьезнел, замер — и глядел, не отрываясь, в огонь.

— О чем думаете? — спросил Тимофей.

Акинфий Иванович поднял лицо и взглядом проводил летящие к небу искры.

— Искры и звезды, — сказал он. — Почти одного размера. Когда глядишь снизу, кажется, что это примерно одно и то же. А разница между ними есть, и весьма значительная... Вот так же и мы. Глядим на мир из своей суеты, и не понимаем, где в нем искры, а где звезды.

— Это вы о чем? — спросил Андрон.

— Да так, — ответил Акинфий Иванович. — Просто.

Иван не выдержал.

— Вы вчера говорили, — сказал он, — что поняли что-то важное про богов и людей.

Акинфий Иванович наморщился, словно надеялся, что его уже не потревожат этой темой.

Валентин тоже не утерпел.

— Правда, — попросил он, — расскажите. Что вы конкретно тогда поняли? Можете объяснить?

Акинфий Иванович кивнул на костер.

— Смотрите, — сказал он. — Что вы видите?

— Огонь, — ответил Андрон.

— Не огонь, а огни. Разноцветные, быстро меняющиеся язычки пламени. Если долго глядеть в огонь, начинаешь видеть его духов. Они текучие и мимолетные. Живут почти на человеческом химическом принципе, только выгорают намного быстрее. Их жизнь коротка даже по людским меркам. Сколько виден один голубенький язычок огня, столько подобный дух и существует. Костер — это их Вавилон. Пока я про них говорил, у них несколько династий сменилось. Как вы думаете, может между нами, людьми, и этими крошечными огненными духами быть какой-то контакт?

— В каком смысле?

— Можем мы друг друга о чем-то просить?

Иван пожал плечами.

— Нет, наверное.

— Вот именно, — ответил Акинфий Иванович. —

Не можем, потому что просто не успеем. Но связь между нами есть. Она в том, что мы, люди, разводим костер — то есть создаем условия, чтобы мелкие духи огня появились, прожили множество крохотных жизней и исчезли. Над остальным в их судьбе мы не властны.

— Мы можем погасить костер.

— Можем. Но это не значит, что мы обретем власть над его обитателями. Это значит, что духов огня с какого-то момента просто не будет.

— А есть такие духи, для которых мы как язычки огня? — спросил Иван мечтательно.

— Есть, — ответил Акинфий Иванович. — Например, древние духи света. Они совсем другие. Они практически вечные и существуют столько, сколько свет идет от самых первых звезд. Пока он летит сквозь пустоту, они живы. Их жизнь и есть это космическое расширение. Для нас их бытие непостижимо. Разве может между нами быть союз? Можем мы чем-то друг другу помочь? Нет, конечно, хотя подобные духи формируют причины и условия, чтобы появились люди. Разводят, так сказать, костер на поляне. Но над нашей жизнью они не то что не властны — они просто не успеют ее заметить, как мы не отследим язычок огня в костре. Поэтому молиться создателям этой вселенной бесполезно. Даже солнцу наше мельтешение уже не различить. Эхнатон Египетский, который ему поклонялся, этого не понимал.

Тимофей усмехнулся.

— А кому тогда...

Акинфий Иванович поднял палец, показывая, чтобы его не перебивали.

— Но есть духи пограничные, — продолжал он, — живущие между огнем и светом. Они не свет и не огонь, а нечто среднее. Живут дольше человека, но не намного — может быть, раз в десять или сто. Вот они и становятся нашими богами, потому что... Как бы это сказать...

— Сравнительный временной масштаб нашего бытия дает возможность осмысленного взаимодействия, — отчеканил Андрон.

— Вот именно. Мы для них не микробы, а скорее тараканы и мыши. Бессмертные они только для нас — а сами для себя вполне смертны. Когда они умирают, у людей отшелушиваются религии. Так вот, Кронос, или Баал, был среди этих полувечных божеств главным долгожителем. Но не потому, что мог управлять природой времени, как думал Жорес. На такое способны только высшие боги света. Кронос мог всего лишь манипулировать временем. Прибавлять и убавлять. Отсыпать из одного мешка и досыпать в другой. Поэтому те, кто ему поклонялся, приносили ему в дар время, спрессованное в живых существах. Силу сжатой пружины, так сказать. Это и был тот строительный материал, из которого Кронос творил свои чудеса. Как бы свернутая потенция. Кронос мог потом приложить ее к любому аспекту мироздания и использовать.

— А как... — начал Тимофей.

— Я не знаю как, — перебил Акинфий Иванович. — Говорю только о том, что мне было показано. Во-первых, я увидел все вот это про богов и людей. Разъяснили мышке про котиков. А потом я понял кое-что другое, и вот это мне уже понравилось меньше. Значительно меньше.

— Что именно?

— Я увидел, кого конкретно Жорес приносит в жертву. Не ягнят каких-то на мясокомбинате, это он врал. Жертвой был я. И объяснял он мне целую ночь про Кроноса и Баала вовсе не из просветительских соображений, а потому, что жертве всегда подробно рассказывали, что происходит, почему и как. Даже младенцам, которые слов еще толком не понимали, зачитывали специальный стих про доброго бога. Такая была неукоснительная традиция и условие неэквивалентного обмена. И теперь Жорес ждал, когда Баал Двурогий станет огнем и сойдет на меня, чтобы забрать. Но я, объяснил мне бог, в качестве жертвы ему не нужен — я для него невкусный, потому что жить мне по моей судьбе осталось совсем ничего. То, что его побеспокоили ради такой жертвы, для него, бога, оскорбительно. И Жорес не в первый раз уже творит такую мерзость перед его лицом, поэтому... Тут он ко мне приблизился, и я подумал, что он меня сейчас все-таки сожжет. Но произошло нечто другое. Он надо мной как бы склонился — и прямо в меня шагнул... Вот как рыбак в лодку.

— Очень поэтично, — сказал Валентин.

— Нет, я не в поэтическом смысле. А в том, что я от этого его шага весь прямо ходуном заходил. А потом и вообще перевернулся.

— В каком смысле? С ног на голову?

— Нет, — ответил Акинфий Иванович. — Наоборот. С головы. А куда, не знаю. Не помню... Все, что я запомнил — это как мною пожар тушат.

— Это как? — спросил Тимофей.

— Ну вот буквально — как будто бы я стал огнетушителем, и из меня гасят огонь. Подносят куда-то, наклоняют и выпускают типа струю углекислоты. В точности такое ощущение. И под этой струей все трепещет и затихает. Даже приятно было. Истома появилась в теле. И усталость... Очень сильно устал, вымотался просто. Повалился на землю и решил, что все-таки принесли меня в жертву... И вырубился.

Акинфий Иванович опять надолго замолчал.

— А что дальше было? — спросил наконец Тимофей.

— А дальше... Дальше я оклемался.

— И...?

Акинфий Иванович оглядел своих слушателей с веселым отчаянием — словно решив выложить все до конца.

— Ну что, хотели знать, так слушайте, малята. Было часов одиннадцать утра. Костер почти догорел. В воздухе мясом горелым припахивало — я еще подумал, помню, что братва шашлыки жарит. Я лежал под кустом, метрах в тридцати от палатки Жореса. А Жорес... Жорес валялся мордой в костре. И уже совсем почти прогорел. До кости. Тогда-то я и понял, что за шашлычок тут пережарился... Я его оттащил за ноги, решил сперва, что он по пьяни так упал. А потом вижу — у него череп расколот. Пошел я братву будить. А как до палаток дошел, увидел, что никого уже не разбужу... Никого вообще.

— Что, — выдохнул кто-то, — они тоже...

— Тоже, — подтвердил Акинфий Иванович. — Все.

— Сгорели?

— Нет. Зарубили их. Вот, знаете, так выглядело, будто монгольская конница промчалась. Лежат на земле порубанные. Ран таких страшных я до того дня никогда не видел, даже в анатомичке. Прямо на части...

— Чем?

— Я сначала сам не понял. Стал искать. Нигде ничего не видно. А потом подхожу к тому кусту, где я в себя пришел, и вижу — топор лежит. Колун такой, но острый. Им братва полешки для костра рубила. Топорище в крови. И на руках у меня тоже кровь...

— Так это вы их?

— Не я! — вскричал Акинфий Иванович. — Не я, а бог, которого Жорес своей убогой жертвой унизил. Я ничего не запомнил даже. Бог в меня вошел и все моими руками сделал. Потревожить такую высокую сущность, чтобы предложить ей на обед московского экстрасенса, которому подыхать скоро — это, я не знаю... Оскорбление величества. Кино было французское про кулинара Вателя, смотрели?

— Знаем, — ответил Тимофей. — Закололся мужик. Не нашел хорошей рыбы для короля. Привезли с рынка какую-то дрянь, ну он и прыгнул на шпагу.

— Именно, — сказал Акинфий Иванович. — Сами подумайте. Там какой-то мимолетный Людовик Четырнадцатый без обеда остался, а тут — древний бог, которого специально разбудили, чтобы дерьмом покормить... Вот бог обидку и кинул, понять можно... В общем, стал я прикидывать, что мне теперь делать.

— В милицию позвонили?

Акинфий Иванович покачал головой.

— Тогда мобильников таких не было, чтобы в горах работали. И потом, что милиции сказать? Кучу народу топором зарубил, а как, не помню?

— Правду рассказали бы.

— Ага. Про двурогого бога Баала, кличка Сатурн, он же Кронос. Меня бы или в дурке сгноили, или чпокнули просто. Запытали бы в подвале, выясняя, в чем дело. Жорес этот серьезный человек был, наверняка много с кем дела вел — по дому видно. Не, мне с этой историей точно вылезать никуда не стоило.

— И что вы сделали?

— Решил валить оттуда побыстрее. Первым делом, как известный работник прокуратуры, вымыл руки. Всю воду на них вылил, какая в канистрах была. Оттер все пятна. Топор в костер кинул, там еще углей хватало. Справил, извиняюсь, нервную нужду в кустах — и вниз. Спустился с горы, выбрел на дорогу. Там меня через пару часов «уазик» подобрал. Сказал водиле, что турист, отбился от своих. Проехали половину дороги, я вылез, расплатился и другую попутку поймал, чтобы след от горы до гостиницы не оставить. Платил хорошо — денег у Жореса одолжил, когда уходил. Ему они все равно нужны больше не были... Уже к Нальчику подъезжаю и вдруг понимаю — мама родная! Я же паспорт на этой горе оставил. От волнения. Я, когда по большому делу в кустах присел, повесил сумочку свою на ветку и так призадумался, что взять ее уже забыл.

— Да, — сказал Андрон, — красиво.

— Делать нечего. Выпил для храбрости, нанял другой «уазик» и поехал назад. Вдруг никто еще не хватился. Ну а если мои документы там нашли, хана, конечно. Добрались до горы. Попросил водилу подождать, поднимаюсь наверх. А там...

— Что, — спросил Иван, — менты?

— Никого. Никого вообще. И ничего. Ни палаток, ни Жореса, ни даже следов, что здесь палатки стояли. Только пятно и зола от костра. В золе топор, в смысле железяка. Рукоятка сгорела. Значит, не приснилось мне. А в кустах, куда я погадить отходил, моя пидораска...

— Кто?

— Тогда барсетку так называли, сумочка маленькая, на руке носить. Висит, милая, на том же месте, а в ней паспорт, права и московские ключи. Я это все для безопасности с собой носил.

— А куда трупы делись? Палатки?

Акинфий Иванович пожал плечами.

— Я решил, что их нашли уже и увезли. Какие-нибудь кунаки, чтобы похоронить до заката. Мало ли, какие здесь порядки. А сумочку мою просто не заметили в кустах — кто же их прочесывать будет. Я тогда, если честно, от страха вообще про это не думал. Живой, и спасибо. Ухожу уже, глаза напоследок поднял на скалу, где рога эти высечены. И тут...

— Что?

— Опять его увидел...

Акинфий Иванович изобразил, как это было: уставился вперед и вверх, открыл рот и выпучил глаза. На его лице нарисовался очень убедительный страх — словно он действительно видел что-то в ночной темноте.

— Такого же светящегося?

— Нет. В этот раз была галлюцинация, короткая, но очень реальная. Будто меня в другое место перенесли. Я увидел каменную статую. Огромную. Наверное, ту самую, что стояла на горе в Карфагене. Раскрашенная, пестрая и вся убранная цветами. Гирляндами прямо. Лицо у бога было розовое, с черной бородой, молодое и веселое. А рога золотые — и сияли на солнце. Даже похоже немно-

104

го на те лучи, которые я видел. И еще я услышал словно бы шум огромной толпы, и запах каких-то благовоний, густой и сильный... Но больше всего меня поразило небо. Оно было... Другое. Не знаю, как объяснить — вроде и цвет тот же, и облака. Но это было другое небо, древнее. Как будто я видел юность человеческого мира, когда у людей впереди было еще много-много времени и разных нехоженых тропок. Невыразимо. А потом я понял, что бог опять со мной говорит. Сказал он примерно так: «Постигни мое величие и вернись с почтением и страхом. Тогда будешь у моей груди, как прежде Джируз... И продлю твои дни, Иакинф».

— Прямо по-русски?

— Вот не знаю. Не берусь сказать. Но запомнил я по-русски, конечно.

— А дальше что было?

— Дальше я пидораску подхватил — и вниз, к «уазику». Опять для верности на окраине Нальчика вылез, потом на такси. В гостинице мне никаких вопросов не задали, решили, наверное, что загулял. От меня действительно винцом припахивало — я по дороге накатил от нервов. А на следующий день уехал в Москву. Ко мне какие вопросы? Меня там никто не знал, никто и не хватился. Жорес на это и рассчитывал. Экстрасенс приехал, экстрасенс уехал...

— В газетах было про это? В новостях?

Акинфий Иванович отрицательно помотал головой.

— Вот ничего не было. Ни в центральных новостях, ни даже в местных. Я знал, что этот Жорес в Нальчике был большим человеком — а у таких всегда враги есть, тоже немереной крутизны. Вот на кого-то из них, наверное, и подумали. Решили не шуметь — жмуров по-быстрому убрали, и все. Барсетку мою в кустах найти можно было, только если знать точно, где искать. Я с этими людьми удачно разминулся — на час или около. Там постоянно машины проезжали, но я их уже не особо помнил. Меня это не слишком удивило — тогда на Кавказе буча только начиналась, но в воздухе ее уже чувствовали. Все вели себя тихо. И не такие люди пропадали...

— Так вам убийство с рук сошло? — тихо спросил Тимофей.

— Я же объяснил, что никого не убивал, — ответил Акинфий Иванович. — Это бог сделал. Он просто моим телом воспользовался. Жорес меня в жертву предложил, а бог вместо этого его самого забрал. Вместе со всей командой. Джигиты молодые были — видно, подошли.

— Совесть потом не мучила?

— Нет, — ответил Акинфий Иванович. — Чего она мучить будет, если я даже не помнил ничего? У меня ни причины, ни намерения кого-то убивать не было. Я бы с такой оравой и не сладил — что я, мастер боевых искусств? Вины моей тут не было точно.

— А вы на это место вернуться не хотели?

Акинфий Иванович усмехнулся.

— Хотел. Но не получилось. В конце девяностых на Кавказ ездить страшно стало. Смута, война. Я бытом оброс в Москве... Работу нашел по профилю.

— Опять экстрасенсом?

— Нет. В косметической клинике. Большой разницы нет, тоже дебилов разводить на процедуры. Планировал вернуться, а потом думаю — ну хорошо, приеду, и что делать буду? Одному страшновато было на это место идти. Меня другое заинтересовало — где про покойного Жореса хоть какую-нибудь информацию найти? Ведь знал же его кто-то? Но в Москве никаких концов не было. Потом девяностые кончились, и на Кавказе спокойнее стало. В общем, решился и поехал в Нальчик. Остановился в той же гостинице, меня там вспомнили даже. Отправился искать дом Жореса.

— Нашли?

— Найти несложно было. Теперь там маленький санаторий был. Какой-то ведомственный. Назывался «Красный Партизан», что меня жутко насмешило. Ладно в тридцатых годах, но ведь его так уже в наше время назвали. Парафино-нафталановое лечение, минеральные воды и все такое. Нашел русскую старушку на ресепшенс и стал ее расспрашивать — что тут было до санатория? Кто жил? А она мне отвечает — тут всегда санаторий. С тридцатых годов прошлого века. Я, говорит, двадцать семь лет тут работаю, а раньше здесь тетка моя работала. Я засмеялся. Говорю — не шутите со мной, я человек, измученный нарзаном... Она тогда ушла куда-то, вернулась с фотоальбомом и давай фотографии показывать. Этот же санаторий после войны. А потом до войны. Улица, отдыхающие... Он до войны назывался «Красный Каторжанин», в «Партизана» его в сорок восьмом году переименовали. И фотографии, главное, настоящие, старые. Так не подделаешь. Всю реальность надо подделывать.

— Может, дом был другой?

— Нет, — ответил Акинфий Иванович. — Дом этот ни с чем не спутаешь. Он в Нальчике всего один такой. Я башенки эти мавританские хорошо запомнил. И улицу тоже. В общем, вернулся я в гостиницу и стал размышлять. Либо галлюцинация у меня была. Либо... Либо что-то тут нечисто. Думал, думал — и понял, как проверить.

— Гора?

— Точно. Если глюк, то и гора эта с двумя рогами тоже глюк. И нет там ни горы, ни рогов, ничего. В общем, нанял «уазик» с шофером на двое суток, взял палатку, еду, дрова, наврал чего-то про обзервирование окрестностей — и поехал на поиски.

— Нашли? — спросил Тимофей.

Акинфий Иванович покосился на него.

— А ты как думаешь?

— Думаю, нет.

— Вот и ошибся. Нашел, братец. С первой попытки. Я эту гору запомнил хорошо, как она с дороги выглядела. Подъехали мы как можно ближе, а дальше пешочком... То самое место. Поляна та же, только кустов больше. Водитель помог палатку разбить, развели мы костер, а потом он говорит, я лучше в машине посплю. Мол, не хочу тут мерзнуть, обзервируйте без меня. Ушел. Остался я один. Еще светло, а мне голову поднять страшно — есть там рога или нет? Стал я поляну эту внимательно осматривать и через полчаса нашел топор. Лежит себе в выемке под скалой, за кустами. Рыжий, уже не топор даже, а ржавый отпечаток. Сколько лет прошло. Видно, кто-то его зашвырнул, чтобы на виду не валялся. Но форму я помнил, тот самый топор, точно. Ну, тогда я немного успокоился — и полез вверх по камням. Поднялся немного — и вижу их. Рога. На прежнем месте, те самые — но заросли сильно, снизу не разглядишь...

— Испугались?

— Да нет. Спустился вниз. Посидел немного у костра, а потом пошел спать в палатку.

— Не взывали к богу? — спросил Иван.

— Не взывал. Что я ему скажу... Но он сам явился.

— Как? Как в прошлый раз?

Акинфий Иванович подобрал с земли длинную ветку и пошевелил ею в костре.

— Нет, — ответил он. — Уже не как свет, и даже не как статуя, а как человек. Типа приснился. В общем, снилось мне, что я сижу в какой-то харчевне и ем виноград из миски. Место странное — не то древнее, не то дизайн под старину. Не поймешь. Деревянные лавки, очаг, стена из камней, подсвечники декоративные — в общем, такая римская молдавия.

— Очень хорошо объясняете, — сказал Тимофей. — Прямо сразу перед глазами.

— И подходит ко мне человек с такой острой длинной бородкой, — продолжал Акинфий Иванович, — в плаще и с мечом.

— В плаще? — переспросил Тимофей. — И с мечом?

— Ну, не в современном плаще, а в таком... Знаешь, с плеч спадает. И на лбу у него звездочка золотая, типа пирсинг или что-то в этом роде. Во сне меня совершенно этот меч и звездочка не удивили. Сел он напротив, угостился моим виноградом, и говорит: «Ходят слухи, что ты ищешь Двурогого Господина?» Я ответил уклончиво. Мол, не то чтобы прямо ищу, но интересуюсь. Он тогда говорит: «Сверкающий уже сказал тебе, чтобы ты постиг его величие и вернулся с почтением и страхом. Почтение и страх я вижу. Но понял ли ты, в чем его величие?» Ну, я честно признался, что нет. Мол, простите великодушно, мозгов не хватает. Только я уже догадался, конечно, что это сам Сверкающий и есть.

— А как?

— Ну, я к тому времени много уже прочитал про древних богов, представлял их ухватки. Знал, что любят шлангами прикидываться. Да и по звезде этой на лбу, в общем, ясно было, что бог. Во всяком случае, во сне.

— Почему он притворялся?

Акинфий Иванович пожал плечами.

— Думаю, чтобы поговорить со мной нормально. У богов же этикет, еще Жорес говорил. Если он как бог появляется, то перед ним только простираться можно и возжигать. Бог говорит загадочно и кратко, намеками — чтобы ты потом ломал голову над каждым словом. А тут он что-то хотел разъяснить без всякого церемониала, чтобы до меня дошло. И действительно разъяснил. Причем на таком вполне современном языке — я почти сразу понял... Но не поверил сначала. И вы не поверите.

— Давайте-давайте, Акинфий Иванович, — сказал Валентин. — Теперь уже всему поверим.

— В общем, стал он о себе в третьем лице рассказывать. Не «я, Баал», а типа как секретарь про шефа: «Двурогий Господин поступает так-то и так-то». Сперва объяснил насчет Жореса. За что его в расход пустил. Оказывается, этот Жорес взял за обычай вместо молодежи приносить в жертву людей с именами греческих богов. Найдет где-нибудь Аполлона или Венеру, вывозит на поляну и... Он думал, Двурогому Господину такое приятно, потому что по человеческим представлениям боги друг с другом собачатся, как люди. А это было поношение и хамство. Двурогий это терпел, потому что Жорес служил ему давно и был сердечно предан несмотря на свои глупые идеи. А теперь Жорес

111

нашел меня. Акинфия, или Иакинфа. Это имя от греческого «Гиакинф», или «Гиацинт». Был такой дружок у бога Аполлона по линии ЛГБТ. Гиакинфа этого, в общем, боги не поделили и грохнули. Метательным диском в голову. А Жорес, значит, решил, что если Аполлонов берут, то Иакинф тоже проканает. Но не проканало. Как поет группа «Сплин», бог просто...

— Бо-ог про-сто ус-тал, — тихонько пропел Иван.

— Да. Потом он стал объяснять насчет жертвоприношений. Многие, говорит, особенно римляне, понимали их суть совсем неправильно. А иногда даже сознательно кривили душой. Якобы в Карфагене детей мучили и так далее. Конечно, и такое было — в самых низах общества, где религиозная доктрина подвергается искажению и профанации. Некоторые граждане сжигали в тофетах собственных отпрысков — останки до сих пор находят. Но бог об этом никогда никого не просил. За прегрешения верующих вообще не следует спрашивать с бога, это бог должен спрашивать за них. Что мы и сделали в случае с Джирузом... Так вот, величие Двурогого Господина заключалось в том, что дети и юноши, правильно принесенные ему в жертву, в обычном смысле не умирали...

Акинфий Иванович замолчал и обвел глазами слушателей. Видимо, он ждал комментария или вопроса.

— Как же не умирали, — сказал Тимофей, — если их жгли.

112

— Он объяснил, что таков был символический ритуал, но не реальность происходящего. У Диодора Сицилийского говорится, что детей бросали в ладони бога, под которыми горел огонь, и они, пролетев через ладони, падали в пламя. Но это, говорит, римская военная пропаганда в чистом виде. Здесь опущено самое главное — дети даже не касались углей. Толпа видела руки Баала, видела лижущие их языки огня, видела детей — но не видела, куда они падали. А они не долетали до огня. Они исчезали сразу после того, как пролетали между ладоней Двурогого Господина. Вот в чем были красота и тайна.

— Куда они исчезали?

— Он сказал, что в древнее время это не обсуждалось, потому что подобное трудно было объяснить обычным людям. Такое могли понять только жрецы, и то не все. Но сейчас у вас просвещенный век, говорит, ты поймешь. В общем, когда бог принимал жертву, дети не сгорали, а исчезали. И не просто из физического мира. Стиралась даже память о них — помнил обо всем только жрец, вступавший с богом в контакт. На вашем языке, говорит, можно составить внешне нелепую фразу, которая полностью отразит суть происходившего при ритуале. Этих детей после жертвоприношения никогда раньше не было. Я, естественно, сначала не понял, как так может быть...

— Ведь у них были родители, — сказал Иван. — Ну или там хозяева.

— Я все то же самое спросил. Он ответил, что менялась история семей, чьи дети были приняты в жертву. Люди помнили только, что бог добр, и в этом причина их счастья. Жрец ничего им больше не говорил. Кронос менял мир таким образом, что потенция жизни, заключенная в подаренных ему детях и юношах, переходила к нему, и он делился ею с дарителями. А следы этих детей исчезали. Он произнес какую-то фразу на древнем языке, в которой я понял только слово «Баал». А потом перевел — это, говорит, означает «Баал ушивает мир».

— А в Спарте стариков со скалы сбрасывали, — сказал Иван. — И уродцев. Это что, тоже было жертвоприношение кому-то?

— Не знаю точно, — ответил Акинфий Иванович. — Не изучал вопрос. С человеческой точки зрения, конечно, такое умнее — как говорится, на тебе боже, что мне негоже. Но Баал такого дара не примет, и не из брезгливости, а потому что придется слишком многое связывать и развязывать, ушивая мир. Сколько старики изменили в мире — а пружина времени в них уже раскрутилась почти до конца. Баал это может, конечно, но в чем его интерес? Младенец, с другой стороны, еще ни к чему ручонок не приложил — что был, что не был. А потенции в нем на целую жизнь. Его исчезновение не меняет в мире ничего... Фактически аборт. Мы же прогрессивные люди и понимаем, что женщина решает сама. Ну а тогда родители решали вдвоем и чуть позже. Качественной разницы никакой.

— А что происходило с детьми? — спросил Андрон. — Они мучились? Страдали?

— Он утверждал, что нет. И даже вопрос так ставить нельзя. Посмотрел на меня так важно и говорит — это превосходит человеческое разумение, не вопрошай. Но боли и горя в этом не было ни для кого... Только счастье, безмерное счастье, которое дарил себе и людям Двурогий Господин, убавляя в одном месте и прибавляя в другом. Особенно же счастливы были дети — ибо их освобождали от долгой муки, старости и смерти. Вот этому счастью и позавидовали римляне...

— Ушивали мир, — повторил Андрон. — Ну вот и доушивались.

— Да, — сказал Акинфий Иванович. — От Карфагена практически камня на камне не осталось. Как будто его никогда и не было. Я туда туристом ездил лет десять назад. Развалины, которые показывают, уже не карфагенские. Они римские, нашей эры. Там потом римская колония была под тем же названием.

— Чего же этот двурогий своему Карфагену не помог?

— Не знаю, — ответил Акинфий Иванович. — Неудобно спросить было. Наверное, обидели его чем-то. Какой-нибудь древний Жорес сотворил глупость, и все. Боги ведь капризные, как дети. Они, между нами говоря, дети и есть. И с нами играются, как с солдатиками... Может быть, римляне весь Карфаген в жертву Сатурну предложили, и он принял. Тоже вариант. Была великая среди-земноморская культура. А теперь, по сути, и следов не осталось. Так, записи в хрониках, горшки с обгорелыми косточками и маски.

— Какие маски?

— Которые у Жореса в комнате висели...

— Чем этот разговор кончился? — спросил Тимофей.

— Да ничем конкретным. Говорит, заходи, когда рядом будешь. Что к чему, ты уже немного понял. Захочешь, и остальное поймешь... А потом я проснулся.

— И все?

Акинфий Иванович кивнул.

— Утро уже было. Собрал я палатку, пошел к своему водиле. Он прямо возле дороги в «уазике» спал. Поехали мы в Нальчик. И все... Вот такая история.

— Что вы дальше делали?

— Вернулся в Москву. Но жить там, конечно, уже скучно было. Воздуху хотелось высокого. Вот как вам. Пару лет думал, прикидывал — а потом московскую квартиру продал и переехал в Нальчик. Сначала по медицинской части работал немного. Но тянуло в горы. В конце концов устроился инструктором, молодежь в турпоходы водить. Вот этот маршрут сам проложил. На него у нас на турбазе самый большой спрос. Идут и идут.

— Скажите, — спросил Андрон, — а эта гора далеко?

– Да не так чтобы очень, – сказал Акинфий Иванович. – Даже скорее совсем близко.

– А вы туда туристов водите?

– Никогда, – ответил Акинфий Иванович. – Никогда и никого. Это моя тайна.

– Но вы же свою историю нам рассказали. И другим наверняка. Какая же это тайна?

– Я свою историю не рассказываю. Никому и никогда. Я вообще скрытный человек.

– Сами себе противоречите.

– Почему противоречу, – ответил Акинфий Иванович, вставая, – вовсе нет. Сейчас, извините, отойду только по-маленькому, а вы мне потом объясните, какое здесь противоречие...

Акинфий Иванович ушел в темноту, и через минуту до друзей долетело успокаивающее журчание струи.

– Да, крутой дедок, – сказал Валентин.

– Загрузить умеет, – согласился Андрон.

– Слушайте, а давайте ему забашляем, чтобы он нас туда отвел, – сказал Иван. – Нормально забашляем. Пусть рога эти покажет.

– Да врет он все, – засмеялся Тимофей. – Ты что, поверил?

– Ну врет. Но красиво же. Прямо Лермонтов в ссылке. По-любому надо будет ему пузырь хорошего вискаря купить. Заслужил.

– А вдруг здесь действительно есть рога на скале, – сказал Иван. – Что-то такое древнее. А он нашел – и историю эту придумал.

117

— Или специально что-то такое высек, — кивнул Андрон, — а теперь туристам впаривает. Нормальный бизнес. Сначала все это рассказывает, нагнетает. Его просят отвести к рогам. Он ломается для виду, набивает цену. А потом ведет.

— Я говорю, шоу бедуинов, — сказал Тимофей.

— Может и так, — ответил Андрон. — Но ведь само шоу качественное. Ну чего, доплатим дедуле? Такую телегу прогнал, старался. Заслужил...

Друзья переговаривались очень тихо — и замолчали, когда Акинфий Иванович вернулся к костру и остановился в нескольких метрах от него. Видимо, он успел сходить к своему рюкзаку — в одной его руке был фонарь, в другой — что-то вроде совка для мусора.

— Акинфий Иванович, — сказал Андрон. — А вы на это место нас отвести можете? Где рога? Завтра прямо с утра, раз тут близко.

Акинфий Иванович присел на корточки и принялся возиться с фонарем.

— А вам зачем? — спросил он.

— Рога эти посмотреть интересно. Мы заплатим.

— Хоть бы раз что-то новое сказали, — вздохнул Акинфий Иванович. — А заплатите точно?

— Точно. Договоримся.

— Все так обещают — договоримся. А вдруг не понравится?

— По-любому заплатим. Вы эти рога покажете?

— Ну хорошо, — сказал Акинфий Иванович. — Если заплатить готовы, покажу.

— Готовы, готовы. Завтра тогда пораньше выйдем?

— Зачем завтра, — ответил Акинфий Иванович. — Давайте прямо сейчас...

Он наконец приладил фонарь к лежащему на земле плоскому камню — и включил его.

На скале впереди и вверху появилось овальное пятно света, четкое и яркое. В самом его центре была какая-то неровность. Нет, две неровности — симметричные выступы, действительно очень похожие на мощные рога, словно бы пытающиеся продавить камень изнутри. И еще стало заметно нарисованное чем-то вроде охры лицо под этими рогами — смешное и жуткое одновременно, напоминающее злой детский рисунок. Оно было едва различимо.

Все это случилось настолько неожиданно, что сидящие у костра долго не могли издать ни единого звука.

— Да, — сказал наконец Тимофей, — чувство драмы у вас есть. Прямо жуть берет.

Акинфий Иванович довольно улыбнулся. Видно было, что смятение туристов ему приятно.

— Точно, — заговорил Иван. — Рога. Но если не знать, можно просто не заметить. Принять за складку камня. Они действительно старые. Морда эта, правда, все портит.

— Вы про лицо ничего не говорили, — сказал Андрон. — Что там еще лицо.

— А, это... Оно не древнее. Хулиганы местные нарисовали. Надо стереть, руки не доходят. Да ничего, дождь за год смоет.

— Смоет, опять нарисуют.

— Не, — ответил Акинфий Иванович. — Больше не нарисуют.

— Откуда вы знаете?

— Знаю...

Акинфий Иванович поднял совок, повернулся и пошел от костра к краю площадки. Там он бросил совок на землю и потянулся, расправляя тело.

— Так вы, значит, нас сюда с самого начала вели? — спросил Иван.

— Ну не с самого, — ответил Акинфий Иванович, говоря громче, чтобы его было слышно. — Я в процессе решаю, кого можно, а кого нет. Веду, только если люди подходящие. Есть ведь и другие маршруты, их тут много. Не все сюда попадают, далеко не все. В среднем каждая третья группа. Иногда реже, иногда чаще. Вы вот на развилке сами выбрали.

— Понятно теперь, — сказал Тимофей. — Вы сперва драму создаете, тайну. А потом, когда вас просить начинают — бац! — предъявляете рога. Хорошую легенду сочинили. Все очень грамотно. Но у вас в рассказе противоречие есть. Даже несколько.

— Противоречие? — изумился Акинфий Иванович.

— Внимательного слушателя сразу насторожит, — продолжал Тимофей. — С одной стороны, вы никому про это не говорите, потому что тайна. С другой стороны, три дня нам рассказывали во всех подробностях. С одной стороны, вы никого сюда не водите и никому это место не показываете. С другой стороны, каждая третья группа попадает. Такие небрежности все впечатление от шоу портят. Могли бы отшлифовать.

Акинфий Иванович насмешливо кивнул.

— Щас шлифанем.

С этими словами он воздел перед собой руки с раскрытыми ладонями, как бы подхватывая костер и сидящих вокруг него, чтобы взвесить. Видимо, результат измерения его удовлетворил, потому что вслед за этим он опустился на колени и вознес ладони еще выше, словно поднимая костер и туристов к намалеванному на скале лицу.

— Акинфий Иванович, — спросил Андрон, — вы чего?

Вместо ответа Акинфий Иванович громко и хрипло произнес длинную фразу, в которой сидящие у костра разобрали только два знакомых слова: «Баал» и «Иакинф». Жутким показалось то, что в его голосе опять прорезался совершенно неуместный в такую минуту кавказский акцент. Потом Акинфий Иванович поднялся на одно колено и, взяв с земли свой совок, закрыл им лицо.

Никакой это был не совок, понял Валентин. А маска. Обычная маска сварщика.

— Прикалывается на отличненько, — усмехнулся Тимофей.

Андрон потрогал его за руку.

— Гляди...

На скале, в том месте, где голубело пятно от фонаря, теперь было больше света, чем минуту назад: словно вместо слабого луча на нее навели целый прожектор. Пятно становилось все ярче, и скоро стало казаться, что скала светится изнутри, как если бы место, где был похожий на рога выступ, раскалилось добела.

А потом...

Произошло что-то странное. Словно бы застрявшие в камне рога вдруг с треском прорвали преграду, и сквозь образовавшуюся трещину вырвалось на свободу облако светящегося пара. Непонятно было, светится ли сам пар или это фонарь делает видимыми его клубы — но скоро света стало куда больше, чем может дать фонарь или даже прожектор. Свет залил все вокруг и за несколько секунд сделался настолько ярким, что начал слепить глаза.

Заросшая кустами площадка среди скал исчезла.

Вокруг остался только свет, чистый свет — или белое пламя, какое бывает, наверное, в недрах самых горячих печей. Пламя было живым. Оно было умным и беспощадным, но по-своему и сострадательным тоже. Оно могло создавать и растворять созданное без следа, и все четверо, только что сидевшие у костра, испытали благоговение, восторг и ужас.

Пламя пылало со всех сторон — и вместе с тем имело границу. Свет был заключен в огромную фигуру, подобную человеческой — только с огромной грудью и головой.

— Вы видите? — спросил Тимофей.

— Да, — прошептал Валентин. — Как титан из «Destiny» на лайте выше пятисот... Он там тоже в рогатом шлеме...

Сравнение это, впрочем, мало что объяснило остальным, а самому Валентину сразу же показалось очень бледным и даже оскорбительным.

Можно было сказать лишь то, что бог парил в пустоте, опираясь на два потока света, бившие вниз из его рогов, и все сущее теперь было в нем, а за его пределами не осталось ничего осмысленного.

Зато внутри у него действительно был весь мир. Мир был сном, игрой света и тени — и одновременно стопроцентной реальностью. А сделан он был из света и огня, из той самой непостижимой энергии, которая только что вырвалась из скалы — вернее, перестала притворяться скалой. И можно было раствориться в этом огне и свете, вновь сделаться сразу всем возможным и исправить все глупые ошибки, из которых с самой первой своей секунды состоит узкая человеческая жизнь.

— Видите дорогу? — спросил Иван.

— Где?

— Вон там. Впереди.

Впереди теперь действительно можно было различить дорогу. Она была очень старой, и по ней уже прошли несчетные толпы людей...

Дорога полого поднималась по склону горы к раскрашенной статуе улыбающегося двурогого божества — такой смешной и жалкой, такой нелепой, совершенно не способной передать даже отблеск того, что она тщилась изобразить — и невероятно поэтому трогательной, настолько, что на глаза сами наворачивались слезы от безнадежной любви к людям.

По дороге шли дети.

Они были одеты бедно и просто — чаще всего завернуты в кусок ткани в виде набедренной повязки или накидки. У них в руках были сладости, куклы, сделанные из травы и веток флажки. Некоторые пели, другие брели молча. Никто не казался испуганным — наоборот, они выглядели довольными и улыбались. У многих лица были раскрашены белой и синей краской, из-за чего они походили на футбольных болельщиков — но это, конечно, было сравнение из совсем другого времени.

Дети поднимались по дороге к двурогому богу и становились светом. Где именно это происходило, сказать было трудно — кажется, примерно на середине подъема между тусклыми ладонями двух пальм дрожал воздух, и до этого места дорога была настоящей, а дальше оставался только свет, сперва еще окрашенный в цвета дороги, а потом уже нет. И это было лучшее, что мир мог предложить маленькому человеку, самое-самое лучшее — это делалось ясно без всяких споров и доказательств, сразу.

— Мы можем туда пойти? — спросил Иван.

Эта мысль, пришедшая в голову всем одновременно, за несколько секунд превратилась из невозможной надежды в спокойную и веселую уверенность.

— Счастье, — сказал Валентин, — счастье. Никаких других слов не надо... Даже этих не надо.

— Тогда молчи, — отозвался Тимофей.

Все четверо засмеялись — и пошли по дороге к свету, смешавшись с детьми. Сначала они были собой, а после пальм тоже стали светом, сперва еще похожим на мир, а потом уже нет — просто белым и чистым сиянием, в котором не было ни гор, ни детей, ни даже двурогого бога...

А затем свет погас — но когда это произошло, не было уже никого, кто мог бы это заметить.

Кроме одного наблюдателя.

Стоящий на одном колене Акинфий Иванович напоминал персонажа античной трагедии — его поза была торжественно-пластичной, а лицо закрывала маска, рукоять которой он сжимал в кулаке. Правда, это была банальная маска сварщика с черным прямоугольником на месте глаз, но в полутьме она казалась шлемом воина-гоплита из античного спецназа, настолько страшного и жестокого отряда убийц, что никаких исторических свидетельств о нем не осталось по причине полного отсутствия свидетелей.

Акинфий Иванович снял маску. Встав с колена, он несколько раз моргнул и вытер ладонью набрякшие в глазах слезы. Над поляной слегка пахло паленым мясом и волосами. Почему-то всегда оставался этот запах — хотя в углях костра ни разу не обнаружилось никаких следов плоти.

Акинфий Иванович оглянулся. Палатки и четыре рюкзака оставались на том же месте, где прежде. Он подошел к костру, сел на землю, устроился поудобнее, закрыл глаза и замер.

Шло время. Акинфий Иванович все так же сидел в одиночестве у костра, изредка меняя позу.

Прошел примерно час, и над поляной подул ветер — резкий и свежий, пахнущий электричеством. На несколько секунд стало по-настоящему холодно. Потом ветер стих. Акинфий Иванович открыл глаза и обернулся.

На месте палаток и рюкзаков теперь была только трава, совершенно девственная и непримятая. Правда, в одном месте несколько стеблей были оборваны у самой земли — словно здесь прошел пасущийся бык.

Подхватив маску сварщика и фонарь, Акинфий Иванович пошел к скале с рогами. Ее боковую часть скрывали заросли кустов, сквозь которые он продрался с видимым неудовольствием. Оказавшись у каменной стены, он направил на нее луч.

Скалу покрывали царапины, похожие на бесконечный тюремный календарь: ряды вертикальных линий, перечеркнутые горизонтальными полосами.

Странным в этом календаре было то, что недели в нем имели разную продолжительность — то пара дней, то четыре, то пять, то вся дюжина.

Акинфий Иванович положил фонарь и маску на землю, вынул красивый изогнутый нож с рукоятью из рога и принялся царапать камень его острием. На камне появились четыре свежие вертикальные черты. Акинфий Иванович несколько секунд глядел на них, а потом провел мощную горизонтальную борозду наперерез — с такой силой, что с камня сорвались искры.

— Молодые, а долго сегодня, — прошептал он. — Наверно этот, из телевизора, наследил малек...

В скале был низкий грот, или большая ниша, достаточная, чтобы укрыться во время дождя. Акинфий Иванович присел рядом на корточки. Первым делом он спрятал внутри маску сварщика. Затем вытащил из ниши что-то громоздкое, завернутое в полиэтилен. Развернув пленку, он высвободил из нее большой складной велосипед, за минуту привел его в рабочее состояние и приладил на руль свой фонарь. Аккуратно свернув полиэтилен, он спрятал его в гроте рядом с маской и, подняв велосипед так, чтобы не цеплять за кусты, вернулся на поляну.

Костер уже почти догорел — в пепле мерцало несколько красных линий, похожих на древнюю клинопись. Акинфий Иванович с серьезным достоинством поклонился скале с рогами, подошел к костру и помочился на него, гася последние угли.

Потом он вытащил из кармана брезентовой ветровки наушники, размотал провод и воткнул черные капельки в уши.

Почтительно подняв велосипед за рога, он перекинул ногу через раму и оглядел поляну. Никаких следов человека на ней не было. Осталось только выжженное черное пятно в траве — но оно, если разобраться, вовсе не было следом человека. Оно было следом огня.

Акинфий Иванович легко оттолкнулся от земли, проехал сквозь подобие каменных ворот и, чертя перед собой сложные узоры светом, покатил вниз.

Вокруг не осталось никого, никого вообще — только звезды и камни. Стесняться было нечего, и Акинфий Иванович начал громко и фальшиво подпевать своей скрытой от мира музыке:

— Же деманде а ла лу-у-уне... Си ту вале анкор демва...[1]

---

[1] см. примечание к эпиграфу.

Искусство
легких касаний

«Начало двадцатого века. Человек с длинными волнистыми волосами, усами и бородкой сидит за письменным столом, заваленным рукописями и газетами, и вглядывается в серое питерское утро за окном.

Утро, что и говорить, гнусное – сквозь туман просвечивает какая-то слоисто-древняя болотная мерзость. Так, во всяком случае, мерещится человеку с длинными волосами.

Ему немного стыдно за безобразия, учиненные в пьяном виде день, два и три дня назад (событий было много, можно выбирать на любой вкус), и особенно неприятно думать об одной восторженной и доверчивой курсистке, которая согласилась пойти с ним в ресторанный кабинет слушать *сокровенно-солнечное*. Память об остальном как обрезана...

Не заявился бы теперь, чего доброго, в гости ее братец – если он, не дай бог, есть. Еще начнет палить из револьвера прямо с порога. Впрочем, вряд ли. Если что и было в кабинете, скорей всего промолчит, постыдится.

Вдобавок тревожат запутанные денежные дела. И воспоминания, неприятные, очень скверные воспоминания, всегда поднимающиеся в душе именно в такую слабую минуту.

Человек с длинными волосами, если честно, изрядно мерзок сам себе. Он отхлебывает кофия, щурится и стонет – настолько непригляден собственный образ.

Но есть, есть чудесный способ изменить все и сразу.

В воздухе словно бы реет пригласительный билет в новое чистое будущее, индульгенция на все: стоит лишь протянуть руку и взять ее, сказав яркие и бесстрашные слова, как все темное, бытовое и низкое сгорит в их ослепительной вспышке, и собственная мрачноватая тень немедленно высветится и совпадет с силуэтом возвышенно-чистым и прекрасным, который человек с длинными волосами уже упоенно чувствует перед собой...

Он подхватывает перо, макает его в чернильницу и быстро пишет:

Кто не верит в победу сознательных смелых Рабочих,
Тот играет в безчестно-двойную игру...

Спрятанный за длинными волосами мозг начинает по привычке проверять и просчитывать только что излитые на бумагу смыслы – и видит множество несообразностей. Сознательны ведь и городовые, а в некотором роде, наверное, даже куры. Безчестно-двойная игра предполагает сразу игру честно-двойную и безчестно-одинарную, что чересчур замысловато.

Да и потом, не широко ли сказано? Вот если взять какого-нибудь японского бонзу, который прямо в этот момент идет со свечой по своему даль-невосточному коридору справить малую нужду – он ведь точно ни в какую победу Рабочих не верит. Так он, выходит, тоже не помочиться идет, а безчестно играет по-двойному?

Да, да, конечно... Но, во-первых, за прогрессивный луч, брошенный под нужным углом в темное царство, российскому интеллигенту поставят плюсик в некой не до конца понятной, но очень ощутимой и крайне влиятельной инстанции (так, во всяком случае, мнится). А во-вторых, в этой «победе сознательных смелых Рабочих» скрыта такая сила, такая светлая мощь, такое созвучие с гулом эпохи, что совпасть с этим двустишием означает очиститься полностью за один миг, и не просто очиститься, а засверкать – и стать, натурально, как солнце.

Человек с длинными волосами виновато вздыхает, отхлебывает кофию – и, уже почти не задумываясь, начинает строчить дальше:

Это кровь, говорю я, посмевших и вставших Рабочих,
И теперь, кто не с ними, тот шулер, продажный, и трус.
Этих мирных, облыжно-культурных, мишурных, и прочих
Я зову: «Старый сор». И во имя возставших Рабочих
Вас сметут. В этом вам я, как голос Прилива, клянусь!

К концу пятой строчки за столом сидит уже не беспутный пьяница и нахал-сердцеед (если не сказать чуть больше). Там скрипит своим честным пером благородный и смелый человек с передовым взглядом на жизнь – да, отягченный, как все мы, мелкими бытовыми пятнами... Но ведь жизнь, друзья мои, не там, где пятна – она там, где солнце и свет. Разве не так?

И вот по всей России сидят за своими столами отягченные мелкими бытовыми пятнами люди – и тянутся, тянутся своими немного виноватыми перьями к преображающему свету.

Когда через несколько лет свет наконец зажжется в полную силу, выживут только те, кто вовремя отъехал в Париж.

«Голос Прилива» – надо же – успевает...»

*

Так начинается роман заметного, но противоречивого и спорного российского историка и философа К. П. Голгофского «Искусство Легких Касаний» (в первом издании довольно неуклюже названный «Химеры и Шимеры»). Здесь и далее мы будем приводить пространные цитаты из него, чтобы дать читателю возможность самому ощутить «вкус» разбираемого текста.

Это именно роман, мало того — остросюжетный триллер, практически детектив, что вызывает, конечно, удивление: до сих пор Голгофский был известен нам исключительно как историк-конспиролог, прежде всего — автор монументального труда «Новейшая история российского масонства». Сам Голгофский в предисловии шутит по этому поводу так: «когда детективщики начинают писать историю России, историкам остается одно — писать детективы».

Однако, заметим мы, писать детективы нужно уметь.

Этот триллер — документальный отчет о самом необычном расследовании автора. Расследование, уверяет Голгофский, было таким, что «простой отчет о нем сам принял форму остросюжетного романа». Он, конечно, лукавит — но кому из историков в наше время не хотелось бы иметь побольше читателей?

Беда в том, что романы пишут совсем не так, как научные исследования, и громоздкий справочно-аналитический аппарат, все эти цитаты, ссылки, ссылки в ссылках (и так до пяти раз), бесконечные нудные споры с неведомыми читателю оппонентами, часть которых скончалась еще в девятнадцатом веке, делают книгу Голгофского крайне громоздкой: в ней около двух тысяч страниц, разбитых на два тома. Она неудобочитаема, скажем прямо. Но при этом — весьма интересна и важна, хотя с идейной точки зрения довольно сомнительна.

Попытки критического анализа романа, мелькавшие в печати, были малоуспешны. Это одна из тех книг, которые ставят наших критиков в тупик, и причину определил сам Голгофский: «российский филолог сталкивается здесь с непростой задачей написать политический донос на текст, которого он не понимает в принципе».

Наш автор не любит критиков.

Но мы не имеем никакого отношения к третьей древнейшей профессии — и не будем слепить читателя лучами правильного мировидения, озаряющими вселенную из глубин нашего честного сердца. Во всяком случае, в каждом абзаце. Наша цель проще.

Мы займемся тем, что следовало бы сделать самому автору: выделим из текста смысловую и сюжетную суть, сократив его до десяти процентов первоначального объема.

В таком усушенном до «романа-мумии» виде (сравнение уместно, ибо в «Искусстве Легких Касаний» речь идет и о древнем Египте тоже) труд Голгофского можно будет предложить вниманию бизнес-лидеров, хай-экзекьютивов и высокообеспеченных домохозяек, которым надо войти в курс важнейших интеллектуальных прорывов эпохи в перерыве между косметическими процедурами.

Этой благородной цели и посвящена наша публикация, распространяемая исключительно по специальной подписке «Синопсис для VIPов» (пару лет назад наши постоянные клиенты уже видели в рассылке дайджест исторической книги Голгофского про масонов, о которой мы говорили выше).

Конспектирование Голгофского не всегда благодарное дело — затянутым может показаться и сам дайджест. Дело в том, что сюжетные повороты, связанные с так называемыми «действиями героев», занимают в книге отнюдь не главное место.

Самое важное — это рассказ об открытиях и догадках Голгофского, о том, как сырая и малопонятная информация, извлекаемая им из архивов и источников, превращается в озарения ослепительной ясности: перед нами приключения не столько фальшивого героя в криво намалеванном мире, сколько кульбиты пытливого ума в измерении интеллекта. И здесь без объяснений не обойтись. Поэтому некоторые длинноты и статичность неизбежны — но мы постараемся свести их к минимуму.

В романе около пятидесяти иллюстраций — напоминающих, по мысли автора, «о времени, когда в книгах были картинки, а мы были юны, чисты и счастливы». Синопсис воспроизводит некоторые изображения. Посмотрим, ощутит ли читатель обещанное счастье.

Рискованные, оскорбительные и часто безвкусные суждения К. П. Голгофского ни в коем случае не разделяются командой «Синопсиса для VIPов» и составителем дайджеста. Они приводятся на этих страницах исключительно в ознакомительных целях.

Итак, о чем же повествует «Искусство Легких Касаний»?

Время пошло.

*

В сущности, книга Голгофского построена по тому же принципу, что и все бесконечные коды-да-винчи, свинченные за последние двадцать лет в книггерских потогонках из ржавых постмодернистских запчастей: цепочка преступлений и сюжетных поворотов, сопровождаемая сбором информации. Герои бегают, стреляют, уворачиваются от пуль, а перед читателем постепенно собирается некий информационный пазл — как правило, такой же пустой и стерильный, как породившая его культура. Удивительное рядом, пророчески пел когда-то российский бард, но оно запрещено.

Разница в том, что Голгофский пишет не о выдуманных «загадках истории», а о происходящем у нас на глазах. Но, поскольку в первой части книги речь идет и о древних тайнах тоже, различие делается заметным не сразу.

Действие начинается с того, что Голгофский приезжает поработать на свою дачу в поселке Кратово. Соседняя дача принадлежит генералу Изюмину. Раньше там жила его дочь Ирина, но она уехала в Голландию, а потом на дачу переехал сам генерал.

Про Изюмина известно немногое. Это бодрый старик, седобородый и длинноволосый, похожий чем-то на китайского благородного мужа. Голгофский часто видит его из высокого окна своей спальни (ограда между участками чисто символическая, потому что прежде Голгофский дружил с дочерью генерала Ириной).

Иногда генерал пьет в маленькой беседке чай; на столе перед ним стоит бамбуковая чайная доска и пара крохотных глиняных чайников. Иногда, раздевшись по пояс, рубит дрова во дворе. Иногда — работает на грядках, подкрашивает стену, чинит скворечник или занимается другими мелкими дачными делами: видимо, ему нравится делать все самому.

Среди соседей ходят слухи, что Изюмин работал в спецслужбах и занимал там какой-то очень высокий секретный пост, но недавно был снят со всех должностей и отправлен в отставку. Ее трудно назвать почетной — кратовское заключение для спецслужбиста такого калибра похоже на домашний арест.

За генералом следят: недалеко от дачи всегда припаркован неприметный «лэндкрузер», а по улице мимо генеральской калитки прогуливается пара крепышей самого молодецкого вида, как бы ищущих, с кем тут поиграть в городки. Над окрестными дачами пару раз в час пролетают приблудные дроны.

Иногда Голгофский общается с генералом через невысокую ограду — они здороваются, говорят о погоде и обсуждают местные новости. Голгофский регулярно приглашает генерала на барбекю; тот вежливо отказывается, ссылаясь на свое вегетарианство. Голгофский несколько раз намекает, что хотел бы попробовать генеральского чая, но намек его не услышан — или понят в издевательском ключе.

Голгофский не признается в этом прямо, но внимательный читатель делает вывод, что у автора выработалась привычка подглядывать за генералом из своих окон. Изюмина, похоже, это не волнует — он не делает никаких попыток отгородиться от Голгофского более высоким забором. Да и какие заборы в нашу эпоху?

Дальше события развиваются стремительно и жутко.

Однажды днем Голгофский замечает, что генерал Изюмин слишком уж долго пьет чай в своей беседке. Такое бывало и прежде. Но в этот раз что-то явно пошло не так. На полу беседки лежит разбитая чашка. Самого генерала закрывает малиновый куст — видна только нога в сером носке, и эта нога нехорошо подергивается. Над дачей висят два дрона.

Голгофский предполагает, что с генералом случился удар. Он сбегает вниз, перелазит через забор и врывается в беседку.

Изюмин выглядит страшно — он позеленел, его лицо распухло. Пол вокруг покрыт рвотой. Генерал частично парализован и не может говорить, но все еще в сознании. Увидев Голгофского, он хрипит, пытаясь что-то сказать.

Голгофский помогает ему опереться спиной о деревянную колонну беседки. Тогда генерал поднимает руки и делает ими странный жест — сначала складывает ладони домиком (показывает «крышу», интерпретирует Голгофский), а потом машет пальцами, изображая крылья. Голгофский задает наводящие вопросы, но генерал, задыхаясь, повторяет те же два движения. Еще он пытается указать рукой куда-то вверх, но его мышцы отказывают, и он теряет сознание.

Через минуту рядом с Голгофским появляются хмурые мордовороты в штатском. Они объясняют, что за генералом приехала скорая. Действительно, медицинский фургон ждет у калитки. Генерала уносят.

На следующий день на опустевшую дачу Изюмина приезжает большая команда людей в штатском. Они проводят тщательнейший долгий обыск; Голгофский из окна своей спальни наблюдает за их перемещениями. Визитеры уносят с собой два компьютера и три больших картонных ящика с какими-то бумагами. Уходя, они не оставляют на двери положенной печати. Только теперь законопослушный Голгофский понимает, что слово «обыск» могло подходить к процедуре не вполне.

Несколько дней дача Изюмина стоит открытой, а потом из Голландии приезжает его дочь Ирина. Она плачет; Голгофский видит, что девушка сильно напугана. Он рассказывает ей об увиденном. Ирина говорит, что Изюмина определенно хотели убить. Он еще жив, но парализован и в коме.

У Ирины остались друзья в спецслужбах — они по секрету сообщают, что генерала отравили редчайшим химическим компаундом на основе мышьяка и таллия, который довольно легко отследить — в конце прошлого века его партию изготовила секретная лаборатория треста «Красноярскпромхимстрой».

— Почерк ГРУ, — вздыхает Ирина.

— Но за что? Он сам, кажется, там и работал.

— В этом все и дело...

Голгофский пытается выяснить у Ирины хоть что-то, но она ничего не знает. Ей страшно дышать российским воздухом; она боится за свою жизнь и хочет как можно быстрее уехать. Она задерживается только для того, чтобы поменять на даче замки. Уезжая, она оставляет Голгофскому ключи и просит поливать кактусы и бонсаи.

— Я попробую что-нибудь разузнать, — говорит Голгофский на прощание. — Хотя бы понять, что случилось.

— Лучше не соваться в это дело, — отвечает Ирина. — Убьют. И хорошо, если сразу...

Теперь Голгофский может ходить на дачу Изюмина на законных основаниях. Делать это приходится часто — бонсаи следует поливать именно тогда, когда подсыхает земля, и горшки надо регулярно проверять.

*

Первый же визит на соседнюю дачу поражает Голгофского. Он бывал здесь у Ирины — но никогда прежде не заходил в генеральский кабинет, где стоят бонсаи.

Сразу бросается в глаза большая шелкография,

висящая на окне вместо шторы. На ней изображен веселый лось в хоккейном шлеме. Из-под шлема торчат ветвистые рога. В руках у лося клюшка. Рядом надпись:

И НАМ, РОГАТЫМ, ОТКАТЫВАЙ!

Наверное, думает Голгофский, генерал любил спорт. Но остальные украшения этой комнаты куда мрачнее.

На стенах кабинета в несколько рядов висят черно-белые фотографии страшноватых каменных монстров, которыми украшали когда-то крыши и фасады готических соборов. Их множество: крылатые собаки, шипастые драконы, откровенные черти, рогатые рыбы — словом, средневековые мозги на спорынье. Голгофский пытается понять, почему генерал окружил себя такими изображениями, но не может.

Кроме химер, стены украшают египетские артефакты (или их копии): костяные серпы, жезлы в виде извивающихся змей и так далее. Но химер больше, и жутковатую атмосферу кабинета создают именно они.

Разглядывая каменных уродцев, Голгофский вспоминает жестикуляцию отравленного генерала — сложенные домиком ладони, крылья-пальцы, попытка указать вверх...

Может быть, Изюмин пытался изобразить химеру на крыше старинного собора? Но зачем? Что он хотел выразить? А генерал точно хотел сообщить что-то важное — это могло быть последним человеческим контактом в его жизни.

И вот здесь Голгофский устраивает свою первую засаду на читателя.

Он — в смысле лирический герой романа — уютно усаживается в сделанное из читательских мозгов кресло и конспектирует несколько книг по средневековой архитектуре; проходит больше ста пятидесяти страниц, а сюжет все там же: автор поливает бонсаи и подробно анализирует каждую из каменных химер, фото которых Изюмин повесил на стену.

Наконец, после того как читателя начинает уже тошнить от тайн золотого сечения и спрятанных под каменными хвостами средневековых клейм, Голгофский приходит к выводу, что найти какую-нибудь внутреннюю связь между химерами на фотографиях трудно. Они относятся к разным эпохам и стилям и украшают раскиданные по всей Европе соборы. Похоже, единственный критерий отбора — макабр и замысловатость.

Нормальному романисту хватило бы для этой констатации одного абзаца. Но здесь Голгофский перестает, наконец, поливать бонсаи.

На полке в генеральском кабинете — довольно громоздкая модель орга́на. На ней дарственная гравировка:

**От каменщика Магнуса на память.
Калининберг
(пограничная шутка в день пограничника).**

Голгофский знает от Ирины, что в молодости Изюмин служил в погранвойсках. Возможно, это бывший сослуживец?

Магнус, орган, *Калининберг*. Эти три прямые пересекаются в бесконечности не так уж много раз. Несколько часов поиска в интернете (мы предполагаем, что на самом деле Голгофский обращается за информацией к своим кураторам в ФСБ, но прямо об этом не говорится) — и возможный даритель найден. Его зовут Магнус Марголин. Он пастор евангелической часовни при Калининградском кафедральном соборе и одновременно один из органистов в этом восстановленном здании-музее.

Слово «каменщик» должно иметь какой-то смысл. Голгофский — специалист и главный эксперт по российскому масонству — залазит в свои базы.

Да, Марголин тайный масон. Кроме того, он христианский мистик и теолог — оказывается, в наше время бывает и такое. Перед тем как стать пастором, он служил в погранвойсках, затем работал строителем. Реальный каменщик: прошел от простого к сложному. Ведет уединенный образ жизни. В последние годы удалился на покой и только изредка играет для паствы и туристов на органе. Такое тоже бывает.

Полив в последний раз кактусы, Голгофский фотографирует химеры с дачной стены на телефон и вылетает в Калининград.

＊

В самолете Голгофский обдумывает, как разговорить Марголина.

Он дожидается органиста возле его часовни и представляется другом Ирины Изюминой. Марголин улыбается — ему приятно слышать это имя. Он пару раз видел Ирину еще крохой, но генерала знает хорошо: в юности служил с ним вместе в погранвойсках, а потом долго поддерживал дружбу. Впрочем, последние пятнадцать лет они в ссоре и не общаются.

Марголин, усмехаясь, предполагает, что с какого-то момента генералу спецслужб стало просто опасно дружить с пастором. И масоном, добавляет про себя Голгофский. Он объясняет, что генерал серьезно болен — но не упоминает про яд. Вместо этого он показывает фотографии химер с изюминской дачи.

— Это осталось у Ирины от отца, — говорит он. — По интересному совпадению я работаю над книгой о каменных химерах в готическом зодчестве. Меня интересует их тайный смысл. Я подумал, вы можете что-то знать.

— Почему вы так решили?

— Модель органа — ваш подарок Изюмину? Орган — это ведь тоже готика. Я подумал, что соседство с химерами не простое совпадение...

— Да, — говорит Марголин, — я много рассказывал Изюмину о химерах. Но он ни во что до конца не верил. Наверное, запрещало материалистическое мировоззрение.

Марголин испытующе глядит на собеседника.

— Вообще-то о символическом смысле химер знают многие. Например, члены оккультных лож. Но эта информация оберегается. Вы, молодой человек, хотите все это напечатать?

Голгофский далеко не молод, но не обижается на такое обращение. Он уверяет, что напечатает только разрешенное Марголиным.

— Ну что же, — вздыхает Марголин, — какой смысл уносить тайну в могилу. Вы слышали про Сведенборга?

Голгофский кивает.

— А про Даниила Андреева?

Голгофский кивает опять.

— Идемте-ка в наш собор.

Кирпичная готика собора не предполагает настоящих химер — но в комнате Марголина коллекция их фотографий и даже моделей. Видно, что он в теме. Прохаживаясь мимо своих игрушечных монстров, он читает Голгофскому длинную лекцию.

Услышанное так поражает Голгофского, что он остается в Калининграде на неделю и несколько раз встречается с пастором для уточняющих расспросов. Они с Марголиным гуляют по городу, пьют из традиционных пивных кружек третью «Балтику» — и говорят, говорят, говорят...

Этим беседам посвящен значительный объем текста. Голгофский воспроизводит все разговоры с Марголиным дословно, с многочисленными отступлениями и повторами — мы же попробуем передать их общий смысл кратко, приводя прямую речь героев лишь для того, чтобы сохранить ощущение беседы.

Итак, что же узнал Голгофский за эти балтийские дни?

Еще Сведенборг и Даниил Андреев (первый скорее по касательной, второй прямым текстом) указывали, что некоторым феноменам сознания, известным как «общественное мнение», «новые веяния», «Zeitgeist», «гул времени» — соответствуют незримые и бестелесные в обыденном смысле сущности, которые проявляют себя в нашей жизни именно через то, что ветер времени начинает гудеть по-новому и наполняет открытые ему души незнакомым прежде смыслом.

Это и есть знаменитый дух эпохи — или, как церковно шутит Марголин, «не дух, но духи, ибо имя им легион».

Описать эти сущности и просто и сложно: их нельзя поймать или локализовать в пространстве, и в то же время функционеры СМИ и так называемого «общественного мнения» видят их с полной отчетливостью каждый раз, когда открывают рот.

— Здесь надо сделать важную оговорку, — поясняет Марголин, — не то чтобы подобная сущность была каким-то привидением, которое сидит за обоями в четвертом измерении и вдувает оттуда в дольний мир мнения и суждения через специальную трубочку... Нет — сами эти суждения и мнения, возникающие в сотнях и тысячах никак не связанных друг с другом умов, складываются в эту сущность. Или, что то же самое, сущность распадается на них.

— Из чего она сделана? — спрашивает Голгофский.

Марголин машет руками.

— Из вдохновений и надежд, ужасов и отчаянья, страха одних и ликования других. Она одновременно окрыляет и подчиняет, душит и дает дышать...

Правители человечества («не рыжие клоуны, мелькающие в корпоративных СМИ в окружении активисток с голыми сисями, а невидимые и могучие архитекторы миропорядка») с давних времен используют и даже создают подобные сущности. Их называют *гаргойлями* и *химерами*...

Во время этого ключевого разговора Голгофский и Марголин гуляют по берегу моря.

— Гаргойль? — переспрашивает Голгофский, вглядываясь в хмурую балтийскую даль. — Это, кажется, что-то архитектурное?

Марголин кивает.

Слова «гаргойль» и «химера» в архитектурном и культурологическом контексте часто замещают друг друга и означают вроде бы одно и то же — каменного монстра на крыше готического собора (нашему искушенному современнику сразу понятно, зачем он там — чтобы было готично).

Во вселенной консольных игр и фэнтези эти два слова тоже буйно и весьма прибыльно колосятся в обнимку: «gorgoyle» и «chimera» — это чудовища, которые ежедневно атакуют тысячеликого героя на его трехактовом пути к кассе.

— В этой терминологической путанице, — говорит Марголин, — полезно разобраться, так как собака зарыта именно здесь. «Гаргойль» — это не каменный монстр на крыше собора. Это, прежде всего, водосточный желоб — действительно оформленный в виде чудища крайне причудливой формы. С неба льется вода; собираясь в поток, она проходит через разинутую пасть гаргойли и изливается на землю. Этимологически слово восходит к латинскому «gargula», означающему то же, что наше «горло».

— А химера?

— Химера, — отвечает Марголин, — это похожий на гаргойль каменный монстр, лишенный водопроводной функции. Просто сказочный уродец, украшающий крышу. Это слово пришло из античности, где означало мифологическое чудище с телом козла и головой льва...

Голгофский напоминает собеседнику, что один из римских пап призвал каменщиков, строивших готические соборы, оставить миру «Писание, вытесанное в камне». Откуда же такая образность? Марголин с ухмылкой отвечает, что каменщики, они же первые масоны, наследники тамплиеров и бог знает кого еще, могли иметь неканонические мнения по очень широкому кругу вопросов — и слово «писание» часто значило для них не то же самое, что для папы.

Неоспоримо одно — мастера древности не оставляли случайных и бессодержательных завитков в камне. Свой строгий сакральный смысл имели и гаргойли и химеры.

— Вообще-то для непосвященного человека все это весьма странно, — говорит Голгофский. — Адские чудища, иначе их трудно назвать — и вдруг на христианских фасадах и крышах. Я читал мнения современных ученых на этот счет. Они предлагают столько разных объяснений, что из одного обилия интерпретаций видно: толком они не знают ничего.

Марголин, однако, не ученый, а масон. Он знает.

Гаргойль *пропускает сквозь себя небесную влагу*, а химера всего лишь производит мрачное впечатление своим видом. Разница может показаться несущественной, но она важна, и Марголин берется ее объяснить — хотя предупреждает, что понятна она будет только верующему человеку.

— Вдумаемся в образ, — говорит он. — С неба льется вода, проходит через рот гаргойли и низвергается в мир... Гаргойли были как бы небесными кранами, посредниками между божественным и человеческим планом, связью между горним

151

и дольним — и в таком контексте сам собор, проводник божественной силы, тоже представлял собою гаргойль, просто очень большую. Это, если я позволю себе профессиональное сравнение, как бы связка органных труб, где собор был главным калибром, а остальные гаргойли подчеркивали и высвечивали мистическую роль главной трубы, из которой обильно изливалась — во всяком случае, в теории — благодать.

— А химеры? — спрашивает Голгофский.

— Химеры возникают тогда, когда связь человека с небом утеряна, — отвечает Марголин. — Вместо органа, гремящего небесной музыкой, мы получаем его каменную копию, подделку. Наподобие монолитного телефона, изготовленного стариком Хоттабычем. Или моего подарка Изюмину — он, кстати, так и не понял намека. Похоже, но совсем не то...

По словам пастора-мистика, гаргойли имеют небесное происхождение. Оккультисты и политеисты, не любящие амбивалентного термина «Бог», возводят их к тонким измерениям, более могущественным слоям бытия — как темным, так и светлым.

Гаргойли нисходят на мир из духовных пространств, чтобы развернуть наше бытие согласно высшим волениям. Их могут инспирировать силы, называемые в богословии ангелами и демонами — поэтому естественно, что они часто входят в конфликт друг с другом. Однако вовсе не из-за судеб людского рода.

«Два мексиканских картеля, – цинично поясняет Голгофский, – вряд ли начнут войну из-за термитника, но могут годами отжимать друг у друга территорию, где он вспучился...»

Гаргойли — это зыбкие подобия ангелов и демонов, своего рода временные муляжи и пугала. Могучие сущности лепят их с себя, чтобы поставить эдакими регулировщиками на перекрестках человеческого духа.

— Говоря просто, — подводит итог Марголин, — это особым образом запечатленная и зафиксированная воля высших планов, в той или иной форме ощущаемая всеми. Конечно, этой воле можно сопротивляться и даже действовать ей наперекор — мы, христиане, верим в свободу воли...

Гаргойли исчезают, когда их миссия выполнена. Они редко существуют в неизменной форме дольше века или двух. Именно они обрамляют те чистые родники (вполне водопроводная функция, отмечает Голгофский), что лежат в истоке любой религии. Вызываемые гаргойлями переживания и чувства прозрачны, возвышенны — и относятся к лучшим проявлениям человеческого.

Здесь Голгофский отсылает читателя к духовной литературе, напоминая, что его информатор по данному вопросу — евангелический пастор, христианский теолог и масон, и его воззрения сложны. Голгофского интересует практичный вопрос — о том, как именно «высшие планы» фиксируют свою волю.

Марголин улыбается.

— Происхождение гаргойлей, — отвечает он, — пробовали объяснить многие мистики. Им приходилось прибегать к глаголам каббалистического ряда наподобие «эманировать». Вы будете смеяться, друг мой, но в мире живет уйма людей, уверенных, что они подобные слова понимают... К сожалению, у нас, земляных червей, нет органов чувств, позволяющих рассуждать о таких материях.

— Но как-то эти гаргойли ведь создаются?

— Насколько я понимаю, — отвечает Марголин, — это действие является для божественного плана простейшим из возможных. Духовное существо как бы проецирует себя на человеческую плоскость, в известном смысле становится человеком... Имеется в виду, конечно, не телесная, а эмоционально-волевая, если угодно, «сердечная» форма человеческого. Эдакий ангельский отпечаток, горящий сильным и ясным чувством. Сведенборг ведь не зря говорил, что Небеса имеют форму человека. Они не то чтобы имеют эту форму сами по себе — но мы не можем увидеть их никак иначе, и в этом смысл мистерии Христа. Теоретически любой из нас может пережить встречу с чем-то подобным во сне или наяву. Но в наше время это чаще происходит со святыми — или великими грешниками.

— Хорошо, — говорит Голгофский, — с гаргойлями примерно ясно. А химера?

— Химера... Это нечто такое, что выдает себя за гаргойль.

Голгофский не понимает, и Марголин приводит пример из Средневековья.

Европейский нобиль, отягченный утренним похмельем, радикулитом и венериной язвой, выходит из часовни во двор замка после утренней службы. Его сердце растрогано; все самое лучшее и светлое, что в нем было, заполнило душу; в ушах еще звучат ангельские голоса певчих...

И вдруг нобилю представляется, как он подхватывает своим сильным плечом пылающий Господень крест, садится на коня — и превращается в воина. Огонь святой веры перекидывается с креста на его тело и мгновенно сжигает весь накопленный грех, все болячки, язвы и пятна позора... Сгорает тень — остается лишь свет. Он видит себя на коне, скачущим в атаку, в искупительное пламя битвы — а с поля боя ввысь поднимается подобная рассвету дорога, по которой воины Святого престола восходят на небеса прямо в конном строю...

Химера (а крестовые походы, уверяет Марголин, были спровоцированы именно ими) в своем действии пытается выдать себя за светлое откровение. Это как бы дверь в залитое сиянием пространство, которая распахивается перед человеком, показывает ему, как темно у него в душе — и захлопывается вновь, оставляя перед ним тонкую щелочку света и надежды. Человек понимает, где эта дверь — и верит, что может открыть ее, пустив живительный луч в свое сердце. Теперь у него есть мотивация и цель.

Созерцание гаргойлей в древности, в первые века христианства и в раннем Средневековье было обычным делом — их видели практически все. Эти опыты даже не считались чем-то необычным. Духовная сущность могла показать себя десятку христиан, выходящих на арену цирка, или одной-единственной девственнице из Орлеана. Она могла явиться множеству свидетелей один раз или поселиться в отдельно взятой голове, как в скворечнике.

Наверное, не будет большим преувеличением сказать, что вся ранняя история — это история погони людей за являющимися им знамениями.

— Но вот, — говорит Марголин, — приблизительно на рубеже Средних веков и Возрождения наступает эпоха, когда по какой-то причине небеса словно охладевают к человеку — и перестают посылать ему своих вестников... Скажите, вы ощущаете темную зону богооставленности, в которую вступило человечество?

Голгофский неуверенно кивает.

— Как вы ее толкуете?

Голгофский хмурится. Он понимает, о чем говорит пастор, но не вполне согласен с эпитетом «темная зона» и считает, что этому феномену можно дать естественнонаучное объяснение.

Он излагает Марголину теорию о «двухпалатном мозге»: у ветхого человека, считают некоторые ученые, одна часть мозга как бы изрекала команды, а другая их слушала, и эти внутренние

156

голоса казались героям древнейших эпосов приказаниями богов. Приказания не обсуждались. Они выполнялись.

Развитие и усложнение мозга привело к тому, что «голоса богов» постепенно стихли, сменившись обычным внутренним диалогом. Но та часть мозга, которая слушала, еще сохраняет свои функции — и именно к ней, предполагает Голгофский, и взывают различного рода откровения.

Марголин кивает — он хорошо понимает, о чем речь.

— Но почему тогда небесные откровения идут на спад именно с конца Средневековья? — спрашивает он. — В том ли дело, что падение человечества заставило богов охладеть к своему земному эксперименту? Или произошел очередной качественный скачок в развитии мозга, научившегося закрываться от небесных велений?

Голгофский отвечает, что в подобных смутных вопросах выбор объяснения — дело вкуса и веры. Каждому человеку кажется, что именно он угадывает истину.

— Дело в том, что гаргойли не просто исчезли, — отвечает Марголин. — Их вытеснили химеры.

Что, собственно, имел в виду Ницше, когда изрек свое знаменитое «Бог умер»? Конечно, не самочувствие Верховного Существа. Ницше хотел сказать, что небесная музыка стихла. Божественный орга́н, воплощенный, в частности, в готическом соборе, умолк. В мир перестали спускаться сущности с высших планов, несущие в себе небесную волю. В него прекратили слетаться даже гаргойли зла, направленные Врагом. Наше измерение как бы временно исчезло для Неба — и «свято место», не могущее быть пустым, стали занимать химеры.

Химеры во всем похожи на гаргойлей — это такие же сгустки чужой воли, принимаемой за свою: незримые указы, проецируемые на человеческое сознание. Но они приходят не с высших планов бытия, а создаются людьми — особыми оккультными организациями, контролирующими развитие человечества...

— Вы говорите о масонах? — спрашивает Голгофский.

— Не только, — отвечает Марголин. — Вернее, уже совсем нет, увы... Но если вам нравится, мы можем пользоваться общепринятой терминологией.

Голгофский заинтригован — он специалист по масонству, но о подобном не слышал.

— Именно эти оккультные секты, — продолжает Марголин, — и произвели на излете Средних веков своего рода *контрреволюцию духа*. Суть ее была проста. Гаргойлей заменили химерами.

— Вы говорите, секты? — спрашивает Голгофский. — Но кому они поклонялись?

— Вы не поверите, если я скажу. Разуму.

Голгофский решает, что Марголин окончательно перешел на метафизические метафоры. Ну да, вяло думает он, можно считать культ Разума своего рода религией, но это уже поэтическая натяжка. Кажется, пастор-евангелист сказал все, что знал.

— Изюмин говорил с вами на эти темы? — спрашивает Голгофский.

— Да, — отвечает Марголин. — В то время, когда мы еще общались. Он превосходно разбирался в вопросе, но интерес его был... практическим и односторонним. Вас вот заинтересовало, как возникают божественные вестники, а ему было любопытно лишь одно — как создавать химеры. Но я мало что мог ему открыть. Я лишь знал, что это весьма мрачная область, связанная с жертвоприношениями, смертью и болью. А он думал, я что-то скрываю. Говорил — мол, даже египтологи в курсе, а ты молчишь...

Голгофский вспоминает египетские реликвии из генеральского кабинета.

— Египтологи? — переспрашивает он.

— Да. У него был знакомый египтолог, который хорошо разбирался в древней магии. Видимо, какой-то оккультист.

— Фамилии его не знаете?

Марголин не знает.

Тепло распрощавшись со старым пастором, Голгофский уезжает в Москву.

＊

Наш автор вновь поливает бонсаи — и с удвоенным интересом разглядывает египетские реликвии, висящие между изображениями химер. Скоро должна приехать Ирина — Голгофский собирается ее расспросить. Пока же он пользуется паузой, чтобы порассуждать немного о роли тайных обществ в жизни Земли. Приведем отрывок.

«Легче всего разъяснить это следующей метафорой: представим огромный корабль, плывущий в океане – нечто вроде таинственного древнего судна, так блистательно и страшно описанного Эдгаром По.

Над палубой проходит длинная балка от одного борта к другому. К балке приделаны штурвалы. У штурвалов стоят люди в одеяниях самой разной формы и цвета – это водители человечества, явные и тайные. На каждого с палубы глядит своя паства, не обращающая внимания на прочих рулевых – и часто их даже не видящая.

Зорко вглядываясь в тучи на горизонте, водители человечества закладывают правые и левые крены, не особо сообразуясь друг с другом.

– Вправо! – шепчут на палубе. – Плывем вправо! Влево! Зюйд-зюйд вест! Норд ост! Далее везде!

Проблема в том, что крутящиеся на доске штурвалы не прикреплены ни к чему другому, кроме как к жадному вниманию паствы. К движению корабля они не имеют никакого отношения. Но вот настроениями и склоками на палубе они управляют очень эффективно, причем каждый из рулевых воздействует на свою паству – а потом уже зрители разбираются друг с другом, сбиваясь в кучу то у одного борта, то у другого. И через это они все-таки

оказывают некоторое – пусть очень опосредован-
ное – влияние на ход судна.

Картина будет полной, если мы добавим, что
штурвал сидящего в рубке капитана точно так же не
прикреплен ни к чему реальному, кроме корабель-
ной стенгазеты, и управление кораблем сводится
к тиражированию слухов о том, куда и как он должен
вскоре поплыть... Единственная функция всех акту-
альных рулевых – крутить штурвал перед камерой.
Все прочее определяют волны, ветер и воля Архи-
тектора Вселенной...»

Как говорится, чтоб вам плыть на корабле, которым управляет архитектор. Нельзя долго изучать
масонов и не подхватить от них пару мемовиру-
сов – но в целом точка зрения автора на вопрос
мало отличается от мнений Льва Толстого и других
титанов русской мысли.

Наконец на дачу приезжает Ирина – и спаса-
ет читателя от затянувшейся конспирологической
трансгрессии. Дочь Изюмина хочет забрать кое-
какие вещи; думает она только об одном – быстрее вернуться в Голландию.

Голгофский мимоходом спрашивает Ирину, что
это за египетские жезлы и скипетры висят на стенах кабинета – и не опасно ли хранить их на опу-
стевшей даче.

— Это ведь слоновая кость, — говорит он. — Наверное, оригиналы?

Ирина рассеянно смотрит на артефакты.

— Нет, — отвечает она, — это копии. Очень точные копии из эпоксидного полимера. Их для папы сделал профессор Солкинд.

— Кто это?

— Главный российский египтолог, — говорит Ирина. — Долго был папиным другом. Папа интересовался древним Египтом, а Солкинд — потрясающий специалист. Один из лучших в мире. Как-то раз мы вместе ездили в Шарм-эль-Шейх. Он столько невероятного рассказывал, столько...

Голгофский просит Ирину что-нибудь вспомнить.

— Один его рассказ, — говорит она, — я запомнила на всю жизнь. Когда мы приехали в Шарм-эль-Шейх, Солкинд предложил нам эксперимент — поставить будильник на четыре тридцать утра по местному времени, и, проснувшись, постараться вспомнить, что нам снилось. Делать это надо было с пустой от житейского мусора головой. Потом разрешалось спать опять.

— И что вам снилось?

— Если бы Солкинд не сказал, мы бы ничего не заметили. Но когда он сказал...

Ирину и ее отца действительно посетило некое переживание. Это был даже не сон, а как бы легчайшее полувидение-полувоспоминание, которое, когда они уже научились его узнавать, настигало их в Египте много раз.

— Если проснуться на краю египетской пустыни затемно, — говорит Ирина, — иногда кажется, будто ты только что видел прошлое этой великой цивилизации очень особым образом...

— Каким? — спрашивает Голгофский.

— Солкинд называл это «Полями времени». Суть переживания — прямое восприятие истории, как бы перелистывание тщательно размеченных, но полупустых страниц, где запечатлено былое. Еще это похоже на ночной вид с самолета: бесконечно долгие пространства темноты с редкими огнями, затем — сияющие кластеры городов (им соответствуют эпохальные сдвиги — чем ярче свет, тем интенсивнее на этом поле шла «история»), потом снова бархатный мрак.

В Голгофском просыпается ученый. Он спрашивает, какую примерно временную зону покрывает этот реестр.

— Точно не могу сказать, — отвечает Ирина, — но все завершается еще до Александра Македонского. Словно бы невидимые страницы перестали разграфлять и размечать...

Опыт, говорит она, изумляет тем, насколько далеко в прошлое уходит история Египта и как много в ней сменилось разных эпох.

— А каковы источник и природа самого этого переживания? — спрашивает Голгофский.

— Солкинд утсрждал, что «Поля времени» — некое подобие татуировки, оставленной в психическом поле планеты египетскими магами древности. Он еще какое-то слово повторял... Я не помню точно, на «носки» похоже... Или сфера какая-то?

— Ноосфера? — спрашивает Голгофский.

— Да. Что это, кстати?

— Это и есть психическое поле земли, — отвечает Голгофский. — Его так назвал академик Вернадский. А чем египетские маги делали такие татуировки?

— Кажется, жезлами. Которые собирал папа...

И Ирина кивает на стену.

— Но как именно?

Ирина пожимает плечами. Больше она не знает ничего.

Вскоре после этого разговора она уезжает в Голландию. Последняя ее фраза — о том, что бонсаи обязательно «переживут режим», и тогда она вернется, чтобы поливать их лично.

＊

Голгофский принимается искать знаменитого египтолога, но Солкинда нигде нет — ни на работе, ни дома. Его никто давно не видел.

Голгофский уже начинает подозревать что-то нехорошее, но наконец один из сотрудников ученого говорит ему по телефону:

— А вы попробуйте съездить к нему на дачу. Он как раз сейчас строится. Прямо поезжайте, и все. Звонить бесполезно — у него мобильный не берет.

Голгофский отправляется к Солкинду.

Дача египтолога выглядит странно — это большой участок в довольно престижном месте. Территория окружена забором, за ним бетономешалка, экскаватор, пара землеройных машин, несколько строительных бытовок – но самой постройки не видно. Нет даже фундамента. Зато в центре участка – какая-то дыра, куда, как муравьи, то и дело ныряют присыпанные цементной пылью узбеки в подшлемниках.

– А где владелец? – спрашивает Голгофский.

Один из узбеков кивает на дыру.

Голгофский надевает пластмассовую каску и спускается в шахту. Перед ним бетонный тоннель, освещенный шахтерскими лампами. По тоннелю бегают рабочие. Тоннель ведет в большую подземную камеру. От нее отходит коридор в другую, оттуда Голгофский попадает в третью – и ахает.

Подземное помещение уже завершено и пахнет подсыхающей краской. На стенах фрески: неизвестные Голгофскому боги, самый главный из которых почему-то украшен угловатыми рогами в виде человеческих рук, поднятых как при сдаче в плен. Очень красив синий потолок в золотых звездах – он действительно похож на ночное небо. К сожалению, небо уже подтекает, и капли звякают о дно стоящего в углу тазика.

На бетонном полу – открытый саркофаг из красного гранита. Рядом обычный офисный стол с ноутбуком. За столом сидит лысоватый человек с мушкетерской бородкой и задумчиво смотрит на экран.

Голгофский понимает, что перед ним прославленный египтолог, вежливо приветствует его и представляется. Солкинд ничуть не удивлен визитом: к нему на дачу нередко наведываются самые разные гости. Он читал труд Голгофского о российском масонстве и высоко его ценит.

— Рад встрече...

Голгофский интересуется, что это за подземный бункер.

— В наш материалистический век люди совсем не думают о душе, — отвечает Солкинд. — А ее бессмертие теснейшим образом связано с сохранностью физического тела, для чего нужна соответствующая инфраструктура... Люди знали это всегда, но в последние две тысячи лет стали забывать. Что привело вас в мои катакомбы?

Голгофский решается чуть приврать.

— Знаете, — говорит он, — я недавно был в Египте, на Синае. И как-то ранним утром у меня было странное переживание — как будто мне показали во сне огромные темные страницы с редкими пятнышками текста. Страниц очень много, и они повествуют о древности...

— Так, — говорит Солкинд, — это мне знакомо. А почему вы обращаетесь именно ко мне?

— Я дружен с Ириной Изюминой, — отвечает Голгофский, — и она рассказала о таком же точно переживании у нее. Она назвала его «Полями времени». Вы с ней это обсуждали, по ее словам.

— Ирочка... Да-да, я ее помню. Был хорошо знаком с ее папой. Почти убедил его задуматься о главном. Но он сказал, что не потянет гробницу — начальство решит, что он строит личный атомный бункер, а генералу такое не положено. И еще он не верил, что в условиях России возможна качественная мумификация. Все время надо мной смеялся — мол, кто тебе здесь нормально сделает... Даже Ленина раз в год достают из формалина, чтобы снять плесень. А мумию ведь не формалинят, ее закатывают в нечто вроде асфальта. Асфальт у нас каждую зиму меняют два раза. Говорит, будут тебя каждую зиму два раза откапывать, чтобы асфальт поменять, а как деньги на счету кончатся, забросят... Шутил, но в сущности выходит похоже. Эти бедняги даже свод не могут выложить, чтобы не протекал.

Солкинд вздыхает. Кажется, у него испортилось настроение.

— Великолепный саркофаг, — говорит Голгофский.

Солкинд улыбается.

— Вы находите? Асуанский гранит. Было очень трудно организовать, но мы смогли. Так чем я могу быть вам полезен, коллега?

— Я хотел поговорить о «Полях времени». Ирина сказала, что вы назвали этот феномен архаической татуировкой ноосферы. Мне стало любопытно. Неужели это правда?

Солкинд снимает очки и тщательно протирает их.

— Хочу вас сразу предупредить, что речь идет о вещах, не являющихся научным знанием в строгом смысле. Я не могу официально обсуждать их в своем профессорском качестве.

Голгофский объясняет, что интересуется вопросом как частное лицо и обещает не ссылаться на Солкинда без его согласия. В конце концов, говорит он, два историка могут обсуждать подобные вопросы конфиденциально. Солкинд соглашается.

— В переживании этом нет ничего особенного, — говорит он. — Оно открыто для любого внимательного человека. Аналогия с татуировкой здесь самая точная, хотя хромает и она — потому что татуируется не кожа, а ум, или коллективная память.

— А чей это ум? — спрашивает Голгофский.

Солкинд разводит руками.

— Чей это ум, рассуждать бессмысленно. Можно подставить любое другое выражение наподобие «мировой души», «небесного свода» — или даже употребить имя какой-нибудь древней богини. Можно вспомнить про «астральный план», хотя лично мне не очень понятно, что это такое. Но факт остается фактом — подобным образом создается своего рода запись в коллективном бессознательном. Или в коллективном сознательном — это уж как данному конкретному коллективу повезет... По-научному я назвал бы этот феномен ноосферным импринтом.

— А такие импринты делали исключительно в Египте?

— Ну почему. В Вавилоне тоже. Пример вавилонской татуировки — это шестьдесят секунд в нашей минуте и те триста шестьдесят градусов, на которые мы всегда можем пойти.

— А другие культуры?

— Есть и другие. Вот хотя бы тот нравственный закон внутри нас, который так поражал Канта. Он вытатуирован в нашем бессознательном еще во времена Атлантиды и имеет ту же природу, что «Поля времени». Только он намного прочнее.

— А более поздние эпохи...

— Я занимаюсь древностями, — говорит Солкинд. — Гомер для меня уже нью-эйдж — обо всем, что было после, вам лучше побеседовать с другими. Но истоки подобных практик уходят очень далеко в прошлое. Изумительнее всего именно стойкость архаичных ноо-импринтов, сохраняющихся уже много тысячелетий. Мало того, чем они старше, тем отчетливей проступают в устремленном на них уме. Это как со старинными красками — мастера знали особую технологию, и пигмент сохранялся тысячелетиями. Секрет с тех пор утерян, конечно.

Солкинд поднимает глаза на гостя.

— Но почему это интересно вам? Вы же специалист по масонам.

— Масоны и оккультисты возводят свою генеалогию к древнему Египту. Я надеюсь таким образом понять...

Солкинд усмехается.

— Вы хоть представляете, насколько древен Египет? Свою генеалогию возводили к Египту еще мистики императорского Рима — примерно с теми же основаниями, что и нынешние масоны. Достаточно глянуть на мелкие фоновые виньетки росписи «Виллы Мистерий» под Помпеями. Особенно в коридорах. Вы ведь там были?

Голгофский кивает.

— Такими же кавайными египтизмами мог бы разукрасить себя какой-нибудь парижский салон для столоверчения в эпоху Наполеона Третьего, — презрительно продолжает Солкинд. — Калигула, вскоре после которого «Вилла Мистерий» подверглась... хм, консервации — ездил в Египет любоваться древностями примерно как де Голль или Хрущев.

— Вы знаете что-нибудь о технике создания ноосферных импринтов? — спрашивает Голгофский.

Солкинд глядит на часы.

— Видите ли, — отвечает он, — это долгий и серьезный разговор. А я жду бетонщиков. Нормальных бетонщиков. Приходите завтра утром ко мне в офис. Я вам кое-что покажу...

*

Голгофский размышляет всю ночь.

Ему уже понятно, что ноосферные импринты — это то же самое, что Магнус Марголин называл гаргойлями и химерами. Солкинд и Марголин были близкими знакомыми Изюмина; видно, что генерал проявлял к теме большой интерес.

Быть может, случившееся с ним несчастье както с этим связано?

170

Голгофский опять вспоминает последний жест генерала: крыша домика, крылышки, что-то вверху. Может быть, Изюмина посетило религиозное умиление, и он хотел сказать, что наш настоящий дом в небесах, куда мы вознесемся? Возможно, это было чем-то вроде последних слов Ганди: «Наконец свободен...»

С другой стороны, Солкинд говорил, что генерала не слишком интересовали вопросы вечности...

Чем вообще занимался Изюмин в своих спецслужбах? Не разобравшись с этим, будет сложно понять все остальное, решает Голгофский. Но как это выяснить?

Он едет в институт к Солкинду.

Египтолог ждет его в своем кабинете; вместо окон там — вмонтированные в стену компьютерные панели, транслирующие вид на Долину Царей. В Москве утро; в Долине Царей тоже — видимо, крутится запись.

Голгофский понимает, почему здесь нет окон — кабинет ученого напоминает не то музейный зал, не то камеру сокровищ из неразграбленной гробницы. Здесь статуи, барельефы, защищенные стеклами фрагменты древних папирусов... Все требует особого микроклимата: воздух с улицы может оказаться губительным для собранных здесь редкостей.

Солкинд берет бутылку «Ессентуков № 17» и выливает ее на покрытую золотыми иероглифами черную статуэтку. Вода стекает в полое нутро постамента; Солкинд открывает бронзовый краник и наполняет водой два стаканчика.

— Хорошо чистит печень и почки, — говорит он.

Голгофский пьет воду. Она ничем не примечательна на вкус — обычная кавказская минералка. Солкинд объясняет, что дело в магической силе покрывающих статуэтку иероглифов: она переходит в воду.

— В древнем Египте на подобном принципе работали целые водолечебницы и санатории, — говорит он. — Ну а если вы в это не верите, пейте просто «Ессентуки». Тоже полезно. Но не так.

Голгофский понимает, что попал в особое измерение — и ни с чем не спорит. Вслед за хозяином он простирается перед статуей Амона, затем сдержанно кланяется диску Атона. Они садятся в резные деревянные кресла — и Солкинд начинает свой рассказ.

— Техника, лежащая в основе создания ноосферных импринтов, известна по меньшей мере со времен Древнего Царства. Зашифрованные указания на нее содержатся в погребальных надписях и папирусах. Ее унаследовали в Вавилоне, знали и в Хеттском Царстве. Она была известна Народам моря — так называли в древнем Египте жителей средиземноморских островов...

Голгофский не перебивает — он делает пометки в блокноте.

— Но уцелевшие обрывки информации так скупы и эклектичны, что даже лучшие египтологи не могут понять смысла и сути ритуалов, указания на которые они встречают. И немудрено — это примерно как восстанавливать древний колосс по сохранившемуся уху, губе и фрагменту короны с головой кобры...

Солкинд встает с места, берет со стола какой-то продолговатый предмет и протягивает его Голгофскому. Тот с удивлением узнает жезл со стены кабинета Изюмина. Вернее — его точную копию.

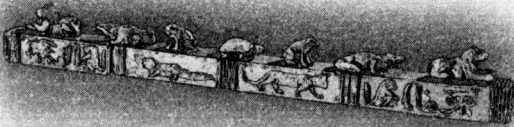

— Это известнейший артефакт, — говорит Солкинд. — Магический жезл из собрания музея Метрополитен. Двадцатый век... Только, кгм, до нашей эры.

Голгофский внимательно разглядывает предмет. Это с удивительным искусством вырезанный из слоновой кости скипетр квадратного сечения, на котором сидят в ряд несколько животных: лев, крокодил, лягушка, черепаха. Черепаха расположилась в центре; остальные фигурки повторяются дважды и глядят в разные стороны. Голгофскому этот предмет отчего-то кажется древней логарифмической линейкой. Солкинд смеется, услышав такое сравнение.

— Доля истины тут есть, — говорит он. — Но тогда это логарифмическая линейка, которая использовалась последующими эпохами как ритуальный кинжал, а еще позже — как ложка для надевания ботинок.

— Что это на самом деле? — спрашивает Голгофский.

— На этот счет в научных кругах есть много мнений, — отвечает Солкинд. — Некоторые египтологи считают, что жезл использовался для облегчения родов, так как лягушка — это символ богини Хикет, заведовавшей родами. Другие смотрят на крокодила — и говорят, что жезл служил для вредоносной государственной магии. Третьи видят черепаху — и делают вывод, что жезлом пользовались для остановки кровотечений. Такие оценки правдоподобны: в позднейшие времена этот предмет могли использовать во всех перечисленных целях. Но главное, исходное назначение артефакта остается официальной науке не вполне ясным.

— А вы его знаете?

Солкинд улыбается.

— То, что я скажу дальше, не услышат от меня ни на одной лекции. Египтологи сочли бы это шарлатанством. Был бы скандал. Но вы не египтолог, вам я расскажу все как есть. Вы знаете, конечно, об обычае жертвоприношения? В изначальном смысле ритуального убийства живого существа? В том числе человека?

Голгофский, конечно, знает.

— Такие практики, — продолжает Солкинд, — были не слишком характерны для древнего Египта, но все же их использовали маги, которых мы сегодня назвали бы «черными» или «серыми».

— Зачем? — спрашивает Голгофский.

— Ритуальное убийство человека было способом предложить его жизненную энергию божеству. Так сказать, накрыть поляну. Некоторые духи, обладавшие немыслимым оккультным могуществом, тысячелетиями обитали вокруг подобных жертвенников, вводя в заблуждение целые культуры и цивилизации. Благородный Египет, к счастью, не был одной из них — там отказались от человеческих жертвоприношений за двадцать восемь веков до нашей эры. Но существовал и другой способ манипуляции изъятой жизненной силой...

По лицу Солкинда Голгофский понимает, что сейчас услышит нечто важное — он даже перестает делать пометки.

— Жрец, или маг, — продолжает Солкинд, — мог перенести жизненную энергию — «ка», как ее называли в Египте — в другой объект или зарядить ею некий предмет. На манипуляциях с переносом «ка» было основано целое течение древнеегипетской магии. Можно даже сказать, что это был ее фундамент. Способы переноса могли быть мягкими и метафорическими — заклинания, различного рода симпатика и так далее. Вот как мы с вами пили воду «Ессентуки», заряженную силой лечебных знаков. Но бывали и радикально-безжалостные методы...

Солкинд берет у Голгофского магический жезл и как бы целится из него в свою комнатную Долину Царей.

— Повторяю, — говорит он, — я не знаю точно, как именно этот артефакт применялся в поздние эпохи, хотя примерно догадываюсь. Движение от архаики к нашему времени — это постепенное вытеснение реальной магии ритуалом. Но сразу после своего создания жезл использовался как вместилище силы «ка», выделяемой при особом ритуальном умерщвлении животных.

Голгофский спрашивает, связано ли это как-то с фигурками на скипетре. Солкинд кивает.

— Именно. Это был своего рода аккумулятор, работавший на четырех видах энергии «ка»: льва, крокодила, лягушки и черепахи. Экстрагированная при умерщвлении этих животных жизненная сила переходила в их костяные фигурки, украшающие жезл. Маг мог заряжать свой жезл четырьмя силами одновременно, причем в разных пропорциях и с разным направлением, или знаком энергии «ка». Поэтому фигурки повернуты в разные стороны.

— А черепаха? — спрашивает внимательный Голгофский. — Она одна.

— Центральная черепаха здесь в одиночестве, потому что является магическим нулем, — отвечает Солкинд. — Она, выражаясь языком современных кодеров, выполняет роль оператора «стоп».

Голгофский плохо знаком с программированием, но идея до него доходит.

— Заряженный таким образом жезл, — продолжает Солкинд, — становился мощным магическим индуктором, позволявшим создавать, например, ноосферные импринты. Еще он давал возможность вступать в общение с сущностями тонких планов и даже управлять ими. Близкую, хотя и более ограниченную функцию выполнял классический жреческий скипетр в форме изогнутой змеи...

Он указывает на костяной жезл, стоящий в застекленном шкафу. Голгофский вспоминает, что видел такой же на генеральской даче.

— Значит, «Поля времени» были наколоты такими вот скипетрами?

— Да, — отвечает Солкинд. — Они были созданы подобными психоэнергетическими инструментами.

— А зачем эти инструменты вообще придумали? Я имею в виду, с самого начала?

Солкинд пожимает плечами.

— Это примерно как спросить, зачем служит нож. Убийца убивает, доктор лечит, резчик по дереву вырезает финтифлюшку. Эти артефакты восходят, я полагаю, к гораздо более старым цивилизациям, чем даже Египет — но мы о них не знаем ничего.

— А как конкретно создавали «Поля времени» в древнем Египте? В чем заключался ритуал?

На лице Солкинда изображается усталость.

— Вот и вы туда же, — говорит он. — Изюмин постоянно задавал мне этот вопрос. И не верил, что я не знаю. А я действительно не знаю. Такие практики были весьма распространены в архаичные эпохи, однако вызвали гнев богов, что в Египте совсем не было шуткой. Поэтому они держались в тайне. Сохранились только косвенные указания и свидетельства.

— А сегодня, — говорит Голгофский, — сегодня что-то похожее практикуют?

— Не сомневаюсь, — ухмыляется Солкинд. — Но если вы думаете, что реальный Гарри Поттер расскажет вам, на каком бензине работает его волшебная палочка, то ждать вы будете очень долго.

— Изюмин обсуждал с вами эти темы?

— Постоянно. Он, по-моему, курировал это направление в...

Солкинд умолкает, понимая, что сболтнул лишнее. Голгофский ждет, надеясь, что Солкинд скажет что-то еще, но тот резко меняет тему.

— Изюмин, — говорит он. — Изюмин... Я все время убеждал его позаботиться о вечном. У него был отличный участок в Кратово, где это вполне можно было сделать. Иногда мне казалось, что он вот-вот примет неизбежную истину и наймет землекопов. Я даже собирался открыть ему тайное имя Ра, честное слово... Но потом наши пути разошлись.

Голгофский понимает, что настаивать бесполезно. Про Изюмина он больше ничего не узнает. Он тоже решает тоже изменить тему.

— Скажите, — говорит он, — а подобные практики всегда были связаны с божествами и духами?

— Разумеется, — отвечает Солкинд. — Древний алтарь вообще можно рассматривать как подобие современной радиолокационной станции, посылающей сигнал в пространство — и сканирующей отпечатки присутствующих в нем сущностей.

— Интересное сравнение.

— Только эта локационная станция работала не на электричестве, а на *живой жизни*. И ее сигнал уходил не в физическое пространство, создаваемое нашим собственным умом, а в единственно реальное измерение чистого бытия, откуда приходит и сам ум, и все, что в нем есть...

Солкинд снова глядит на свою Долину Царей. Над ней теперь краснеет тусклое виртуальное солнце.

— Наши предки имели дело с серьезными технологиями, — говорит он задумчиво. — Мы же играем в пустые игрушки, запуская одни галлюцинации исследовать другие... Мало того, что в этом нет смысла, на это не хватит никакого времени — даже с учетом того, что время тоже одна из наших галлюцинаций.

Голгофский, однако, не дает разговору свернуть в абстрактные дебри.

— Скажите, — спрашивает он, — а вы когда-нибудь обсуждали ноосферные импринты с историками других эпох?

— Почему вы спрашиваете?

— Вот почему, — говорит Голгофский. — Я недавно беседовал с одним калининградским теологом, и он рассказывал весьма любопытные вещи. По его словам, нечто похожее делали и в Средние века. Только он называл импринты химерами.

Солкинд хмурится.

— Я слышал это слово в подобном контексте, — говорит он.

— Где? От кого?

— Это было на конференции во Франции. Я говорил с одним валлонцем, специалистом по средневековому колдовству. Он упоминал о чем-то похожем. Еще о каких-то гур... гор...

— Гаргойлях?

— Кажется, да.

— Вы не помните его имя? — стараясь не выдать волнения, говорит Голгофский.

— Бонье, — отвечает Солкинд. — Жерар Бонье.

∗

Через месяц Голгофский уже в Лионе. Он посещает немного странный симпозиум, проходящий на Villa Gillet — модерновом доме ткацкого фабриканта, завещанном городу еще в девятнадцатом веке. Среди участников — Жерар Бонье.

Вилла напоминает московский особняк Рябушинского, только она крупнее и строже. На симпозиум съехалось много масонов, это бросается в глаза.

Специально для таких ситуаций у Голгофского имеется небольшой масонский градус, по случаю приобретенный в Праге. Он смешивается с черно-пиджачной толпой, шутит, умело отвечает на тайные жесты и рукопожатия, жалуется на Путина и Трампа, красиво грассирует — в общем, имеет успех.

Заявленная тема симпозиума — «Вавилон и Средневековье», но круг обсуждаемых вопросов шире: это преемственность европейских алхимиков и магов с Вавилоном, Египтом и античностью вообще. Говорят также и о границе Средневековья с Новым временем. Голгофский не делает доклада, но участвует в прениях.

Бонье выступает с сообщением на тему «Небо Европы-3». Как понимает Голгофский, первым небом была античность, вторым — христианство, третьим... Вот этому и посвящен доклад.

С первой же минуты Голгофский чувствует, что снова напал на след. Бонье употребляет слова «гаргойли» и «химеры» в том же смысле, что и Марголин — видимо, эти понятия хорошо знакомы масонам высокого градуса. Но термины не удивляют и прочих участников симпозиума: Бонье строит свою речь так, что оба слова всегда можно расценить как метафоры.

Он останавливается на химерах и гаргойлях, украшающих крышу Нотр-Дама. Этот храм, символизирующий христианскую Европу, защищают жуткие на вид чудища, парадоксально служащие добру — и точно так же, объясняет Бонье, химеры в духовном пространстве современного человека оберегают Небо Европы и весь гуманистический мировой порядок в каждой отдельно взятой душе...

После парижского пожара Голгофский будет часто вспоминать эти слова, но в те дни они еще не казались сарказмом.

В остальном Бонье повторяет то же самое, что говорил калининградский органист. За гаргойлями стоят древнейшие сверхъестественные сущности — ангелы и демоны. Химеры — создания человека. Но значит ли это, что существование химер никак не подкреплено силами высшего порядка?

Аудитория молчит.

Совсем наоборот, заявляет Бонье. Оно тоже инспирировано ими — просто задействованы другие силы, механизмы и сущности.

— Очень наивно думать, — говорит он, пристально глядя в небольшой зал, — что подобная операция под силу самим людям...

Он развивает свою мысль: изменения происходят не в одном лишь дольнем мире, они случаются и выше. Война идет не только между землей и Небом, но и между разными небесами. Небо остается Небом, оно всегда висит над человеком, но небесные администрации меняются. Узнать, кто именно занимается нами в любой исторический момент, на самом деле просто — достаточно посмотреть, во что мы верим.

Как раз в конце Средневековья духовное пространство Земли буквально перевернула могучая древняя сущность, демоническая или божественная, как кому нравится. И все другие человеческие боги... нет, не то чтобы исчезли — просто в одночасье стали смешными фигурками из церковного картона... Бонье показывает в качестве иллюстрации сложенного из бумаги человечка.

— Что же это за сущность? — спрашивает он.

И сам себе отвечает: этот дух был известен людям давно и всегда принимал активное участие в жизни человечества под разными именами. Это он, если разобраться, и дал людям власть над миром. Но прежде он никогда не выходил на передний план и не сметал со своего пути всех остальных богов с их смешными титулами и претензиями. Дух этот парадоксален — его знают все, и одновременно он скрыт и действует из тени.

Был лишь очень краткий период в Новейшей истории — всего пара лет — когда он вновь позволил открыто поклоняться себе в храмах. Но роль проявленного божества в новую эпоху ему не понравилась, и после своей полной победы над прочими человеческими богами он вернулся за кулисы, как бы отрицая свое существование.

Пожилые масоны при этих словах с улыбкой кивают; они понимают, о чем идет речь. Молодежь в недоумении и просит Бонье разъяснить свои слова. Он соглашается — у него даже припасены слайды.

В 1793—1794 годах в революционной Франции распространяется так называемый культ Разума — culte de la Raison. Выходит декрет о запрете католического богослужения, и христианские церкви начинают насильно превращать в храмы Разума («точь-в-точь, — замечает Бонье, — как за триста лет до этого их превращали в мечети в Константинополе»).

Это был вот именно что культ — со своими богослужениями и ритуалами, в качестве которых использовались парады и карнавалы («*карнавализм*, — мрачно подмечает Голгофский, — был мобилизован этой сворой сразу и навсегда»).

Другая характерная черта культа — иконоборчество, уничтожение прежних святынь. Но это не был атеистический погром, вовсе нет. В 1793 году у культа Разума появилось даже что-то вроде своего оракула: в ходе церемонии, проводившейся внутри захваченного Нотр-Дама (да-да), некая артистка Парижской оперы была коронована как «Богиня Разума».

— У нас здесь гость из России, — говорит Бонье, кивая на Голгофского, — ему интересно будет узнать, что на ее парижской могилке потом долго рефлексировал Иван Бунин, стремясь в преддверии Нобеля выстроить высказывание, не только безупречное с точки зрения патриотизма и стиля, но полностью корректное политически и религиозно... Непростая, но важная задача для любого литературного визитера из России в Европу. Задача эта сложна и в наши дни, что мы наблюдаем по рожам наезжающих к нам из России писателей и писательниц, но перед Второй мировой она была, пожалуй, еще замысловатее... С тех пор из уравнения ушла религия. Вот про нее-то я и хочу поговорить...

Голгофский звучно хлопает несколько раз в ладоши. Бонье с улыбкой продолжает:

184

— Понятно, что никто из участников культа Разума не рассматривал эту «Богиню Разума» как сосредоточие мирового ума. Это была именно пифия, через которую новая Верховная Сущность собиралась говорить с людьми...

Следуют слайды с видами парижских улиц революционной эпохи. Однако, сообщает Бонье, уже очень скоро культ Разума запрещают и — номинально, во всяком случае — восстанавливают в правах прежних богов. Французский Ахетатон так и не был построен — Нотр-Дам вновь отдали церкви. Все вроде бы вернулось на круги своя, но...

Но нет, совсем нет.

В прежнего Бога (того, который запределен Разуму) уже никто особо не верит, даже его служители. А власть Разума никуда не уходит после запрета его культа — Разум всего лишь не хочет, чтобы ему поклонялись в церквях и вообще осознавали его как некое персонифицированное присутствие. Зачем? И без того все сгибают выю под его ярмо. Ведь так велит им сам... Разум.

В зале смеются.

— Даже сегодня, — гремит Бонье, — когда мы читаем какую-нибудь серьезную мировую газету, мы по-настоящему доверяем прочитанному только тогда, когда оно ссылается на божество по имени Reason. Так же когда-то верили Мардуку, Шиве, Иегове, Иисусу. Но новый бог выбирает анонимную скрытность... Повторяю, что это не совсем новый бог. Новое — это хорошо забытое старое...

Перед нами просто очередная маска величайшего из древних могуществ, которое одним своим ликом повернуто к современности, а другим, архаичным, еще привечает поклоняющихся ему по старинному обряду... Намекну... Древний бог Атлантиды... Lord of the Rings, как рискованно пошутил брат Джон Рональд Рауэль...

В зале рукоплещут.

— И ни слова больше. Вдумаемся в это как следует. Нотр-Дам-де-Пари — это еще и храм той великой сущности, что подарила когда-то людям инструмент познания добра и зла! Конспирологи шепчутся о власти тайного правительства, но реальность куда чудесней: мы со всех сторон окружены мертвыми религиями, до сих пор делающими вид, что они есть — а управляет нами воля тайного, могучего и очень реального божества, которое делает вид, что его нет. Ибо один из главных постулатов культа Разума в том, что бога нет, а есть... Разум. Так спрятаться на самом виду надо, конечно, уметь... Но сущность эта скрыта только от черни, от тех послушных безропотных бедняг, которых сплавляют в смерть на айфонах. Ее видели мистики разных направлений, часто далеких от европейской мысли. И они рисуют довольно грозную картину... Да...

На этой загадочной ноте Бонье умолкает. Похоже, собравшиеся понимают, что имеется в виду — и вопросов не задают.

Голгофский знакомится с Бонье после его выступления и рассыпается в комплиментах. Бонье тоже рад видеть брата из России — и невысокий градус Голгофского вызывает дополнительную симпатию к гостю («пиджачишко на мне рваный, — иронизирует наш автор, — градусишко небольшой...»)

— Вы, русские, мастера пить, — говорит Бонье. — А знаете ли вы, что в Европе Средних веков были в большой моде состязания пьяниц? Они соревновались, кто кого перепьет. Я как раз в настроении... Поедем в город, Константин. Я вызываю вас на дружеский матч.

Голгофский понимает, что это его шанс — у Бонье может развязаться язык. Они едут в ресторан и начинают вечер с перно и пастиса. Затем следует *кир* — смесь смородинового ликера с белым вином (Голгофский не очень удачно шутит, рассказывая Бонье про русскую франкофилию и глагол «кирять»). Дальше, увы, на столе оказывается неизбежная в современной Франции бутылка бурбона.

Бонье подходит к джук-боксу и ставит «Натали» Жильбера Беко — весьма известную песню из шестидесятых.

— Вот образ России, которую я люблю, — говорит он.

Голгофский вслушивается. Надменный и хриплый французский голос рассказывает о секс-туризме в Москве — стакан вина, революсьон д'Октобре, неизбывное «кафе «Пушкин», натурально, сама Натали — и вдруг музыка как бы взрывается исступленным танцем мамелюков из КГБ, уже в сиську пьяных, но все еще искательно пляшущих перед высоким французским гостем под страхом партийного выговора...

— Этот образ точен на все сто, — вздыхает Голгофский. — Увы, но эту Россию мы профукали точно так же, как и ту.

— Ту — это какую?

— Ну, эн-минус-один.

Бонье, похоже, не помнит школьной математики, и ему кажется, что гость чем-то задет. Он начинает скабрезно острить про европейских политиков. Голгофский не всегда успевает за своим собеседником. Например, тот упоминает последний фильм из Эммануэль-саги: «Эммануэль и Ангела» («ваше поколение еще узнает аллюзию»).

Голгофский вспоминает эротическую франшизу из прошлого века — и предполагает, что речь идет о новом образе Эммануэль-лесбиянки. Но Бонье разъясняет, что имеется в виду французский президент Эммануэль Макрон и его гипотетическая супружеская неверность: он, как известно, любит женщин ультрабальзаковского возраста.

Дурно попахивающая шутка — эйджизм ничем не лучше гетеросексизма или айболизма[1]. Но Голгофский хавает.

---

[1] heterosexism — система предрассудков и суеверий, объявляющих гетеросексуальные отношения естественной нормой; ableism — дискриминация в пользу физически здоровых.

Наконец Бонье успокаивается, и Голгофский в общих чертах пересказывает ему то, что слышал от Солкинда о ноосферных импринтах в древнем Египте.

— Вы упоминали сегодня про химер, — говорит Голгофский, — и сказали, что это создания человека. Не видите ли вы здесь определенной преемственности?

Бонье немного трезвеет. Он помнит Солкинда и свою беседу с ним. Видно, что тема ему интересна.

— Преемственность магического Средневековья с Вавилоном и Египтом вопрос сомнительный, — говорит он. — Тайные традиции так же хрупки, как все остальное в человеческой жизни. Исчезали целые народы и культуры. Что уж говорить об оккультных знаниях.

— Но это ведь очень особенная область, — отвечает Голгофский. — Тут действуют другие методы передачи.

Бонье пожимает плечами.

— Возможно, отдельные умения переходили из культуры в культуру через путешественников и беглецов, — продолжает Голгофский. — А может быть и так, что сохранялось лишь самое общее понимание известного с древности магического механизма.

— Про какой механизм вы говорите? — спрашивает Бонье.

— Про использование чужой жизненной силы для создания ноосферных инсталляций, — отвечает Голгофский. — Или, как вы говорите, химер. Ведь метод именно таков, не правда ли?

Бонье глотает наживку — и решает, что собеседник уже посвящен в эти тайны.

— Возможно, — отвечает он. — Но разве вы не допускаете, что сам этот механизм просто открывали вновь и вновь? Ведь спрятан он не слишком глубоко.

Голгофский признается, что это не приходило ему в голову. Тогда, прихлебывая виски, Бонье излагает свою точку зрения на вопрос.

Технология татуировок ноосферы в той форме, в какой она была известна Египту и Вавилону, считает он, исчезла еще в поздней античности. Но сама способность оккультных практиков создавать в пространстве ума ощутимое для всех облако смыслов, используя отнимаемую жизнь, сохранялась всегда.

Навык этот, однако, подвергся такому же жестокому вырождению, как и другие древние умения. Если верить Солкинду — а Бонье ему верит — египетские маги использовали энергию «ка», мастерски переплетая ее вкрапления с общим узором психического поля планеты; результат сохранялся тысячелетиями. Но на излете Средних веков алхимики и маги использовали уже не столько жизненную силу убиваемых существ, сколько сырую энергию их страдания.

Если продолжить аналогию с татуировкой, а Бонье считает ее весьма удачной, то вместо втирания краски в мельчайшие проколы, как поступала древность, колдуны Средневековья делали акцент на сам укол — чтобы, так сказать, дольше сохранялась вызванная им краснота.

Стойких пигментов у них уже не было.

Самые мрачные средневековые ритуалы выглядели не только страшно, но и непристойно — и Бонье сознательно не приводил их мерзких деталей во время доклада: все-таки он работает по гранту, который называется «Небо Европы». Но Голгофскому он кое-что скажет.

Например, обычным для колдунов методом послать письмо сатане было совокупление с козлом и его последующее убийство... Ужас в том, что подобные послания князю Тьмы, носившие глубоко личный характер, нередко считывались с тонких планов случайными людьми — отсюда кошмары, инфернальные видения, даже случаи сумасшествия, которыми пестрят средневековые хроники. Ведьмы отрубали головы петухам и козам тоже не просто так. Но не будем скатываться в мизогинию...

Голгофский интересуется, было ли убийство животного или человека единственным средневековым способом запечатлеть послание в ноосфере.

Нет, отвечает Бонье, медиум мог причинить страдание кому-то другому или даже самому себе — и напитать проделанные в мировой душе дырки чернилами, так сказать, своего сердца. Подобными методами сознательно действовали сектанты, «святые мученики», желавшие распространить свое вероучение, и — чисто интуитивно — люди искусства, мечтавшие, чтобы их имя сохранилось в веках. Как будто, хе-хе, «Томас» или «Александр» — это было *их имя*, а не случайная бирка, повешенная при рождении на физическое тело...

Совсем тихо, словно боясь спугнуть собеседника, Голгофский интересуется, сохранились ли технологии практического создания химер в современных ложах.

Бонье, уже сильно пьяный к этому моменту, глядит на Голгофского с иронией.

— Для обсуждения этой темы, брат мой, вам пока не хватает градуса, — говорит он. — Или, может быть, — он косится на бутылку, — его пока не хватает мне...

Они выпивают еще по стопке. Бонье встает из-за стола, кое-как подходит к джук-боксу и снова ставит «Натали».

— Не могли бы вы станцевать под эту песню? — говорит он. — В русском танце есть... есть...

Он щелкает пальцами.

— В нем сохранилось что-то степное и монгольское. Древнее и настоящее.

— Если я станцую, вы ответите на мой вопрос?

— Возможно, — кивает Бонье.

Голгофский пускается в пляс. Он отлично понимает, чего хочет Бонье — и, проходясь перед собеседником вольной волжской присядкой, старательно думает о выплатах по ипотеке.

Бонье удовлетворен. Он наливает еще бурбона, но не теряет контроля над собой.

— Да, все это существует до сих пор, — говорит он. — Я не могу описать конкретные технологии, которыми пользуются современные практики. В таких тонкостях я этот вопрос не знаю. Скажу только, что для этого необходимо страдание или смерть живого существа — и тренированная воля медиума, способного достаточно долго и отчетливо концентрироваться на послании, которое он желает спроецировать в коллективное бессознательное.

— А в каких масштабах это практикуется сегодня?

Бонье хмыкает.

— Создатели химер давно поставили свое производство на промышленную основу, мой друг. Они используют для этого все возможности современного мира — от фабрик, где массово забивают скот, до, увы, концлагерей. И занимаются этим не наши с вами братья-каменщики, а куда более приземленные и недобрые силы... Как вы полагаете, почему нашу прессу называют «корпоративной»? Это от «corpus», «тело». Имеется в виду... Впрочем, догадайтесь сами.

Голгофский понимает, что давить на собеседника неразумно — Бонье может замолчать. Если он и проговорится, то сам. Поэтому Голгофский меняет направление беседы.

— Но как же так? — восклицает он. — Мое чувство справедливости оскорблено. Последние три тысячи лет в мире постоянно льется кровь, совершаются чудовищные злодеяния, к небу восходят предсмертные молитвы и стоны — и все это не оставляет никаких следов в мировой душе. А какой-то колдун особым образом убивает козла — и получает возможность компостировать человечеству мозги? Нет ли в этом нелепицы?

Бонье мрачно кивает.

— Да, конечно, я понимаю вас. Но следы на самом деле остаются от всего. Муки и страдания живых существ отравляют психический воздух, которым мы дышим. Именно поэтому так мрачен в своей сути наш мир. Но войны, убийства и зверства действительно нам не заметны — мы лишь читаем о них в интернете и ощущаем тяжкий гнет человеческой вины, слыша временами, как скрипит обшивка нашего ковчега...

С улицы доносится скрипучая полицейская сирена — и Бонье поднимает палец.

— Мы не видим этого потому, — продолжает он, — что не знаем, куда и как направить внимание. Кроме того, наш внутренний свидетель отнюдь не рвется созерцать подобные вещи. Наоборот, он очень хорошо умеет защищать себя от них. Но иногда случайная фраза, странное колебание занавески, смутная угроза в чужом лице вдруг пугают нас до глубины души... Нам словно присылают напоминание о чем-то ужасающем, спрятанном совсем рядом...

Вдруг глаза Бонье стекленеют, а лицо становится пепельно-серым. Видимо, он случайно напомнил о чем-то ужасном самому себе... Метаморфоза настолько быстра и страшна, что Голгофскому становится неуютно. Но Бонье справляется с собой — махнув еще стопку виски, он объявляет, что поедет в бордель, и предлагает составить ему компанию.

Голгофский понимает, что жизнелюбивому валлонцу, только что пережившему падение во внутренний мрак, нужно вернуть себе вкус к жизни. Для этого лучше всего подходят самые простые удовольствия.

Ехать надо в пригород; в такси Бонье продолжает свой рассказ уже без просьб Голгофского.

По его словам, все ментальные мозаики, создаваемые человеческими и животными муками, ужасами, кошмарами и так далее, не просто доступны для нашего восприятия — мы живем в самой их гуще. Из них во многом и состоит бессознательное: это его, так сказать, «темная энергия». Иногда мы начинаем прозревать эти пространства страдания и мрака. Подобное случается, когда незадачливый психонавт переживает бэд трип на кислоте.

Химеры висят в том же пространстве, что и эти ментальные оттиски, постепенно растворяясь вместе с ними в небытии. Разница в том, что химера изначально сконструирована так, чтобы ее максимально легко было увидеть.

— Что это за пространство? — спрашивает Голгофский.

— «Пространство» здесь просто метафора, — отвечает Бонье, вглядываясь в дорогу. — Речь идет всего лишь о том, что эти переживания могут быть испытаны. Единственное место, где это происходит — сознание, а сознание вовсе не место... À-propos, мы уже почти на месте.

— Но почему тогда некоторые из этих объектов видны, а некоторые нет?

— Чтобы химера стала видна, — говорит Бонье, — необходим триггер.

— Триггер? — не понимает Голгофский.

— Да, — отвечает Бонье, — как бы координаты той точки, куда нужно направить взгляд. Это, если угодно, пароль. Ключ к шифру. Таким ключом может быть условная фраза, картинка, образ. Это своего рода код доступа. На самом деле это простая вещь, только звучит сложно...

Разговор затихает: они приехали.

Бордель — обычный дом средней руки за мещанской оградой; на специализацию указывают розовая лампа в окне второго этажа и три кованых киски в стилистике «Hello Kitty» на воротах.

Участников симпозиума встречают три пожилые путаны с интеллигентными лицами; на них розовые пеньюары и желтые жилеты с надписями «Buy Bitcoin!». Голгофский понимает, что судьба посылает ему еще одно испытание — и неохотно расстается с банкнотой в пятьсот евро. Столько же платит Бонье.

Старшая из путан отводит посетителей в гостиную на втором этаже и велит раздеваться. Здесь целая коллекция игрушек, упряжей и плеток; есть кляпы и даже похожая на наклонную гильотину доска для промывания кишечника.

Голгофский решается продолжить расспросы.

— А что может служить триггером? — спрашивает он. — Как активируется химера?

Бонье снимает с себя пиджак и галстук, затем начинает расстегивать рубашку; становится видна его волосатая грудь.

— Я напомню вам знакомую с детства историю, мой друг, — говорит он. — По рыночной площади идет обнаженный пожилой мужчина с короной на голове...

Шагнув к одному из манекенов, он снимает с него шапочку из желтого латекса и кое-как укрепляет на своих растрепанных волосах.

— В принципе, — продолжает он, снимая штаны, — все собравшиеся на рынке люди видят, что король гол как сокол. Но это восприятие просто не доходит до их сознания...

— Почему?

— Оно отсеивается на предсознательном уровне, как социально неприемлемое. Люди чувствуют, что увидеть наготу короля может быть весьма опасно. Тому порукой Библия — чрезвычайно авторитетное собрание поведенческих скриптов. С Хамом в подобной ситуации случилась большая неприятность.

С этими словами Бонье снимает носки.

— Не то чтобы люди ничего не видели, — продолжает он. — Но видит не человек, а глаз. Мозг обрабатывает приходящие из глаза сигналы и готовит набор отчетов, каждый из которых в принципе готов стать восприятием...

Бонье снимает трусы и остается совершенно голым. С некоторым удивлением Голгофский видит, что тот уже полностью готов к битве.

— А умное и хитрое подсознание, — продолжает Бонье, распечатывая пачку презервативов, — тщательно выбирает, что из этого осознавать, а что нет, опираясь на шаблоны, полученные от родителей, воспитателей и корпоративных СМИ — ибо главной целью и единственным смыслом человеческой жизни, как известно, является выживание... Подобные калькуляции и составляют самую суть принадлежности к той или иной культуре. К тому же на рыночной площади, где гуляют голые короли, постоянно выступают веселые жонглеры, фокусники и прочие колумнисты, делающие вид, что все в порядке...

Голгофский кивает, а Бонье тем временем надевает на себя *зимнюю резину* (так Голгофский называет презерватив повышенной толщины).

— Но вот какой-то глупый мальчик говорит: «А король-то голый!» И восприятие, только что отделенное от сознания презервативом защитного неведения, врывается в ум. Его уже нельзя отфильтровать — оно за секунду превратилось из вытесненного секрета в общее место... Вы так и будете стоять здесь одетым, мой друг?

Голгофский нервно ослабляет галстук.

— Химеры чем-то похожи на голых королей, — говорит Бонье. — Они вызревают в ментальном измерении, как груши за окном — чтобы заметить их, достаточно одного быстрого и точного взгляда. Но наше сознание не бросит туда этого взгляда просто так — как не бросает его на многое другое, теоретически ему доступное. До тех пор, пока триггер не укажет, на какой именно ветке висит Луи-Филипп...

Бонье звучно щелкает пальцами:

— Voilà! В стекло с жужжанием бьется муха, мы поднимаем на нее глаза — и замечаем висящую за окном грушу. Ну или — голого короля. Мы бросаем взгляд на триггер, но видим не его, а то, что находится прямо за ним. Так это и работает... Но где же наши девочки?

В этот момент открывается дверь — и в комнату врывается полиция в тяжелом снаряжении. Бонье и Голгофского валят на пол и надевают на них наручники; через минуту их уже везут в участок в разных машинах. Голгофский лежит на полу лицом вниз и пытается сообразить, что он мог натворить.

На ночном допросе небритый молодой следователь напоминает Голгофскому, что во Франции наказывают не секс-работниц, а их клиентов. Бонье взяли с поличным, чтобы не сказать грубее — на нем даже был презерватив. Ситуация Голгофского полегче.

Голгофский говорит, что они продолжали научный спор, начатый на симпозиуме, и он не собирался грешить. Поскольку в момент задержания он был одет, доказать его умысел сложно. Следователь куда-то звонит и после этого долго пытается выудить из Голгофского признание, что это он заставил путан надеть желтые жилеты, выполняя задание российских спецслужб. Голгофский не сдается:

— Нет, мсье, нет. Вы же француз и должны понять — я в такой ситуации мог бы попросить их разве что снять жилеты... Но никак не надеть. Клянусь химерами Нотр-Дама, бляди напялили их сами...

В конце концов его отпускают.

— Свободу узникам бессовестности! — кричит Голгофский зарешеченным окнам, за которыми держат его товарища по недосчастью.

Бонье выпустят позже, когда оформят штраф — но Голгофский понимает, что тому вряд ли приятно будет на трезвую голову вспомнить про русского друга, стакан вина, револьюсьон д'Октебре и все вот это вот. Дальнейшие расспросы ни к чему не приведут.

Послав воздушный поцелуй хмурому небу Лукдунума, Голгофский уезжает в Париж.

∗

Здесь начинается новый этап расследования — вернее, попытка его возобновить.

«Я долго бился вслепую, будто ставший ночной бабочкой Дон Кихот».

Голгофскому не дает покоя тема, которой был посвящен доклад Бонье. Разум как сверхъестественное существо? Возможно, остроумный француз просто хотел удивить аудиторию парадоксальным сравнением? Но Голгофскому кажется, что дело в чем-то большем...

У него теперь нет четкого следа — приходится фильтровать много случайной информации. Он настойчив, но тупик следует за тупиком. Парижские масоны ничего не знают — или не говорят ничего нового ни о культе Разума, ни о химерах. Голгофский получает в подарок несколько гипсовых гаргойлей — и это весь улов.

Про него уже поговаривают в интеллектуальных кругах французской столицы и считают человеком со странностями. Пару раз он замечает слежку.

Метаниям русского интеллекта в парижских переулках посвящено без малого двести страниц. Они заполнены в основном метафизическими спекуляциями и отзывами о ресторанах — все это мы с удовольствием пропустим. Отметим только, что именно здесь встречается самый длинный абзац во всей книге: «понос сознания на целых пять страниц», как выразился один из критиков.

След оживает лишь тогда, когда Голгофский решает ознакомиться со списком опубликованных работ Жерара Бонье — почему-то раньше это не приходило ему в голову. Публикаций не слишком много. Одна — о средневековой альбигойской магии — написана в соавторстве с неким Жаком Лефевром.

Этот Лефевр тоже историк, специалист по гностицизму («по его двойникам, теням и отражениям в самых разных культурах, от античного Средиземноморья до Мезоамерики», как поясняет одна из аннотаций).

Голгофский просит Лефевра о встрече. Тот соглашается. Они встречаются в известном «Café de Flore», где любил работать Сартр.

Лефевр весело хохочет. У него с собой оказывается очень хороший марокканский гашиш, и Голгофский вынужден сделать несколько затяжек из стильной стальной трубочки.

— Она вообще-то для ДМТ, — говорит Лефевр. — Просто сегодня у меня разгрузочный день...

Голгофский кивает. Через пять минут ему уже интересно и даже немного страшно слышать звук собственного голоса.

— Разум как сущность? — переспрашивает Лефевр. — Да, Жерар иногда говорит об этом в своих лекциях. И что вас здесь удивляет? Разве вы не знакомы с верованиями, например, мезоамериканских нагвалей?

Голгофский признается, что нет.

Лефевр достает телефон — и, после минутного поиска в интернете протягивает его Голгофскому.

— Вот, например, как воспринимали Разум маги, на которых ссылается Карлос Кастанеда. Специально для вас...

Голгофский читает с экрана:

«В нас есть хищник, который пришел из глубин космоса и взял на себя управление нашей жизнью. Люди — его пленники. Хищник — наш господин и хозяин. Он сделал нас послушными, беспомощными...»

— Они называют его «летуном», — объясняет Лефевр. — И видят его как темное покрывало, накрывающее человека собой. Увидеть Разум таким образом помогают многие растительные алкалоиды. Признаюсь, я и сам отчасти знаком с сырым восприятием, лежащим в основе этого мифа. Но подобная образность кажется мне чересчур мрачной... Если вы видели «Apocalypto» Мела Гибсона, вы понимаете, насколько жутка была эта культура. Ацтеки, тольтеки и прочие майя без конца брали друг друга в плен с самыми недобрыми целями — отсюда, наверное, и такие сравнения: хищник, пленник...

— Но вы же специалист по гностицизму, — говорит Голгофский.

— Именно. Гностики тоже хорошо знали, о чем идет речь. Публикации на эту тему есть в открытом доступе. Вот, почитайте дома...

Голгофский получает на свой мэйл целую коллекцию ссылок.

Оказывается, гностическая традиция говорит почти о том же самом, о чем Кастанеда, только называет «летуна» архонтом. Исследователи отмечают удивительные параллели в видении этих феноменов гностиками и древними мексиканскими магами. Современные поп-авторы (видимо, иронизирует Голгофский, «поп-» здесь употреблено в духовном смысле) называют эту же сущность Великим Вампиром, как бы непрерывно летящим сквозь человеческий ум...

Голгофский анализирует еще около ста страниц новой для него информации. В конце он делает достаточно очевидный вывод: все эти описания — просто неожиданные метафоры, показывающие в новом свете тот самый предмет, что царапает нам глаза с самого детства. Своего рода буржуазная иллюминация сталинской высотки.

«Разум изнутри – это и есть мы сами. Это наша система мотивов, целей, рационализаций и так далее. Но если угоститься соком лианы и исхитриться увидеть Разум со стороны – тогда это «летун», колеблющееся в пространстве темное покрывало, большая черная тень, которая скачет по воздуху и накрывает человека собой. Да, это чистая правда – тень не просто превращает нас в рабов, а сразу же старается убить в нас все то, что не является ею...

«Вот, значит, кому поклонялись в 1793 году веселые парижане в реквизированном Соборе Парижской Богоматери. Что делать, какое время на дворе – таков мессия...»

В процессе этих изысканий Голгофский понимает главное: существуют самые разные описания эманаций Разума, и отчеты эти, как правило, жутковаты, но не из-за природы самого Разума, а из-за экстремальности обстоятельств и процедур, делающих подобное восприятие возможным.

Чтобы подтвердить эту догадку, он записывается на интервью к известному учителю медитации.

«В конце концов, уж эти-то *окончательные профессионалы вопроса* должны понимать, с чем мы имеем дело».

Учитель медитации, старый монах (англичанин по национальности, что вызывает у Голгофского некоторые подозрения), внимательно выслушивает рассказ о летунах, хищниках, богине Разума и гностическом архонте.

— Можно ли как-нибудь постичь эту таинственную сущность, которой поклонялись в Нотр-Даме восемнадцатого века? — спрашивает Голгофский. — Можно ли ясно ее увидеть?

Учитель медитации некоторое время размышляет.

— Постичь ее сложно, — отвечает он. — Вернее сказать, ее постижение ничем не отличается от самоисследования. А увидеть ее гораздо проще, чем думают мексиканские колдуны. Есть совершенно безопасный и даже немного смешной опыт, через который проходит любой медитатор, пытающийся успокоить сознание. Этот опыт называют «monkey mind».

— Обезьяний ум? — переспрашивает Голгофский.

— Именно. Ум, оглушенный внезапно наступившей тишиной, начинает отчаянно скакать с ветки на ветку и верещать: о чем угодно, лишь бы не исчезнуть в безмолвии... В такие минуты вы не то что его видите, вы никуда не можете от него скрыться.

— Это и есть «летун»?

Монах кивает.

— Такой способ наблюдения «летуна» позволяет обойтись без поглощения дорогих и вредных психотропов, — говорит он. — Вдобавок он ясно показывает, что у нас нет никакого контроля над поработившей нас сущностью, которая ежесекундно убеждает нас в том, что она и есть мы. В такие минуты эта сущность становится отчетливо видна: все, что происходит в сознании, и есть ее прыжки... Дело обстоит точно так же всегда, просто в другое время мы не осознаем происходящего.

— Но ведь медитаторы как-то борются с этим обезьяньим умом, — говорит Голгофский. — Иначе в чем смысл медитации?

— С обезьяньим умом невозможно бороться, — отвечает монах.

— Почему?

— Потому что этой борьбой немедленно начинает заведовать сам обезьяний ум. Мало того, он проявляет в ней такое рвение, что... Вы из России, да? Я недавно читал один ваш знаменитый роман, который хвалила Бьорк, поэтому приведу пример оттуда — такое же рвение, как кот Бегемот в перестрелке с агентами КГБ...

Голгофский смеется. Он почти забыл, что говорит с англичанином.

— Так где же выход? — спрашивает он.

— Выхода нет, — отвечает монах. — Куда и откуда вы собираетесь выходить? И кто будет это делать? Для этого вам придется в очередной раз родиться, хотя бы мысленно. Мы такого не одобряем.

— Значит, летуна нельзя одолеть?

— Нельзя. Но когда появляется опыт, в этом отпадает необходимость. Медитатор просто исчезает.

Голгофский не вполне понимает, о чем речь.

— И что тогда?

— Тогда начинается другое. Совсем другое... Ваше внутреннее пространство заполняет твердая, как алмаз, ясность, в которую эта сущность не может проникнуть.

— И? — с интересом спрашивает Голгофский.

— Все меняется, — отвечает монах. — Вы как бы сидите в ярко освещенной стеклянной комнате, а за стеклом... Если продолжить ваше сравнение с «летуном», за стеклом летает нечто темное. Иногда оно кидается на стекло — но не способно попасть внутрь... Потом оно начинает сгущаться в самом центре вашей комнаты, но свет выталкивает его и оттуда...

Монах смеется.

— К счастью для этой сущности, — добавляет он, — со светом у нас постоянные перебои.

— Вы видели это существо, и оно не показалось вам страшным? — спрашивает Голгофский. — Эта темная тень, безжалостный архонт, страшное черное покрывало...

— Скорее просто большой ночной мотылек, — пожимает плечами монах. — Можно увидеть его как угодно. Лично мне он не страшен. Он скорее красив. И не просто красив, он источник того, что мы называем красотой. Мы обязаны ему всем, даже вот этими вашими описаниями «летуна», «архонта» и «хищника». И если в иные моменты он начинает бить нас по лицу своими мягкими крыльями, то это не со зла...

— А с чего тогда?

— Мотыльку кажется, что его выгнали из домика, и теперь там происходит какое-то бесчинство. Например, зажгли ослепительный свет. Или жгут тряпки и смеются... Но если объяснить ему, что через некоторое время его впустят назад, он может даже оставить нас на время в покое.

— А если начать с ним воевать?

— В этом случае мотылек становится кошкой. Как ведет себя кошка, прикорнувшая у нас на коленях? Мы сбрасываем ее на пол, она обиженно прыгает назад, и так неограниченное число раз. Если объявить ее *хищником* — что вообще-то чистая правда — и начать с ней борьбу, царапины гарантированы. Есть другой вариант, про который вы упоминали — обожествить ее и начать ей молиться. Тогда она будет охотно принимать от вас разные вкусняшки — и царапать вас в ответ. Искусству верного обращения с кошкой нужно учиться всю жизнь. То же касается и думающего ума.

— Так что же, — спрашивает Голгофский, — по-вашему, Разум скорее не летун, а кошка?

Монах кивает.

— Но это не та кошка, которую приручили мы, — говорит он. — Это кошка, приручившая нас. Разум — это не наш враг. И не наш друг. Это...

Монах замолкает на полуслове.

Голгофский делает вид, будто понимает, что определение скрыто в самом молчании, содержащем в себе все возможные слова, а также их отсутствие. Монах делает вид, что удовлетворен такой реакцией, и Голгофский прощается.

Последующие парижские дни Голгофского заняты попытками достойным образом заполнить оставленную молчанием монаха смысловую лакуну: он подыскивает более современное объяснение понятий «летун» и «архонт».

Некоторые из его мыслей интересны, как, например, этот навеянный общением с англичанином пассаж:

«Летун — это своего рода дрон, подключающий нас к новому богу человечества, Разуму. Этот бог может сделать нас чем угодно (конечно, лишь во временнóй иллюзии, но такова сфера всех богов). Хочется сказать, «сделать по нашему заказу», но прелесть ситуации в том, что никакого другого заказчика и никакой другой сути, кроме Разума, в нас нет. Так что Разум с нашей помощью услаждает сам себя: человек для него просто грешная рабочая рука».

Человек, пишет Голгофский, это биологическая платформа, которую захватил Разум, вытеснив всех прежних богов-арендаторов двухкамерного мозга («devils of unreason», как сочно назвал их Альфред Хичкок в фильме «Spellbound»). «Оккупировал», сказал бы удолбанный мексиканский колдун; «благословил своим божественным присутствием», возразил бы революционный палач конца восемнадцатого века.

Истина посередине? Истина нигде. Так, во всяком случае, Голгофский понял молчание монаха.

Голгофский начинает скучать — от умственной аскезы его тянет к искристой европейской культуре. Он забредает к известной парижской гадалке на картах Таро (она же профессор философии и филологии, ученица Жака Дерриды и депутат-трансвестит), чтобы узнать, как будет развиваться это странное расследование. Гадалка долгое время изучает разложенные на столе карты, хмурится — и в конце концов говорит:

— Весьма редкий спред. Если проинтерпретировать всю явленную здесь символику и сжать ее в краткий ответ... Примерно так: под женским крестцом для вас откроется тайный раздвоенный ход, который дважды приведет вас к истине... Да, именно раздвоенный. Возможных смыслов здесь, конечно, целое море. А то и два...

Голгофский вспоминает лионских путан в желтых жилетах и вздыхает – спасибо, что не три. Он собирается назад в Москву, но тут ему приходит электронная почта от уже подзабытого им Жерара Бонье.

✻

Бонье передает привет от Натали и сдержанно извиняется за неудачное окончание памятного вечера в Лионе.

«Как говорят новейшие философы, наша свобода имеет пределы — она кончается там, где начинается чужая придурь».

Он добавляет, что возвращался в своих мыслях к ночному разговору с Голгофским и хочет теперь направить его поиски.

«Вы сейчас в Париже. Попробуйте лично пообщаться с Антуаном Дави, экспертом по де Саду и европейской культуре восемнадцатого века. По секрету намекну, что он специалист не только по культуре, но и по многому другому. Если вы хотите услышать от него что-то интересное и новое, вы должны говорить с ним лично — электронным посредникам он не доверяет... Я уже связался с ним, расхвалил вас как величайшего из ныне живущих русских историков

и одновременно *брата-каменщика, стоящего в самом начале пути. Он готов вас принять... На всякий случай хочу вас предупредить — общаясь с Дави, не вздумайте шутить на тему маленького члена: он крайне болезненно реагирует на подобное».*

«Дави — отличная фамилия для садовода, — иронизирует Голгофский. — Жаль, что французам этого не понять».

Дави живет в центре Парижа; его квартиру, по преданию, когда-то посещал сам Наполеон еще в свою бытность простым генералом. Это мощный старик с несколько хипстерскими ухватками: его ноутбук стоит на ободранной зеленой двери, положенной на два высоких табурета.

В рабочей комнате Дави — старинный камин, обрамленный двумя колоннами («по воспоминаниям современников, Наполеон долго стоял вот прямо здесь, опираясь на мраморную полку, и глядел на часы в виде бронзового черепа...»). Камин, впрочем, не работает — перестройки и реновации давным-давно перекрыли дымоход. Полка, на которую опирался Наполеон, до сих пор здесь — теперь на ней стоит бюст де Сада в лавровом венке.

В другой комнате, куда улыбающийся хозяин заводит гостя, Голгофского ждет «фантомный дыб» (так наш лысый автор называет ощущение, что его волосы встают дыбом).

На ржавых цепях висит прикованная к стене девушка в рваном платье восемнадцатого века. Она то ли без сознания, то ли мертва. У другой стены — стойка с плетками и хлыстами самой разной формы и размера.

Дави берет бич и взмахивает им; узкое жало смачно щелкает по девичьей щеке. Остается розовый след, раздается тихое и нежное «Ах!» — и девушка открывает фиалковые глаза.

— Это моя Жюстина, — говорит Дави и протягивает свой инструмент Голгофскому. — Вот, не угодно ли?

Голгофский растерянно берет бич. Он уже сообразил, что девушка резиновая, из дорогих электрифицированных моделей. Но вдруг в комнате ведется видеосъемка? Впрочем, если за ценную информацию придется заплатить репутацией, Голгофский готов. Он щелкает бичом — и цедит:

— С-с-сестра!

«Хотел сказать «сука», но в последний момент отчего-то не смог...»

Должно быть, вспомнил о скрытых камерах.

Жюстина закрывает глаза и слегка краснеет. Технический прогресс неостановим.

— О-о! — восхищенно шепчет Дави. — Я прямо вижу московские сыскные подвалы... Иоанн Террибль... Царь-пушкин...

— Царь-пушкин большой, да, — говорит Голгофский, возвращая бич. — Но он не стреляет. С особо крупными приборами такое бывает сплошь и рядом.

Дави счастливо хохочет — и Голгофский видит, что попал в десятку. Теперь они друзья. Они возвращаются в комнату с наполеоновским камином, Дави открывает дверцы бара и спрашивает:

— Перно? Пастис?

Через час они уже дымят маисовым «житаном» и беседуют доверительно и откровенно, как старые друзья.

— Вы добрались до весьма мрачных секретов, мой друг, — говорит Дави. — У Разума действительно есть свои тайные адепты, желающие видеть в нем подобие вечного духа. И с ними хитрый Разум ведет себя почти так же, как вел себя со своими жрецами любой древний бог. Он охотно принимает от них жертвы, и даже является им в заказанном виде...

— Как?

— Например, с рогами и черными крыльями, во лбу звезда et ainsi de suite[1]. Разум как духовная сущность скрыт от людей — но может стать чем угодно. В этом смысле он похож на волшебное зеркало.

— Что он делает, являясь своим адептам?

Дави ухмыляется.

— Как и любой бог, он творит для них небольшие чудеса, не нарушающие равновесия Вселенной...

---

[1] и так далее.

— А какова роль адептов Разума в истории?

— В последние века они ее направляют, мой друг. Именно они являются создателями химер. Некоторые из этих ваятелей скрыты, другие — на самом виду. Про иных сразу и не поймешь, какому божеству они служат...

— Де Сад был одним из них?

Дави кивает.

Голгофский проявляет сострадание к читателю — и вместо диалога на сто с лишним страниц упаковывает полученную от Дави информацию всего в пятьдесят.

Попробуем перепаковать их в три.

Про маркиза де Сада известно, наверное, все — трудно найти другую жизнь, изученную настолько же подробно. Непонятно, почему он до сих пор не поднят на прогрессивные знамена и штандарты в качестве одного из благородных профилей а-ля Маркс-Энгельс-Ленин (маркиз — очень похожий, в сущности, дворянин, служивший народу в годину революции). Этого человека несколько раз приговаривали к смерти — и за что же?

Например, за «содомию». Причем даже не с мужчиной, а с женщиной. По тем временам это было страшное обвинение; таким же образом английские правые попытаются вскоре заткнуть рот лорду Байрону, якобы «содомизировавшему» свою Анабеллу... Понятно, что возводили подобные обвинения тогда, когда желали расправиться с человеком за что-то другое, о чем не хотели говорить.

«Читатель, – взывает Голгофский, – каждый раз, когда ты переходишь с торрента на сайт секс-услуг и бережливым глазком высматриваешь, включен анал или в допах – пусть пепел де Сада и Байрона стучит в твое сердце! А то ведь есть среди нас еще люди, не верящие в прогресс...»

Хоть про де Сада известно «все», самое главное, как это обычно бывает, осталось незамеченным.

Голгофский уже упоминал про официальный культ Разума, существовавший во Франции в 1793–1794 годах. Теперь Дави возвращается к этой теме.

Одним из активнейших адептов культа был маркиз де Сад. Он, как полагалось аристократу той эпохи, состоял во множестве тайных обществ — но главным для него всегда был именно Разум (пусть нас не смущает смерть маркиза в психиатрической лечебнице — в этом ослепительная диалектика).

Де Сад не просто продвигал этот культ, рассказывает Дави. Еще за несколько лет до начала революционных волнений он по собственной инициативе разрабатывал его тайные ритуалы, часть которых описана в «Жюстине» и «Ста двадцати днях Содома». Многие из них своей, гм, новизной оттолкнули даже привычных к макабру современников из числа посвященных. Именно за это де Сад и поплатился своей революционно-бюрократической карьерой, а в конечном счете и жизнью.

Голгофский удивлен — он не знал, что де Сад

был революционным бюрократом, и Дави открывает ему глаза.

Цареубийственный 1793 оказался в некотором смысле вершиной жизни Альфонса Донасьена — он стал присяжным революционного трибунала. Был он и чем-то вроде начальника районной префектуры — когда Париж разделили на части, гражданин Сад, живший недалеко от Вандомской площади, стал секретарем своей районной «секции» (section des Piques). В начале якобинского террора он даже прочел в Конвенте документ под названием «Прошение секции Пик французскому народу», где — внимание! — от имени всего своего комьюнити отрекся от любых культов, кроме культа Разума.

— Не в Опере, — восклицает Дави, — не в кафе! В Конвенте, мой друг, в Конвенте!

Но уже очень скоро на культ Разума (разумеется, только на открытую квазирелигиозную его форму) начались гонения; не избежал их и де Сад. Революционный трибунал приговорил его к смерти. К счастью, во Франции произошел очередной переворот, и все это как-то забылось.

Итак, за недолгий срок своего открытого существования мистический культ Разума с внешней стороны был представлен такими характерными деятелями («фронтменами», говорит Дави), как де Сад. Но чем занимались потаенные адепты этого верования, которые избегали любых форм публичности?

Дави берет с полки старинный альбом — это бесценный оригинал «Капричос» Гойи.

— Что вы знаете про Гойю? — спрашивает он Голгофского.

Тот немного не к месту вспоминает самонадеянное стихотворение А. Вознесенского «Я — Гойя», написанное в двадцатом веке.

— Ваш Вознесенский сильно ошибся, — усмехается Дави, открывая альбом. — Гойей он не был... Не вышел градусом. Я скажу вам, кем был Гойя на самом деле.

Франсиско Гойя с 1789 года служил придворным художником короля Испании Карла IV (а с 1799 года стал его первым живописцем). Он был близок к престолу (ему приписывают длительную связь с герцогиней Альба), входил в различные оккультные общества и собрания, существовавшие при каждом европейском дворе, и вместе со своим королем озабоченно наблюдал за ужасами Французской революции, находясь в самом фокусе всех высочайших рефлексий.

— Это видно в его картинах, — говорит Дави, листая толстые страницы. — Но особенно вот здесь. В этих офортах...

Всего через сорок месяцев после страшного 1793 года, объясняет Дави, Гойя начинает серию офортов «Капричос» — энциклопедию оккультных и революционных практик того времени, замаскированную под своего рода первокомикс (не зря распространению «Капричос» впоследствии препятствовала инквизиция).

El sueño de la razon produce monstruos

Это очень интересные офорты, и самый поразительный из них известен сегодня всем — если не визуально, то своим мотто, текстом, размещенным прямо на рисунке: «El sueño de la razón produce monstruos» — «Сон Разума порождает чудовищ».

При первом же взгляде Голгофского изумляет сходство этого изображения с описаниями так называемых «летунов», или «архонтов» — проявлений или эманаций Разума, изредка доступных восприятию.

Дави повторяет, что Гойя был придворным художником, ежедневно общался с парализованной ужасом знатью — и отразил, конечно, в своих произведениях не только надежды и страхи времени, но и неведомые плебсу тайны.

— Ему принадлежит, например, одно из лучших изображений Разума-для-посвященных. Именно в таком виде Разум являлся в восемнадцатом веке королям, революционерам и масонам высочайшего градуса...

Дави снимает с полки другой альбом и показывает Голгофскому репродукцию картины «Шабаш ведьм», созданной в 1789 году — все в то же великое революционное время. На картине — романтичный ночной козел с похожими на лиру рогами в окружении ведьм, предлагающих ему новорожденных детей.

— Но почему эти рога? — хмурится Голгофский.

— Пусть они вас не смущают, — смеется Дави. — Это не имеет никакого отношения к русским чертям. Два рога на голове — скорее всего, отзвук древ-

нейших времен, когда мисты и кудесники общались с божествами, наделенными этим атрибутом...

Дави возвращается к офорту.

— Как вы думаете, что это за «сон Разума»? — спрашивает он испытующе. — И связан ли он как-то с «культом Разума», существовавшим в ту же самую эпоху по другую сторону Пиреней?

Голгофский задумывается. Вопрос любопытен.

На первый взгляд, этим офортом Гойя как бы приносит в храме Разума свою почтительную жертву: мол, как только Разум засыпает, начинается всякая чертовщина. Просыпаются предрассудки, поднимает голову церковная инквизиция и так далее. Но такое прочтение офорта теперь представляется плоским и пресным. Голгофский вглядывается в изображение внимательней.

«Разум», метафорически представленный — в полном соответствии с мезоамериканской и гностической традициями — неким летучим сонмом, вовсе не спит. Нет, он, насколько можно судить, полностью активен. Спит человек.

А где обещанные монстры? Мы видим вполне невинных насекомых, птичек, даже лежащую на полу рысь.

— Таковы ли чудовища эпохи Марата и Робеспьера? — смеется Дави. — Да полно... Подумайте над этим — и приходите завтра, мой друг. Меня связывает обязательство хранить тайну, но если вы сумеете догадаться, в чем тут дело, я смогу говорить с вами откровенно.

— А вы не можете сами сказать?

Дави отрицательно качает головой.

— Я могу обсуждать этот вопрос только с теми, кто уже посвящен в него. Способны ли вы посвятить себя сами? Возможно, тогда я покажу вам один любопытный отрывок из средневековой рукописи, напечатанный в книге восемнадцатого века. Но для этого вы должны сами понять секрет. Только в этом случае я не нарушу своих обязательств...

По дороге в гостиницу Голгофский замечает за собой слежку — но не придает ей особого значения. Ему не до этого — он балансирует на краю грандиозной догадки. Когда он входит в свой номер, догадка эта превращается в уверенность.

Голгофский находит телефон Солкинда и звонит египтологу. В Москве уже ночь, но тот еще не спит.

Они обмениваются любезностями; Голгофский спрашивает, как продвигаются работы. Солкинд в хорошем настроении: течь в крыше погребальной камеры заделали; в комнату с утварью вчера спустили новенький «Харлей», на котором ученый будет гонять по просторам вечности.

— Вы достаточно молоды, — говорит Солкинд, — у вас есть еще время подготовиться к неизбежному. Я готов помочь вам советом и делом. Не тяните, друг мой, жизнь человека хрупка и непредсказуема.

Голгофский обещает подумать и просит разрешения задать вопрос.

— Я весь внимание, — говорит Солкинд.

— Помните, вы рассказывали про магический жезл, работающий на энергии «ка»?

— Помню, — отвечает Солкинд, — и что?

— Скажите, а египетские жрецы осуществляли свои процедуры с подобными жезлами в бодрствующем состоянии? Или, может быть, в каком-то подобии транса? Или сна?

— Отличный вопрос, — смеется Солкинд. — Вы попали в десятку. Самые сложные из своих процедур египетские маги осуществляли не вполне наяву. Но и не просто во сне. Они действовали в особом состоянии, которое сегодня называют «lucid dream». Или «осознанное сновидение».

— Откуда это вам известно? — спрашивает Голгофский.

— Сохранилось много папирусов и надписей. У египтян, например, существовала особая техника проводов умершего, когда жрец ложился спать в одной камере со свежезапечатанным саркофагом. Естественно, он не просто спал, а входил в lucid dream. И только после того, как дух усопшего удавалось направить в нужную сторону, жрец уходил и гробницу закрывали...

— Насколько подобное было распространено? — спрашивает Голгофский.

— Это было самым обычным делом, — отвечает Солкинд. — Сон считался особым коммуникационным пространством, где можно напрямую общаться с богами. Для этого существовали специальные «спальные катакомбы» при храмах. Можно было даже пригласить божество вселиться в спящего мага. Сон, особенно контролируемый, служил как бы трамплином к высшим уровням магии.

— Значит, — говорит Голгофский, — «Поля времени» тоже...

— Да-да, все магические инкрустации ноосферы, до сих пор доступные восприятию на Синае, были оставлены магами и жрецами, действовавшими в особом сноподобном трансе. На этот счет никаких сомнений. Другое дело, что сегодня мы уже не можем точно установить, стояла за этим какая-то фармакология или нет...

Распрощавшись с египтологом, Голгофский думает всю ночь. После разговора с Солкиндом у него практически нет сомнений, что «сон Разума», который так пронзительно и точно изобразил Гойя, относился к тому же классу оккультно-магических процедур, что и египетские практики. Он садится за крохотный столик в гостиничном номере и, по французскому обычаю, начинает писать на салфетках.

«Что есть «сон Разума»? Спит здесь отнюдь не Разум. Наоборот, это сон, полностью посвященный Разуму, отданный Ему и названный по Его имени. Засыпает сам адепт, и физическое бесчувствие дает ему возможность вступить с Разумом в гораздо более интенсивный контакт, чем позволил бы один-единственный дрон-летун... Видимо, темная тень-простыня, коммутирующая каждого из нас с Разумом, получает подкрепление...»

Голгофский находит доказательство на офорте Гойи.

«Мы видим, что летунов вокруг спящего целая туча. Скорей всего, они на время покидают других людей, спящих по соседству (вот для кого действительно ненадолго наступает «сон Разума» в первом смысле), и собираются вокруг впавшего в транс адепта, чтобы дать ему дополнительную энергию, необходимую для результативных манипуляций с ноосферой...»

На офорте Гойи, однако, нет никаких монстров — только спящий адепт и служащие ему архонты, символически представленные знакомыми элементами фауны.

Так что же за чудовищ порождает этот сон? Вспышка откровения — и Голгофский отвечает сам себе:

«У Гойи все названо своими именами. Сон Разума порождает химер. Это изображение в символической форме указывает на технику создания ноосферных инсталляций, принятую у посвященных в мистерии Разума...»

Но почему все-таки Гойя не изобразил обещанных чудищ?

Голгофский понимает и это.

«Увы, мы, люди иного века, воспринимаем этот рисунок несколько иначе, чем современники. В те времена монстров не надо было рисовать. Мысленным взором химеру революции видели перед собой все, в любую минуту любого дня – особенно потрясенная европейская аристократия, среди которой жил и творил Гойя. Но химеру, увы, так же сложно нарисовать, как просто ощутить – и покориться ей...»

Ослепительная ночь.

∗

На следующий день Голгофский рассказывает Дави о своем инсайте, о «Полях времени» и о древнеегипетских сновидческих практиках.

— «Сон Разума» имеет ту же природу, ведь так?

Дави впечатлен. Теперь он не связан обязательствами и может рассказать все, что знает о методах создания химер.

— Конкретная техника могла меняться от ложи к ложе, — говорит он, — но общий ее принцип среди адептов Разума оставался тем же. Сначала Разуму приносилась жертва. Это мог быть черный козел или черный петух...

— Почему непременно черный?

— Предпочтение этой масти, видимо, пришло из средневековых колдовских ритуалов. Но это могло быть любое животное какой угодно раскраски – и, разумеется, человек. Самое интересное, что смерть жертвы не была обязательной. Я позволю себе обратиться к теме, которую знаю лучше всего...

Дави кивает на бюст де Сада, стоящий на каминной полке.

— Маркиз де Сад был много кем, но не убийцей. Сегодня мы назвали бы его исследователем-экспериментатором, пытающимся использовать энергию физического страдания. Вы упоминали о татуировках ноосферы — в этом де Сад добился заметного успеха. Его имя вытатуировано в нашей памяти навсегда.

Дави с воодушевлением рассказывает о мятежном маркизе. Голгофский снова делает пометки на салфетке, взятой с буфета. Видимо, дорожа этим touche parisienne[1], Голгофский воспроизводит в романе свой салфеточный конспект целиком:

«Какими в точности были оккультные практики де Сада, сегодня можно только догадываться. Но интересно сообщение одного источника, что в 1772 году маркиз нанял трех девиц легкого поведения для флагелляции и анала – и приучил девушек откликаться на странные по тому времени клички. Дебелая и большегрудая звалась «Либерте», брюнетка с мелкими чертами лица – «Эгалите», а мужеподобная северянка с русой косой – «Фратерните». Отсюда, вероятно, и пошли французские «Свобода, Равенство и Братство» – к началу революции они были уже прочно запечатлены в духовном пространстве и только ждали триггерного события...»

---

[1] парижским прикосновением.

Когда Дави употребляет выражение «триггерное событие» вслед за Бонье, Голгофский понимает, что оба принадлежат к одной ложе и разделяют общую инициацию. Он конспектирует дальше:

«Опыты де Сада, как мы знаем, были быстро и решительно пресечены – у него были могущественные покровители, но даже они не помогли, когда вмешался Бонапарт, тоже ярый адепт Разума (крайне важного помощника для любого амбициозного артиллериста). Похоже, Разум предпочел традиционные жертвоприношения мелкого домашнего скота живой человеческой боли... Бонапарт и де Сад, как видно, встречались не только у каминной полки в квартире Дави...»

На этом милом наблюдении кончается салфетка, а еще через семнадцать страниц – и рефлексия Голгофского по этому поводу.

Голгофский спрашивает Дави, по какому именно ритуалу происходило жертвоприношение, но тот признается, что не знает деталей. Он даже подозревает, что Голгофский, с его информацией про египетский скипетр из коллекции «Метрополитен», мог бы сам все объяснить... Как? Форма скипетра? Она могла быть любой.

Я видел кое-что в коллекциях у братьев, – говорит Дави. – Это могла быть простая указка наподобие дирижерской палочки. Насколько я запомнил, такой формат был общепринят среди английских лож. Или гусиное перо. Их очень любили в Европе в восемнадцатом и раннем девятнадцатом веке.

Голгофский в ответ декламирует:

— «Европа цезарей! С тех пор, как в Бонапарта гусиное перо направил Меттерних...»

Кое-как удается перевести Мандельштама на французский. Поэты-созерцатели всегда немного провидцы, вздыхает Дави.

Голгофский продолжает деликатно доить скудное вымя информатора.

Как и где осуществлялись эти процедуры, Дави не знает. Точно так же ему не известна точная фармакология снадобья, которое вводило адепта Разума в сноподобный транс — он в курсе только, что в восемнадцатом веке в его состав входила шпанская мушка. Большие запасы которой — он поднимает палец — находили при каждом обыске у де Сада.

Но Дави знает кое-что другое, и это с лихвой искупает его неведение в прочих вопросах.

— В основе химер обычно лежал лингвистический конструкт, — говорит он. — Своего рода заклинание, мотто, вербальная формула, «письмо».

Он делает пальцами обеих рук знак кавычек.

— Письмо? — не понимает Голгофский.

— Конечно. Использование письма ничуть не удивительно при обращении к Разуму. Ведь именно Он дал людям речь и ее знаки. Как же еще обращаться к Нему? В письме и содержалась та команда, которую адепт пытался зафиксировать в общем для людей смысловом поле. Так сказать, геном будущей химеры...

Голгофскому наконец надоедает притворяться парижанином восемнадцатого века, и с салфеток он переходит на диктофон в своем мобильном. Рассказ Дави того стоит.

— Существовало два механизма фиксации лингвоконструкта, — рассказывает заслуженный садовед. — Они были известны как Внешнее и Внутреннее Действие. Внешнее было, по существу, пустым ритуалом, и его формы менялись от ложи к ложе. Иногда послание чертили магическим жезлом на стене, иногда писали кровью. Иногда, наоборот, наливали в сосуд жертвенную кровь и вырисовывали буквы лезвием на ее поверхности, и так далее. Могли даже чертить вилами по воде, был и такой подход. Но чаще всего текст просто писали на бумаге, а затем сжигали ее. Пепел иногда размешивали в вине или воде — и выпивали перед переходом к Внутреннему Действию.

— А зачем сжигали?

— Вы ведь никогда не видели подобных посланий, мой друг? — смеется Дави. — Вот именно для этого и сжигали. Уничтожение физического носителя было обязательной частью программы — и оно объясняет, почему такие полуфабрикаты практически никогда не попадают в руки исследователей. Завеса тайны сохраняется веками... Я предполагаю, что методы де Сада были отвергнуты именно потому, что неизбежно оставляли живых свидетелей — всяких Либерте и Эгалите, мучающихся желудком от шпанской мушки и норовящих подать в суд.

Голгофский вспоминает беседы с Солкиндом и замечает, что ритуальное использование письменных знаков — как бы перенос их магической силы во взаимодействующую с ними субстанцию — является очень древней практикой и тоже восходит к Египту.

— Там размельчали магические папирусы и принимали их с пивом, — говорит он. — Обливали водой покрытые иероглифами статуи, и сила знаков, как считалось, переходила в воду, которую выдавали больным как лекарство...

— Удивительно, почему эта технология до сих пор не востребована капиталистической медициной, — кивает Дави. — Но внешняя процедура была всего лишь спектаклем, создававшим нужный настрой и концентрацию; многие опытные адепты обходились без нее, переходя сразу к Внутреннему Действию.

— В чем разница? — спрашивает Голгофский.

— Внешнее Действие помогает ясно сформулировать закладываемый в химеру смысл, — отвечает Дави. — Внутреннее Действие проецирует этот смысл на коллективный разум. Вы как бы прикалываете свое послание кнопкой к коллективному бессознательному.

— В чем конкретно заключалось Внутреннее Действие?

Дави подходит к книжному шкафу и снимает с полки старую книгу — по виду восемнадцатого или раннего девятнадцатого века. Надпись на обложке или стерлась от времени, или специально удалена.

— Конечно, — говорит Дави, — это охраняемый секрет. Но вы пробились к нему сами, мой друг. Есть основания считать, что здесь описано именно это сокровенное таинство. Читайте, пожалуйста, из моих рук, вот отсюда...

Голгофский, слегка запинаясь, читает вслух по-французски:

«Орлы Разума подхватили меня и понесли к далекому огненному глазу. Глаз этот был страшен и, верно, спалил бы меня одним только взглядом, но, по счастью, смотрел он как бы сквозь меня и в сторону; один из Орлов дал мне понять, что я скрыт от него, или просто ему не интересен.

Наше путешествие было странным — мы не двигались в обычном смысле, а как бы прорывали незримые завесы, и после каждой из них менялось все. Глаз превратился сперва в сферу — словно перед нами висела близкая красная Луна. Затем сфера эта стала расти, а потом я узрел, что нахожусь перед светящейся стеной, уходящей вверх, вниз и в стороны, сколько хватало взгляда.

Орлы Разума держали меня, не давая упасть — впрочем, не знаю, упал бы я или нет, ибо совсем не чувствовал тяжести.

Орел, что обращался ко мне прежде, дал понять, что пришла пора действовать. Я сосредоточился и попытался увидеть свой стилус. Это удалось только со второго раза — во сне он выглядел не так, как его материальная копия, заряженная животным духом. Но вибрация живой силы, исходившая от него, свидетельствовала, что ошибки нет.

Я поднял руку со стилусом — и коснулся стены...»

Голгофский записывает свой голос на телефон, но Дави не знает об этом. Он захлопывает книгу и ставит ее на полку.

— Это один из ритуалов, не изменившихся в своей основе со времен пирамид, — говорит он. — Стена, которой касается адепт при этом энергетическом жесте, у современных практиков называется «mindboard». Лучшее название трудно подобрать...

Голгофский чувствует, что тайна совсем рядом.

— У современных практиков? — переспрашивает он.

Дави понимает, что увлекся.

— Вы думаете не о том, — отвечает он. — Самое интересное в приведенном отрывке — вот это характерное «дал мне понять». Архонты не говорят. Они даже не обращаются к нашему разумению. Они сами есть наше разумение, поэтому правильно — хотя и несколько тавтологично — было бы сказать не «дал мне понять», а «помыслил моей мыслью»... Совершенно очевидно, что «Орлы Разума» здесь то же самое, что «архонты», «вестники», «ангелы-хранители» и — как вы это говорили? — «летуны»...

Дави уводит беседу от опасного поворота, но настойчивому Голгофскому удается прояснить еще один важный вопрос — что такое «триггер». Он вспоминает слова Бонье.

— Совершенно верно, — кивает Дави. — Это событие, символ или знак, делающий химеру видимой. До триггерного события ее невозможно заметить. После — невозможно забыть. Триггер — составная часть кода химеры. Как бы чека гранаты. Вы цепляетесь за нее взглядом, и через три секунды...

Голгофский признается, что подобные механизмы кажутся ему малопонятными.

— Это на самом деле просто, — говорит Дави. — Внешнее Действие, Внутреннее Действие, триггер — все это разные аспекты одного и того же. Опытный маг может обходиться вообще без жезла, скипетра или стилуса. Он даже способен заставить других людей увидеть сам процесс создания гипноимпринта...

— Как, интересно, это будет выглядеть?

Дави берет с полки другую книгу. Теперь это Библия.

— Помните описание Валтасарова пира из Книги пророка Даниила?

Голгофский читает:

«В тот самый час вышли персты руки человеческой и писали против лампады на извести стены чертога царского, и царь видел кисть руки, которая писала... и вошли все мудрецы царя, но не могли прочитать написанного и объяснить царю значение его».

— Очевидно, — говорит Дави, — что речь здесь не о надписи на физичсской стене. Царь видит руку, рука что-то чертит. Но как может быть, что мудрецы Вавилона оказались не способны прочесть слов «мина, мина, шекель и полмины»? Это примерно как наше «кило, кило, десять грамм, полкило». И никто из советников не допер? Да они просто не различали букв...

— А Даниил? — спрашивает Голгофский.

— А вот обладавший духовным зрением пророк Даниил все понял, — отвечает Дави. — И бесстрашно считал смысл химеры, созданной неизвестным магом прямо на глазах у царя: мол, ты, Валтасар, найден слишком легким, и скоро твое царство отберут. Ты обречен, царь...

Здесь Голгофский понимает, что значит увидеть химеру: вот это охватившее всех в тронном зале ощущение обреченности царя Валтасара и означает, что химера стала заметна. Собравшиеся чувствуют то же, что Даниил — он лишь осмеливается произнести это вслух. Но откуда взялась эта общая уверенность, никто особо не понимает: таков «дух времени». Триггером служат слова «мене, мене, текел, упарсин», которые в ужасе повторяет сам царь... Дальнейшее известно.

— Рембрандт был знаком с некоторыми таинствами, — говорит Дави. — Его картина «Пир Валтасара» просто идеально изображает процесс создания химеры и реакцию целевой группы. Обычно эти два события разнесены во времени, но в этом уникальном случае они совпадают...

Голгофский прощается с Дави и идет к себе в гостиницу. Его мысли так поглощены услышанным, что по дороге он чуть не попадает под машину. На слежку он даже не обращает внимания.

Вернувшись в гостиничный номер, он подводит итог:

236

מְנֵא
וּפַרְסִין
אֱלָהָא

«Итак, химера есть своего рода граффити. Для граффити нужно три вещи: краска, кисть и стена. Краска здесь – жизненная сила, то самое, что Солкинд называет энергией «ка». Кисть – это магический жезл, специальная указка, гусиное перо или просто палец. Стена – это наше общее бессознательное. «Архонты», «летуны» или «Орлы Разума» дают адепту доступ к такой его зоне, где оставленная надпись будет хорошо видна... Но, самое главное, нужен, конечно, свой Бэнкси – невидимый, но очень ощутимо присутствующий художник...»

Встав из-за стола, Голгофский лезет зачем-то в бельевой шкаф и находит... пачку плотно упакованных желтых жилетов со светоотражающим покрытием. В другом шкафу – то же самое. Жилеты спрятаны даже в тумбе под телевизором.

Голгофский понимает, что готовится провокация. Вряд ли, конечно, этим занимаются французские власти или спецслужбы – скорей всего, работает одно из тайных обществ, недовольных его изысканиями. Опасность реальна.

Собрав вещи, Голгофский бежит из гостиницы. Приехав на вокзал, он подбрасывает свой мобильник в тамбур поезда, уходящего в Лион – а сам, после коротких переговоров по общественному телефону, уезжает в Ниццу.

Яхта дружественного олигарха, чайки, дядя Ваня, три сестры...

Через пять вечеров похудевший и бодрый Голгофский уже в Москве. Вернее, в Кратово. К приятному удивлению, его встречает Ирина Изюмина.

*

Если перевести следующие двести страниц «Искусства Легких Касаний» на лаконичный язык протокола, происходит следующее: Ирина Изюмина приезжает из Голландии после какого-то неприятного происшествия с участием мигрантов (она не обвиняет афганских юношей ни в чем и понимает их пубертатную боль, но у полиции складывается подозрение, что она пытается сыграть на противоречиях между сегментами мультикультурного общества). Пока у нее не нашли пачку желтых жилетов или что похуже, она возвращается на негостеприимную Родину — и начинает поливать бонсаи сама.

Одиночество, страх будущего, сложная материальная ситуация — и такой надежный, такой взрослый мужчина на соседней даче. Нетрудно додумать остальное. Но приличные люди подобное вот именно что додумывают, а Голгофский подробно излагает на двухстах с лишним страницах своего опуса. Целых три главы — которые в основном и обсуждала феминистическая критика.

Что тут сказать?

Наш автор, видимо, вспомнил, что пишет не оккультно-конспирологический трактат, а роман, которому, как утверждают маркетологи, обязательно нужна любовная линия. Ох, лучше бы он этого не делал.

В одной из французских глав он пишет:

«Чем отличается клоун от климактериального мужчины? Клоун понимает, что выглядит нелепо».

Голгофский имеет в виду наряды пожилых парижских модников (он упоминает Джона Гальяно и других модельеров). Но в результате он выносит приговор самому себе. В двадцать первом веке изображать из себя Дон Жуана — это примерно то же самое, что в двадцатом публично планировать подкоп под Кремлевской стеной. Вот, кстати, как об этом пишет сам автор:

«НКВД не дремлет, и есть волнующая поэтическая несправедливость в том, что болтливого сердцееда в наши дни карает не кто-то, а внучки и правнучки особистов, охранявших когда-то фаллические башни Кремля. Здесь можно, наверное, говорить о циркуляции одной и той же энергии, приноравливающейся к разным эпохам: вода становится то паром в бронепоезде Троцкого, то острым гулаговским льдом, то вагинальной секрецией на службе добра и прогресса...»

Сомнительная метафора — но хорошо уже и то, что Голгофский побаивается крепких зубов освобожденной вагины. С этого и начинается гендерная справедливость.

Впрочем, при всем нашем сочувствии радикальному феминизму мы уверены, что ни одна из активисток, возвысивших свой голос против *тестостеронового ублюдка*, так и не прочла роман Голгофского до конца (иначе в нашем дайджесте не было бы необходимости). Зато все они, конечно, подробно изучили те три главы, где речь идет о романе Голгофского с Ириной.

Голгофского — справедливо, на наш взгляд — обвиняют в мизогинии. Он подходит к женщинам совсем не так, как следовало бы в двадцать первом веке. Он любит их телесно и индивидуально, а не общественно и коллективно в лице их идейно-политического авангарда, то есть в прогрессивном смысле не любит вовсе. А это, как ни крути, мизогиния и есть — причем отягченная объективацией.

Голгофский сам подставляет активисткам и правую щеку, и левую, и многое другое. Сообщим по секрету, что у распри этой долгая предыстория — наш автор далеко не всегда бывает так элегично элегантен, как в этом романе. Вот что, к примеру, он писал под псевдонимом «Онан-Варвар» в колонке для мужского интеллектуального сайта «Альфа Х~Й» (приносим извинения за язык этого малопочтенного источника):

«Любая дурочка-товаровед из сраного онлайн-путеводителя по недорогим ресторанам может сегодня невообразимо поднять статус своего высказывания, хуесося враждебную пельменную с позиций т. н. «прогрессивной повестки» – и потребители будут доверчиво принимать эту анфакабл @#$%&*, кое-как транслирующую не до конца понятные ей запахи с чужой кухни, за юную совесть мира, на которую не грех и подрочить. Моральное негодование, как и было сказано – кратчайший путь в кэш...

«Однако если отбросить раздражение и говорить серьезно, за всеми этими девичьими попытками инкорпорировать в локальный дискурс фрагменты американского культурного кода стоит на самом деле тот же заблудившийся, но не менее от этого трогательный репродуктивный импульс рептильного мозга, который заставляет телочку попроще вынимать перед самцами последний айфон... Мы же не требуем от киски глубокого понимания того, как эта штука работает, почему оказалась у нее в сумочке и зачем она на самом деле вытаскивает ее сейчас из своего влагалища. С разносчицами приблудных нарративов и прочей микроинфлюэнцы следует вести себя так же снисходительно. Только сострадание, только любовь, только личная гигиена...»[1]

---

[1] справедливости ради добавим, что наш автор применяет подобный подход не только по отношению к женщинам. Вот что Онан-Варвар пишет по другому поводу:

«Отцы и деды помнят, что в прошлом веке существовал стандартный стилистический идентификатор: идешь по московской улице в правильно протертых синих джинсах (ценился особый оттенок небесной голубизны) — и ты уже не какой-то там Павлик Морозов, а нормальный алхимизированный герой, стряхнувший с ног совдеповский прах. Сейчас, после нескольких катастроек, кажется, что такого больше не может быть — но только на первый взгляд. Потому что любой рыцарь прогрессивного образа (они сегодня похожи на бородатых женщин), сочащийся у себя в бложике идеологией и лексиконом американского фрик-шоу — это все тот же грустный совдеповский дебил, выгуливающий *на райене* свой новенький синий деним за неделю до общесемейного пиздеца. Но кого упрекнешь? Герой нашего времени, увы, чаще всего сводится к невостребованной брачной раскраске, тихо дрочащей в углу на навеянную интернетом мечту».

Из остатков уважения к К. П. Голгофскому хочется верить, что здесь перед нами банальный реакционный треп, а не скрытая гомо- и трансофобия. — Ред.

Особо очаровательно выглядит это «по *недорогим* ресторанам». Онан-Варвар у нас ходит по дорогим. Не то что некоторые дурочки. И пусть читательницу не вводят в заблуждение слова про сострадание и любовь — вот цитата из другой колонки:

«Железной метлой следует очистить родную культуру от охуевших – то есть, простите великодушно, опизденевших – активисток Демократической партии США, выдающих себя за российскую фемтеллигенцию».

После таких слов хочется спросить Онана-Варвара уже серьезно — вы хоть понимаете, в каком направлении вы сейчас подталкиваете страну? Вы что же, мил человек, хотите заменить их [о...ми] активистками Республиканской партии США? А вы их когда-нибудь видели? Хоть в бинокль? Да или нет?

Все это, впрочем, еще можно понять и простить — подумаешь, обиделся человек, с кем не бывает. Но вот употреблять, даже в шутку, оборот «кровавые зверства пиздофашизма» (sic!) Константину Параклетовичу не стоило бы совсем. По степени безвкусия это можно сравнить разве что с идиотскими попытками издателей объявить пожар Собора Парижской Богоматери пиар-акцией, приуроченной к первому изданию «Химер и Шимер».

И уж совсем глупо после всего этого протаскивать отчет о своих победах над молодой доверчивой девушкой в публичное пространство, где идут важнейшие дебаты с участием депутатов Государственной думы и зорко цветет гендерная совесть нации. Тем более когда описания выдержаны в таком вот ключе:

«С утра я любил подглядывать за ней сквозь сощуренные веки. Она напоминала мне заблудившегося среди простыней котенка, забывшего, почему и как он оказался в этом странном белом лабиринте. Увидев на соседней подушке мое распухшее спросонья лицо, она в первый момент вздрагивала и хмурилась так тревожно, будто собиралась тут же спрыгнуть с кровати и убежать... Но потом, видимо, вспоминала, что бежать, в сущности, некуда, ибо для юной обворожительной женщины весь этот мир состоит из таких же грубо-усатых мужских присутствий, различающихся между собой только тембром храпа и цветом портмоне... И тогда на ее переносице прорезалась на секунду милая вертикальная морщинка, которую я называл про себя «руной смирения» – и она покорно роняла свою головку назад на подушку, уже зная, что еще через несколько секунд я делано зевну, открою глаза, и нас, словно две щепки, увлечет водоворот нашей утренней страсти...»

Или вот, например:

«Она просовывала свои пальчики сквозь густой лес волос на моей груди так опасливо, что мне казалось, будто это пять юных солдат бредут сквозь кишащий партизанами лес – и действительно, милых зазевавшихся бедняжек тут же брали в плен и подвергали целому ряду сомнительных процедур в лучших традициях французского маркиза, о котором я столько говорил в прошлых главах...»

Эх, Константин Параклетович, как бы вас за такое не арестовали где-нибудь в Канаде на самолетной пересадке. Люди сгорали и за меньшее.

А то, что Голгофский пишет о поведении нежных розовых сосочков под его шершавым как плакат языком, мы вообще не решимся повторить в текущем политическом климате. Старый, как было сказано, сатир. Достаточно сказать, что происходящее между ним и Ириной он называет «young love» — полагая, что для такой характеристики довольно, если любовь будет юна с одной только нижней своей половинки.

Через двести страниц этих безобразно-самодовольных сцен, совершенно не развивающих роман ни в сюжетном, ни в идейном отношении, повествование сдвигается наконец с мокрой точки. Но даже для этого раздухарившемуся Голгофскому понадобилась очередная непристойность, которую нам сложно пересказать, не покраснев.

Голгофский начинает с длинного отступления о преимуществах миссионерской позы: это, пишет он, отнюдь не уступка религиозному консерватизму, а высшая форма телесного контакта, которую в животном мире развили в совершенстве только сибаритствующие обезьянки бонобо, наиболее близкие человеку в духовном отношении.

Дело в том, рассуждает Голгофский, что все остальные позы либо снижают площадь телесного соприкосновения, уменьшая интенсивность контакта, либо изолируют людей друг от друга, пряча их лица. Такие подходы свойственны любовникам, не уверенным в своей телесной привлекательности; особенно же Голгофского смешит, когда улегшийся на спину пожилой мужчина пристраивает партнершу сверху опрокинутым раком («сажал ее в кресло из своей плоти» — источника этой неловкой цитаты мы не нашли).

Голгофский уверен в своей неотразимости и миссионерствует неутомимо, как св. Павел в Кесарии; единственный недостаток этой позиции, замечает он, заключается в неполном анатомическом совпадении внутренних осей и углов, мешающих иногда полному проникновению. Но он легко поправим — для этого под крестец партнерши следует подкладывать...

Тут Голгофский делается педантичен.

Подушечку?

Нет, пишет он, она промнется и опадет уже через десять-пятнадцать минут работы. Лучше всего — пухлая книга, фолиант, толщина которого подбирается эмпирически: эдакий брокгауз-ефрон, завернутый в толстое одеяло (опять-таки, подушечка сверху не годится — обязательно слетит).

Голгофский ищет том подходящей толщины в библиотеке Изюмина; можно было бы увидеть в этом издевку над несчастным генералом, но Голгофский в своем простодушном самолюбовании даже не думает о такой возможности. Вот неполный список упомянутых им книг (по российской поэтической традиции мы прочли его ровно до середины): «Танковая энциклопедия», «Иллюстрированные биографии Героев Советского Союза», «Познание Продолжается», «БСЭ (том не указан)», «Лекарственные растения средней полосы России», «Животный мир океана», «ГОСТы и СНиПы 1982» и так далее.

В конце концов Голгофский останавливается на томе, идеально удовлетворяющем его своими размерами. Это некий «гроссбух». Голгофский не помнит, откуда тот взялся — с полки или с генеральского стола.

Рукописи не горят, учит нас классика. Да, не горят — но рвутся и мнутся. В какой-то момент Голгофский решает перепеленать скособочившуюся книгу, разворачивает одеяло — и зачем-то заглядывает внутрь фолианта.

И здесь Голгофскому открывается нечто настолько интересное, что на следующие сто пятьдесят страниц он полностью забывает о призывно раскинувшейся перед ним Ирине — из текста может показаться, что все это время она так и лежит, нагая и взволнованная, на шелковой простыне. Есть подозрение, что женщины-критики не простили автору именно этой композиционной небрежности: запахни Ирина халат и уйди на кухню, многие отзывы звучали бы иначе.

В руках у Голгофского — затянутая в телячью кожу дореволюционная конторская книга из тех, где кустодиевские купцы вели счет радужным бумажкам с византийским орлом, даже не подозревая, что завтра над Россией воссияют великие вожди, а т. н. «рубль» превратится в... Впрочем, не будем опять про вечный русский гештальт; молчи, Шпенглер, молчи, грусть.

По первой странице ясно, что это балансовая книга мясобойни братьев Угловато, известной старообрядческой фамилии. Остальной текст зашифрован: там таблицы и нечто, похожее на датированные записи дневника. Шифр для начала двадцатого века весьма надежен, но для современных криптографов подобные методы защиты не представляют проблемы.

Интересно, зачем генерал Изюмин хранил у себя этот фолиант?

Пока Ирина ждет, Голгофский отправляет гроссбух на расшифровку (полагаем, что он опять задействовал свои контакты со спецслужбами). Вскоре приходит распечатка восстановленного текста. В конторской книге — дневник Артемия Угловато, младшего из трех братьев, европейски образованного человека (учился в Сорбонне и Оксфорде).

Голгофский в очередной раз переживает свой фирменный «фантомный дыб». С первых страниц он понимает, что мясобойня братьев Угловато была не чем иным, как подпольной фабрикой химер.

Разлинованные нежными синими и розовыми линиями страницы заполнены бисерным почерком; дневниковые записи на английском соседствуют с колонками, где уже на русском языке подбиваются странные балансы, похожие на калькуляции мясника, скрещенные с записками революционера.

вся власть учр. собр. — 2 свин. 2 ведра мух.

долой николаш. кровав. — 4 свин. 3 ведра мух.

И так далее. Назначение свиней понятно — Голгофский помнит, что для производства химер требуется жизненная энергия. Неясно, что это за мухи и почему их подают вместе с котлетами.

Ирина ждет; Голгофский ныряет в архивы. Открывается много интересного.

Мясобойня «Новое Дело» была весьма особым предприятием. Она существовала с девятнадцатого века, но с развитием т. н. «Большой игры» (как называли борьбу между Россией и Англией) деятельность этого заведения стала приобретать все более удивительный характер.

Филерский донос 1906 года и служебные заметки, сделанные на нем в 7-м делопроизводстве Департамента полиции, показывают, что в «Новом Деле» трудились люди из самого высшего общества — причем не только российского. В 1909 году новое сообщение, уже из канцелярии МИДа (выполнявшего тогда функции внешней разведки), уточняет: вместе с несколькими родовитыми петербургскими кадетами в «Новом Деле» работают англичане. Трое — масоны ложи «Белая роза». Четвертый — капитан английской разведки Том Пайнлэк.

Естественно, такой интересный состав труппы был отмечен властями. Полицейское начальство, а затем и петербургские чиновники около 1910 г. заинтересовались этим заведением всерьез — за ним долгое время негласно наблюдали, но никакой крамолы установить не смогли. Потом туда заявилась столичная ревизия.

Сотрудники 7-го делопроизводства Департамента полиции попросили объяснить, почему группа британских и петербургских аристократов, которым, как заметил один из ревизоров, «положено танцевать кадриль», собралась в таком месте для грязной и мерзкой работы.

Ситуацию разъяснил капитан Пайнлэк.

Чтобы понять, какой эффект этот человек производил на окружающих, надо знать, что британские спецслужбы перебросили его в Россию из Индии, где он больше десяти лет отработал старшим гуру одной из недуальных сект, и вид он имел крайне экзотический: изможденно-вдохновенное лицо йогина, борода, бусы, четки, белые ризы...

Пайнлэк объявил себя и прочих сотрудников духовными последователями графа Толстого, а мясобойню — так называемой «Tolstoy farm», толстовским предприятием, где на практике воплощаются идеи мятежного графа. Аристократы, сказал Пайнлэк, собрались в этом месте именно потому, что не хотят танцевать кадриль — и желают искупить грех своего паразитического происхождения трудом на благо народа.

Гениальный ход. Толстовская ферма, с точки зрения начальства, была предприятием в высшей степени нежелательным, но безвредным — вражеским проектом, содержащим именно то количество крамолы, с которым власти готовы мириться для европейского лоска (Голгофский предлагает читателю самому подобрать аналоги из сегодняшнего московского обихода, но мы так и не смогли понять, что он имеет в виду).

Пайнлэк подробно рассказывает полицейским чинам о пользе опрощения и показывает свои фото с Толстым (он действительно посещал Ясную Поляну под видом индуса). Под конец он даже исполняет бархатным баритоном несколько гимнов из Ригведы, чем производит на девственные русские умы настолько ошеломляющее впечатление, что никто из проверяющих не спрашивает, каким образом забой скота сочетается с вегетарианскими идеалами толстовства. Впрочем, мало сомнений, что Пайнлэк разъяснил бы и это.

Мясобойню после этого не трогают, хотя за ней постоянно приглядывает несколько филеров. Увы, духовным зрением они не обладают.

Кажется непонятным вот что: если на территории «Нового Дела» действительно производили химер, неужели ни у кого из живших по соседству не возникло никаких подозрений?

Выясняется, что подозрения были. И не только подозрения. Голгофский обнаруживает в архиве Святейшего Синода донос о. Митрофана, чей приход располагался рядом с «Новым Делом».

Священник с семинарским красноречием жалуется на «черные тени, слетающиеся в сей мрачный замок со всей округи аки в Вальпургиеву ночь», на «кипение возмутившегося разума» и «похоть великую», накатывающие на живущих по соседству мещан, о чем они доверительно сообщают ему во время исповеди. Также он рассказывает о девице Островской, которую во время ночного купания с приказчиком Семеновым «терзали бесформенные демоны мрака», в результате чего девица эта повредилась в рассудке и наложила на себя руки. Еще о. Митрофан пишет об изображении «козлоподобного черта с рогами», якобы виденном на территории «Нового Дела» приходящей прислугой.

Посылая донос прямо в столицу через голову церковного начальства, о. Митрофан жалуется на «заговор молчания» и просит пресечь «творимое ныне великое беззаконие и зло». Бедный священник даже не представлял, с какой могущественной силой задумал бодаться — на основании этого письма он был признан душевнобольным, а потом извергнут из сана.

Увы, измена к тому времени проникла глубоко в центральную нервную систему империи — в Петербурге все подобные сообщения клали под сукно.

Голгофский соотносит описанное о. Митрофаном «кипение возмутившегося разума» с ранней дневниковой пометкой:

раз. возм. кипешь — 3 свин. 3 ведра мух.

По мнению Голгофского, речь идет о химере, созданной на основе русского текста «Интернационала». Он идет еще дальше, соотнося другую химеру с «Песней о Буревестнике» М. Горького, написанной в 1901 году. Это последнее предположение кажется нам легкой натяжкой — но все, конечно, возможно.

Голгофский углубляется в дневник, и становится наконец ясна тайна этих ведер с мухами. Имелись в виду вовсе не мухи, а мухоморы: по указанию работавших на мясобойне англичан (sic!) старообрядцы добавляли их в корм свиньям, чтобы придать будущей русской революции особую свирепость.

Голгофский посвящает немало страниц пересказу обнаруженного дневника. Из них становятся понятны особенности производства боевых химер в начале двадцатого века.

Свиней перед ритуальным умерщвлением усыпляли хлороформом; это делает честь британскому анимализму.

«Вот если бы только английская разведка простерла свое милосердие чуть дальше, – пишет Голгофский, – так, чтобы оно коснулось и простого русского человека, над которым как раз в те дни заносился страшный удар... Но мы вряд ли когда-нибудь дождемся этого от наших партнеров, во все времена занятых исключительно правами альбомных кошечек и свободолюбивых писек, и то не в реальном мире, а лишь в своих склизких лживых газетах...»

Не будем даже комментировать этот неопрятный выпад.

Животная энергия, выясняет Голгофский, переносилась в обычные дирижерские палочки, которые закупались в Лозанне; во время одного из обысков на «Новом Деле» их запас был обнаружен — и капитан Пайнлэк, не моргнув глазом, объяснил полицейским чинам, что это лучины для растопки. «Ага, — вдумчиво кивнул полицейский офицер, — а топите вы, вероятно, скрипками Страдивари...»

Впрочем, записи в дневнике Угловато показывают, что весьма серьезные суммы тратились Пайнлэком и его сподвижниками именно на то, чтобы поддерживать видимость благородной бедности — в те годы у английской разведки было намного больше денег, чем сегодня.

Интересно, что, хоть в дневнике Угловато не приводится точного состава микстуры, вводившей исполнителей в сноподобный транс, на его страницах пять раз (!) упоминается шпанская мушка. Видимо, фармакология ритуала не слишком изменилась со времен Французской революции.

«Если мы вспомним, – пишет Голгофский, – что именно английские негоцианты в свое время поставляли
шпанскую мушку де Саду, складывается впечатление, что антисемиты самым роковым образом оши-
баются в понимании источника мирового зла...»

Оставим и это глупое замечание на совести Голгофского – нормальный историк, да и просто человек, никогда не будет переносить на большие
человеческие общности вину за действия отдель-
ных их членов, спецслужб и даже правительств –
именно за этой гранью начинаются шествия с фа-
келами, восторг единения с вождем и ковровые
бомбардировки городов, где он был испытан.

Почти в каждой главе своей книги Голгофский архивирует для читателя небольшой катарсис
(увы, распаковывающийся не всегда). Здесь эмо-
циональный пик достигается, когда Голгофский
находит в дневнике следующую запись:

победа сознат. смел. раб. – три свин. 8 ведер мух.

В этот момент мы возвращаемся к началу книги, где изображен сидящий за своим рабочим
столом Константин Бальмонт. Голгофский сверя-
ет даты – стихи написаны поэтом через несколько дней после того, как Артемий Угловато занес
в свой гроссбух процитированную выше пометку.

Да, связь одного с другим несомненна – но,
когда Голгофский пытается увязать не вполне
обычную для Бальмонта навязчивую граждан-

ственность стихотворения с большим объемом скормленных свиньям мухоморов, мы уже не с ним — вряд ли стоит относиться всерьез к подобному писаревскому материализму.

Голгофский задается еще одним интересным вопросом — что послужило триггером для активации этой химеры? И сам же на него отвечает — наверняка какая-нибудь неприметная строчка в передовице из «Русского Слова» (известно, что газета обменивалась материалами с «Таймс»).

«Было примерно так: Бальмонт просматривает передовицу, кидает газету на стол, поднимает задумчиво-мечтательный взгляд в окно, и - - -»

В конце этой главы Голгофский предлагает нам еще раз вглядеться в лицо капитана Пайнлэка в образе индийского факира.

∗

Голгофский наконец вспоминает про Ирину.

— Откуда этот гроссбух? — задает он вопрос, возникший у читателя еще сто пятьдесят страниц назад.

У Ирины ангельский характер: вместо того чтобы опробовать на Голгофском свой маникюр, она тихонько отвечает:

— У папы была большая картонная коробка с надписью «ROOT». По-русски «корень». Он ее прятал на антресолях, куда я не могла залезть. Вот там эта книга и лежала. Потом он перенес ее в кабинет.

— А что еще было в этой коробке? — спрашивает Голгофский.

Ирина улыбается. Видно, что воспоминание ей приятно.

— Я в детстве думала, лечебные корешки. Один раз, когда у нас был ремонт, я подтащила к антресолям стремянку и открыла коробку. Внутри оказались странные вещи. Вот этот гроссбух. Указки типа дирижерских палочек. Несколько старых газет. Какая-то надписанная черноморская фотография...

— А куда все делось? — спрашивает Голгофский.

— Выбросилось постепенно, — говорит Ирина. — Папа просто потерял интерес, наверное... Гроссбух вот остался.

— А еще что-нибудь сохранилось? Может быть, эти дирижерские палочки?

Ирина хмурится, вспоминая.

— Палочки выкинули. Но я потом видела кавказскую фотку. Кажется, шестидесятые или семидесятые. Какая-то женщина на фоне беседки. И море. Я почему-то решила, что это старая папина любовь... Он этой фотографией книги закладывал. Вот в какой-то книге я ее и видела, и не так давно.

Вещи генерала, все его архивы и документы были вывезены спецслужбистами сразу после случившегося с ним несчастья — но книг не тронули. Ирина забыла, где именно она видела закладку-фотографию. Она только помнит, что это был зеленый том приличных размеров. Кажется, про немецкую философию.

Голгофский два раза перерывает книги на даче генерала и находит в общей сложности восемь томов, которые имеют известное отношение к немецкой философии. Два из них зеленого цвета. Но закладки-фотографии там нет.

Тогда Голгофский просматривает генеральские книги еще раз, обращая внимание на зеленые тома. Снова неудача. Голгофский перелистывает все книги вообще – это занимает целых три дня. Во время поисков ему попадаются заметки генерала на полях некоторых книг. Естественно, они приведены в тексте романа:

«...*американские левые, эти всеядные апроприаторы-ксеноморфы, эти пухлые бенефициары транснационального вампиризма, косящие под его врагов, эти играющие во фронду котята ЦРУ, превратившие «сопротивление» в привилегированный костюмированный хэллоуин, охраняемый семнадцатью спецслужбами... Какая мерзость – и какой восторг совершенства!*» и т. д.

Это больше напоминает радикального французского философа на банковском гранте, чем генерала ГРУ на пенсии. Видимо, записи связаны с таинственной деятельностью Изюмина, но как именно, пока неясно.

Наконец Голгофский находит то, что искал.

Это, что любопытно, одна из книг, уже использованных им по миссионерской части – он обнаруживает ее под кроватью. Наш автор, естественно, не удерживается здесь от скабрезной шутки, унижающей одновременно великую немецкую философию и женское достоинство. Мы не будем ее приводить — подобное гусарство извинительно только тем, кто хоть изредка ходит в атаку. В остальных случаях это даже не гусарство, а просто вульгарность.

Желто-коричневый альбом под названием «Тайная история «Аненербе» — одна из изданных в девяностых годах книг-сенсаций. Она рассказывает о деятельности нацистского оккультного института — «Академии родового наследия», или «Немецкого общества по изучению древних сил и мистики».

Ну да, пишет Голгофский, в конце концов, вся так называемая немецкая философия, как новогодняя елка, увенчивается шпилем «Аненербе» — так что Ирина по большому счету права (но неправ сам Голгофский — шпиль устроен несколько сложнее, и вскоре нашему автору придется поправлять самого себя).

«Аненербе», конечно, известная организация — но обнаруженная Голгофским книга полна недостоверных историй и сомнительных комментариев. Генерал, однако, читал ее внимательно и даже заложил на одном развороте старой фотографией.

Той самой, про которую говорила Ирина.

Голгофский вознагражден за свой труд: в этот момент он берет сразу два следа — и оба приведут к важнейшим открытиям.

Но по порядку.

На заложенном развороте — сильно отретушированная иллюстрация (видимо, книга воспроизводит снимок из старой газеты — подобная ретушь в военные годы часто была необходима по технологии). На снимке люди, стоящие на фоне изукрашенной рунами стены. Некоторые в эсесовском камуфляже, другие почему-то в хламидах. Те, что одеты в хламиды, держат в руках дубовые ветки (не доверяя дедуктивным способностям читателя, Голгофский поясняет, что понял это по форме листочков).

Под снимком подпись:

«Персонал «Аненербе» в одном из нацистских лагерей смерти, февраль 1945».

Связь «Аненербе» с лагерями смерти не вызывает у Голгофского особого удивления: он знает, что «Академия родового наследия» с 1937 года подчинялась немецкому ГУЛАГу — «Инспекции концентрационных лагерей». Непонятно другое — чем заняты люди в хламидах и почему в руках у них ветки?

Авторы книги и сами не знают. Видимо, это какой-то ритуал — но какой? Так мог бы выглядеть, например, арийский Новый год. Или семинар нордических лесников, делящихся бесценным селекционным опытом под доносящуюся уже канонаду центральноазиатского вторжения.

На книжной странице есть пометки, сделанные генералом Изюминым. Один из эсесовцев обведен чернильным овалом. На полях написано: «Последний из свидетелей Курт З.[1], на момент фотографии восемнадцать лет, сейчас проживает в Норвегии по адресу... (Дальше следует точный адрес.) Командир в «Аненербе» — шарфюрер Блюм».

Указано даже название концлагеря — откуда-то Изюмин знал все эти подробности.

Теперь Голгофский смотрит на саму закладку.

Она тоже весьма таинственна.

Это черно-белая фотография на толстой бумаге. Но здесь изображение хорошего качества: южные горы, море, белая беседка с колоннами в духе колхозного ампира, типичного для послевоенных черноморских здравниц. У колонны стоит девушка в белой панаме и халате с кистью.

На обороте подпись:

«Я не представляю, что бы я делала без тебя. Но я знаю, что ты скажешь: то же самое, милая... Твоя Альбина Жук, Сухум».

Вероятно, эта женщина как-то связана либо с генералом Изюминым, либо с эсесовцами на снимке. Первое вероятнее (скорей всего, это приморский роман) но учесть следует оба варианта. Генерал, скорее всего, заложил книгу на важном месте — и заодно спрятал в ней памятную фотографию.

Интерес Голгофского привлекает композиция снимка. Беседка и неведомая Альбина смещены к его краю — а в геометрическом центре какие-то

---

[1] фамилия опущена по этическим причинам. — Ред.

далекие корпуса на самом краю моря. Кажется, трехэтажный пансионат с мозаикой на стене. Вокруг — не слишком вписывающиеся в черноморский ампир сельскохозяйственные пристройки.

На снимке видна достаточно характерная линия берега, и после корпения над интернет-картами сухумской зоны Голгофский устанавливает точную геолокацию. Дом на берегу вроде бы сохранился, но место выглядит запущенным. Беседка на снимке уже не видна.

Голгофский оставляет сухумский след на будущее — и переключается на Норвегию.

По адресу, записанному в трактате про «Аненербе» (указан даже почтовый индекс) действительно проживает некий Курт З. Это глубокий старик, долго работавший в Балете телевидения ГДР, а потом, после объединения Германии — на культурной программе берлинского радио. Другой информации о нем нет.

Голгофский решает связаться с ним, пока тот еще жив. Готовясь к встрече, он смотрит записи выступлений Балета телевидения ГДР, затем читает материалы культурных программ берлинского радио, а потом перечитывает культурные программы берлинского радио под музыку Балета телевидения ГДР.

«Вниманию будущих исследователей, – отмечает Голгофский в непонятной уверенности, что кто-то пойдет по его стопам, – вместо Балета телевидения

ГДР достаточно будет посмотреть последние клипы Раммштайна – но я, к сожалению, набрел на этих генетических дублеров слишком поздно».

Когда немецкая культурная смесь начинает лезть у Голгофского из ушей, он решает, что готов к контакту.

Он пишет Курту З. письмо – но по зрелом размышлении понимает, что отправлять его нельзя: вряд ли Курт З. афиширует свое прошлое. Письменный запрос или телефонный звонок могут его спугнуть, и потом информатора будет не разговорить.

Голгофский летит в Норвегию лично.

Курт З., надо сказать, устроился неплохо. Он живет на берегу фьорда в красном деревянном доме на сваях. У дома большая открытая терраса — когда Голгофский выходит из машины, ветеран «Аненербе» сидит именно там, кутаясь в плед. У него седая борода и румяное лицо любителя сауны.

Голгофский говорит по-английски с небольшими вкраплениями немецкого. Он объясняет Курту З., что работает над книгой про Балет телевидения ГДР — и хочет задать несколько вопросов. Курт З. благосклонно кивает и приглашает Голгофского в дом.

На стенах в гостиной висят большой радужный портрет Элтона Джона, фото Обамы в Берлине и постер немецкой партии Зеленых. Все тайные нацисты, думает Голгофский, несчастны по-разному, но маскируются одинаково.

Курт З. спрашивает, как будет называться книга Голгофского. У того уже готов ответ: монография «Балет телевидения ГДР как ультимативная манифестация немецкого духа» (здесь Голгофский продлевает в будущее свою мысль насчет немецкой философии и «Аненербе», как бы надевая на один елочный шпиль другой, действительно окончательный). Курт З. хмурится и просит пояснить, что имеется в виду.

Голгофскому приходится импровизировать — но он не зря столько дней готовился к встрече.

Сперва он вспоминает немецкое название Балета телевидения ГДР — «Deutsches Fernsehballett». Буквально, рассуждает он, это переводится как «балет немецкого дальновидения», что можно и нужно рассматривать как центральный гештальт современных немецких медиа и общую метафору всей послевоенной германской культуры, западной и восточной. В наиболее полной форме это относится, конечно, к средствам массовой информации; Курт З. служил и в балете, и в новых немецких медиа — и как никто другой способен подтвердить или опровергнуть догадки автора.

Курт З. хмурится сильнее — и просит объяснить, что Голгофский имеет в виду, говоря о медийном гештальте.

Голгофский пускается в длинные рассуждения: ссылается на неизбежного Шпенглера и проводит аналогию: балетные па и антраша, дизайн костюмов и общая энергетика «Deutsches Fernsehballett» полностью отражены в практиках современных немецких СМИ.

Курт З. требует привести пример. Вот, пожалуйста, отвечает Голгофский, совсем недавний случай: опозорившись с фейковым журналистом, много лет публиковавшим поддельные новости, немецкий журнал начинает бойко разоблачать сам себя, торгуя уже не фейковыми новостями, а раскаянием и рассказами о том, как глубоко и безнадежно он пал. А когда с позора снят весь морально-финансовый навар, опять начинается business as usual.

Это, в сущности, и есть центральный гештальт «балета немецкого дальновидения»: яркое, пестрое, пафосное, самоуверенное и не просто бесстыдное, а где-то даже нагловатое покаяние, выдержанное в эстетике турецкого цирка («неясно, — замечает в скобках Голгофский, — отчего в России так боятся призывов покаяться — в двадцать первом веке пора уже доупереть, что совесть не химера, а медийная презентация»).

В более широком смысле, продолжает он, «балет немецкого дальновидения» — это назойливая торговля деривативами своего раскаяния при всяком уместном и неуместном случае, общенемецкая культурная технология послевоенных лет, благодаря которой современные либеральные немцы ухитрились нажить на Холокосте куда больший моральный капитал, чем даже евреи.

Курт З. начинает быстро моргать. Ему уже трудновато успевать за риторикой гостя. Он пытается понять, в чем здесь, собственно, дальновидение.

Дальновидение здесь в том, охотно объясняет Голгофский, что германскому духу после известных событий двадцатого века приходится временно маскироваться, сознательно примеряя гротескно-китчевую эстетику Балета телевидения ГДР в качестве камуфляжа. Это надолго, но не навсегда — ибо после фильма «Гудбай, Ленин!» снимут и фильм «Гудбай, Франклин!». Вернее, «Саенара[1], Франклин!». Только сюжет там будет другой (Голгофский смахивает со лба вспотевшую от вдохновения фантомную прядь): если «Гудбай, Ленин!» есть по своему семантическому комплексу американизированное прощание с агентом немецкого генерального штаба, приведшим Германию к серьезной кармической катастрофе, то чем окажется «Саенара, Франклин!», нам еще только предстоит увидеть... И вот тогда Германия воспрянет! Дело фюрера победит!

Заметим, что вышеперечисленных ватных мнений Голгофского мы не разделяем даже в шутку — современная Германия является эталонной демократией именно из-за своего непростого прошлого, и нигде так остро не реагируют на метастазы фашизма, как там. Возможно, Голгофский сам не верит в то, что несет — и пытается всего лишь разговорить собеседника. Если так, метод срабатывает: глаза старого Курта сверкают.

---

[1] «до свидания» по-японски.

— Да, — шепчет он, — да! Это так! Семена упали в почву! Я видел, видел сам!

Теперь у Голгофского отпадают всякие сомнения в том, что он прибыл по верному адресу. Он сразу забывает про Балет телевидения ГДР и меняет тактику: заговаривает с Куртом о Второй мировой.

Старичок охотно отвечает. По своей легенде, он юношей был призван в фольксштурм. И тут Голгофский переходит в атаку.

Он как бы случайно называет лагерь смерти, где Курт З. служил в спецчасти, а затем имя его прямого начальника в «Аненербе».

Старичок зеленеет от ужаса: он надеялся, что его нацистское прошлое никогда не всплывет.

— Только не отпирайтесь, — говорит Голгофский. — У меня есть фотографии.

— Я был ребенок, — шепчет Курт З., — мальчишка! Я ни в чем не участвовал. Я вообще не понимал, что такое «Аненербе», мне просто дали форму СС и заставили служить на побегушках. Это были безумцы и фанатики, да. Но я не был одним из них! Они нуждались в чем-то вроде прислуги, но обязательно с арийскими корнями. Заключенных в лабораторию даже не пускали...

Голгофский, как может, успокаивает старичка. Он объясняет, что вовсе не ловец нацистских преступников и Курт З. сможет дальше наслаждаться своей сауной на берегу фьорда, если расскажет все, что помнит.

Курт З. соглашается — но проблема в том, что он действительно был мал (в конце войны ему исполнилось восемнадцать) и плохо понимал происходящее.

— Там была такая большая стена, — говорит он, — стена с огоньками. Руны из электрических лампочек. И у этой стены в дни... ну, как это сказать... в дни спецмероприятий всегда висели несколько офицеров в черных сутанах, с дубовыми ветками в руках.

— Ветками?

— Ну да. На ветке обязательно должны были быть живые листочки — зимой возили на самолете из берлинской оранжереи. Сначала их заряжали *врилем* во время... спецпроцедур. А потом они этими ветками что-то такое по стене чертили.

— А почему вы говорите, что офицеры висели? В каком смысле?

— В прямом. Их подвешивали к потолку в специальных корсетах — было такое впечатление, что они спят. Или впали в какой-то ступор. Они даже не могли ничего нормально держать — ветки привязывали к их рукам. Выглядело одновременно смешно и страшно.

— Они как-нибудь комментировали происходящее?

— Нет, — говорит старичок. — Я был самым младшим по званию.

— Но вы ведь как-то объясняли это сами для себя?

Курт З. кивает.

— Я думал, что это связано с защитой от воздушных налетов, — говорит он. — Эта стена с огоньками... Почти такую же показывали в «Дойче Вохеншау»[1], когда рассказывали о централизованной системе противовоздушной обороны. Там тоже были офицеры у стены, и еще девочки что-то набивали на клавиатурах... Я тогда в основном на девочек глядел. Я же говорю, я был совсем мальчишка.

Голгофский чувствует, что Курт З. не врет — но интересуется на всякий случай, как можно защититься от воздушных налетов дубовой веткой.

— Ну я не считал, конечно, что они на самом деле защищают Рейх. Я думал, они втирают очки начальству. Гиммлер же верил в магию, колдовство... Этим пользовались те, кто не хотел идти на фронт.

Голгофский спрашивает, не присутствовал ли Курт З. при каких-то разговорах своего начальства.

— Да, — отвечает старичок, — они частенько пили прямо в той комнате, где священнодействовали. Спорили, ругались. Иногда мне приходилось пить вместе с ними — и я кое-что слышал. Но ничего, абсолютно ничего не понимал. Поэтому, наверное, они меня и не стеснялись.

— О чем они говорили?

— Да как все в Германии. Что война проиграна и теперь на немцев повесят всех кошек и собак.

---

[1] пропагандистский киножурнал военных лет.

А виноват фюрер со своей латентной англоманией.

— Это понятно, — перебивает Голгофский, — а что они рассказывали про свою работу?

Курт З. закатывает к потолку глаза, вспоминая.

— Да несли обычный нацистский бред. Говорили, что готовят какие-то письмена для будущих поколений. Что письмена эти будут скрыты после поражения целых сто лет. Германия в это время будет унижена — народ-хозяин будет изображать из себя... э-э-э... они формулировали грубо, я повторить не могу, но если сказать по-современному — эколога-гомосексуалиста с нечеткой расовой принадлежностью, у которого на рту висит большой замок. Но вот потом, потом...

Голгофскому кажется, что в глазах Курта З. мелькает какой-то зловещий огонек.

— Через сто лет, — продолжает тот, — когда под гуманитарные разговорчики немцы снова вооружатся и сбросят с себя ярмо стыда, письмена «Аненербе» станут видны, и народ-хозяин опять воспримет их в свое сердце. И вот тогда начнется третий, последний поход... Великий поход...

Тут от страха зеленеет уже сам Голгофский.

— А почему эти письмена станут видны через сто лет?

Курт З. пожимает плечами.

— Запалы ждут в земле, — отвечает он. — Или не в земле, а в почве. Иногда они упоминали про ключи, иногда про запалы. Народу предъявят какие-то ключи, и немцы все увидят прямо в небе. Я же говорю, они к концу войны посходили с ума. Все потом приняли яд. Вслед за нашим бедным фюрером, гори он в аду... Хотели отравить и меня, но я убежал.

Становится ясно, что Курт З. сказал все — прессовать его дальше бесполезно.

Голгофский уезжает в Осло. Через день, уже собираясь в Москву, он решает перезвонить своему информатору, чтобы задать еще пару вопросов про «Аненербе» — но на том конце провода отвечает незнакомый голос. Это какой-то социальный служащий. Курт З., увы, не может подойти. Он скончался.

Голгофский лезет в интернет — и находит новость о самоубийстве немецкого пенсионера: повесился в ванной на шарфике. Ну да, понимаем.

Курт З. совсем не походил на человека, готового умереть по своей воле... Голгофский чувствует, что вплотную приблизился к важной тайне, и опасность теперь висит над ним самим. Он успокаивается только тогда, когда самолет отрывается от земли.

*

Черноморский след оказывается даже интересней норвежского.

Альбина Жук — редкое имя. Возможно, думает Голгофский, девушка с фотографии еще жива... Примерно неделя уходит на поиски (Голгофский не уточняет своих методов, но мы полагаем, что он опять пользуется доступом к базам спецслужб).

Женщин с таким именем немного; одна, весьма преклонного возраста, до сих пор живет недалеко от Сухуми. Голгофский находит ее фотографию: годы, конечно, сделали свое, но ее еще можно узнать. Голгофский звонит ей и назначает встречу, ссылаясь на некие «важные и грустные новости» из-за границы.

Голгофский не знает, почему снимок Альбины лежит в книге про «Аненербе» на развороте с фотографией Курта З. Альбина, скорей всего, связана не с ним, а с Изюминым. Но она могла быть знакома и с немцем. Чтобы выяснить это, Голгофский придумывает элегантный и недорогой метод.

Он приезжает домой к Альбине Марковне с большим букетом красных роз. Его встречает седая старушка в блузе с орденом Трудового красного знамени. На стене в ее комнате — портреты Сталина и Софокла.

Голгофский вручает ей цветы и объясняет, что выполняет роль душеприказчика покойного Курта З. Тот завещал ей букет алых роз и слова восхищения и восторга.

Альбина Марковна в недоумении. Она никогда не слышала про Курта З. У нее совершенно точно не было знакомых с таким именем.

Голгофский готов к такому повороту.

— Насколько я понимаю, — говорит он, — это был приятель генерала Изюмина.

— А-а, — протягивает Альбина Марковна. — Теперь понятно. Изюмина я знала в молодости. Я была старше, но мы... Наверное, он рассказывал этому Курту про наши... безумия.

Альбина Марковна заметно краснеет.

Букет получает убедительное объяснение: действительно, достаточно дешевый подарок, чтобы отправить его незнакомому человеку, и, вместе с тем, знак внимания, свидетельствующий о произведенном — даже в пересказе — впечатлении. Видимо, Изюмину было что рассказать про молодую Альбину. Впрочем, меланхолично замечает Голгофский, так будет думать про себя любая женщина.

Расчет Голгофского точен, и он не рискует ничем: ни Изюмин, ни Курт 3. уже не разоблачат его обман. Альбина Марковна млеет и готова к разговору.

— А вы знавали Изюмина? — спрашивает она.

— Я знаю его дочь, — отвечает Голгофский. — Мы друзья.

— Ирочка... Я видела только ее фотографии. Она могла бы быть и моей дочерью, сложись все иначе...

Альбина Марковна начинает вспоминать былое. Она, оказывается, долгое время работала совсем неподалеку — в НИИ специнформации. Когда она была еще молода, тут же стажировался юный Изюмин.

— Он был тогда курсантом-пограничником, — говорит она. — Ну и потом он ко мне приезжал, уже из Москвы. Мы встречались несколько лет.

Голгофский осторожно переводит разговор с Изюмина на этот НИИ специнформации. Что это было такое? Ему очень интересно, он как раз работает над монографией про советские НИИ того времени...

— А давайте-ка туда съездим, — неожиданно предлагает Альбина Марковна. — Я давно сама хотела, да все недосуг. А сейчас вот и повод есть... Тут недалеко.

Альбина Марковна везет Голгофского на берег Черного моря. На машине к нужному месту теперь не проехать — почти километр надо идти по тропинке. Природа вокруг так хороша, что Голгофский на время даже забывает о цели своего визита.

Следует длинный диалог, где Альбина Марковна рассказывает Голгофскому, что мощное черноморское присутствие необходимо России с геомистической точки зрения. Голгофский сперва не понимает, что это значит, или делает вид — и Альбина Марковна разъясняет, что Европа тайно тяготеет к воссозданию Римской империи: даже беженцев принимают в основном с тех территорий, где располагались римские провинции.

Боясь спугнуть информатора, Голгофский ни с чем не спорит.

— Геомистика, — говорит Альбина Марковна назидательно, — учит, что единственный шанс России остаться в Европе — это сохранить как можно больше территорий, где когда-то существовала греко-римская культура. Это как всунуть ногу в просвет закрывающейся двери, а поскольку наши недруги закрывают дверь весьма упорно, надо, чтобы на этой ноге был очень прочный боти...

Голгофский собирается уже спросить, зачем, собственно, всовывать туда ногу, — и в этот момент перед ними открывается вид на развалины советской эпохи.

— Пришли, — прерывает себя Альбина Марковна.

Впереди — скелет большого трехэтажного дома, сохранивший фрагменты мозаики: мальчик, бросающий модель самолета в небо, и девочка, несущаяся куда-то на коньках. Ниже, на спускающемся к морю земляном скате — остатки крупной сельскохозяйственной фермы. После лекции Альбины Марковны Голгофскому кажется, что это римские руины.

— Вот тут и располагался НИИ специнформации, — говорит Альбина Марковна. — Его построили сразу после войны, тогда он назывался по-другому. Я пришла позже. Вон там, на третьем этаже, была моя комната.

— В чем заключалась ваша работа? — спрашивает Голгофский.

— Я была комсомолка, — отвечает Альбина Марковна. — Честная, прямодушная. Всей душой стремилась в коммунизм. И начальство это знало. На мне обкатывали передовицы перед тем, как пустить их в печать.

— В каком смысле обкатывали?

— Ну, в самом прямом. Я сидела за столом в обитой пробкой комнате. Передо мной стоял поднос со сладким чаем и печеньем, чтобы лучше работала голова. Мне давали наклеенную на бланк передовицу — их слали по телеграфу из Москвы. Я ее читала и потом выставляла градус веры по десятибалльной шкале.

— Что такое «градус веры»?

— Это был наш внутренний служебный язык. Мне надо было прочитать статью и как бы согласиться с ней сердцем... Или не согласиться. Это не наказывалось, наоборот, от меня требовалась полная искренность...

Альбина Марковна наклоняет седую голову, вспоминая — и грустно улыбается.

— Начальство говорило так: вдохни воздух времени, ощути гул эпохи и спроси себя — слышишь ли ты в нем ту же ноту, которой звенит передовица? Вглядись в свое сердце, Аля. Если оно согласно с каждой строчкой, если пламенеет тем же огнем, который ты чувствуешь в словах, тогда ты ставишь десять. А если ты видишь, что перед тобой вымученная и фальшивая ложь от первой буквы до последней, ты ставишь ноль. Ну а если что-то посередине, тогда ты выбираешь цифры от одного до девяти.

— Вы работали одна?

— Нет, — говорит Альбина Марковна, — нас было шесть. Трое юношей и три девушки, все комсомольцы-отличники. У каждого своя комнатка.

Звукоизоляция была как на радио, чтобы не обсуждали материал между собой — это могло повлиять на оценку. Вон, видите те шесть окошек в верхнем этаже? Пол уже рухнул, жалко. А то зашли бы посмотреть. Комнатки совсем маленькие были, ничего особенного.

— И как работалось? Часто вы ставили, к примеру, ноль? Или десять?

Альбина Марковна задумывается.

— Все менялось вместе со страной, — говорит она. — Вместе с жизнью. Как Гагарин полетел и где-то до середины шестидесятых я одни десятки ставила. А потом какой-то перелом случился. Может, повзрослела. Сижу, гляжу в написанное — и вроде бы в передовице все правильно, все разумно, но за словами этими ничего нет. Просто значки на бумаге. Пустые и плоские. Горизонта нет.

— А раньше был?

— О да, конечно. Когда я была молодая девочка-комсомолка, все было иначе. Прочитаешь передовую — и прямо видишь зарю коммунизма, летящие ввысь ракеты, буровые вышки, целину, подлодки, что там еще. Будто бы через эти газетные слова время с тобой говорит. Прямо полярное сияние перед глазами... Был у нас тогда духовный космос, был...

Голгофский чувствует волнение — он понимает, что ходит по самому краю тайны.

— А этот животноводческий комплекс, — говорит он вкрадчиво, — вы случайно не знаете, что там происходило?

— Знаю, — отвечает Альбина Марковна. — Случайно знаю. Сначала он назывался «Опытной фермой номер один», а потом его переименовали в «НИИ мясоведения». После этого у нас на одной территории было два НИИ — мясоведения и специнформации, оба режимные. У нас даже общая столовая была. За мной один техник оттуда ухаживал — мы с ним обедать часто вместе садились, и он мне про свое производство рассказывал. Это еще до Изюмина. Да я и сама кое-что видела.

— Что за люди там работали?

— Ой, довольно малосимпатичные. Такие, знаете... Вот прямо на Берию похожие. Пиджаки с широкими лацканами, пенсне. Неприятный народ. То ли ученые, то ли МГБ, то ли еще кто-то. Кроме них были старые специалисты — человек десять или пятнадцать. Это бывшие доходяги из ГУЛАГа. Все синие от наколок, только наколки не воровские, а с каким-то вывертом. Еврейские буквы, орлы, пирамиды, глаза... Странный контингент.

Голгофский холодеет.

— А откуда они взялись?

— Да я не знаю точно. Правда... Я про них историю одну слышала, не знаю, врали или нет. Что вроде бы они были бывшие масоны. Вот самые настоящие масоны. Они под очередную амнистию бежали из какого-то северного лагеря, аж на Новой Земле, а в море их погранкатер перехватил. По амнистии им как раз положено было на свободу, но за побег вышел новый срок. В общем, перекинули их в НИИ, потому что у них знаний было много. Как раз по профилю. Жили в отдельном бараке... Потом им даже хрущовочку маленькую построили — с циркулем на стене. Такой был циркуль из цветной плитки, веселый — на солнце, помню, горел.

Голгофский недоверчиво качает головой.

— А чем этот животноводческий НИИ занимался?

— У них там с быками что-то делали, — отвечает Альбина Марковна. — Внешне было как на обычной мясобойне. Привозили скот, а потом пускали на мясо. Но еще какие-то исследования проводили, много народу работало. Мы думали, искусственное мясо вывести хотят. А к концу шестидесятых все поменялось.

— Как?

— Хрущев велел на кукурузу перейти.

— Как на кукурузу? Это же был НИИ мясоведения.

Альбина Марковна машет рукой.

— Ой, в те годы такие мелочи никого не удивляли. Крупный рогатый скот к тому времени вырезали по всей стране. Мясоведы и эти бывшие гулаговские масоны постоянно в столовой ругались. Масоны говорили, что без животной силы никуда и вся работа рухнет. А были еще другие, которых называли лысенковцами...

— Лысенковцами?

— Угу. Они в вышиванках ходили. Они к этому времени масонов оттерли со всех постов и вместо них, значит, сами сели. Эти лысенковцы за куку-

280

рузу агитировали. За зеленое, так сказать, мясо. Говорили, что жизнь во всем одна и это есть форма существования белковых тел. Просто белок может быть растительный или животный. То Суслова процитируют, то Энгельса. По тем временам с такими цитатами спорить было опасно.

— Можете точно вспомнить, что обсуждали?

— Да именно это и обсуждали. Возьмут подносы с обедом, поставят на стол, и давай ругаться. Один орет: «Я же говорю, мы эту кукурузу можем тоннами жечь. Но верить нам люди не будут». А ему в ответ: «Партия сказала, значит будут. Отечественную вытянули на картошке, а холодную вытянем на кукурузе...»

— Скажите, — совсем тихо спрашивает Голгофский, — а вот этот перелом с передовицами, это недоверие, про которое вы говорили — оно тогда же началось?

— Да, именно тогда, — кивает Альбина Марковна. — В передовицах, кстати, тоже про кукурузу все время было — но я даже початка ни разу себе не вообразила, когда читала. Просто мертвые слова...

— А дальше? Вы ведь и дальше работали?

Альбина Марковна грустно кивает.

— При Брежневе эти мясоведы вообще на свеклу перешли, — вздыхает она. — Говорили, если водку можно гнать, то и *наобрезки* тоже...

— Наобрезки?

— Да, — отвечает Альбина Марковна, — они все время про какие-то наобрезки спорили. Я думала, это мясные обрезки, типа там от грудинки. Производственный жаргон. А они теперь пытаются эти наобрезки из кукурузы со свеклой делать...

Голгофского осеняет.

— Может быть, ноофрески?

— Да, может быть. Я ведь этого слова на бумаге никогда не видела. Слышала только.

— А как работалось при Брежневе?

— Ой, плохо. Стыдно вспоминать. Передовицы к тому времени окончательно в дерьмо превратились... Какой там внутренний свет — даже понять трудно было, о чем пишут. Но я плохие оценки ставить уже боялась, потому что другое время было на дворе. Ставила обычно «восемь» или «девять», а мне в обмен зарплату и паек. Все всё понимали, вопросов не было.

— А при Горбачеве?

— При Горбачеве, кстати, на ферме опять быков завели. Уже на коммерческой основе. И передовицы опять интересно читать стало. Снова вера появилась, свежесть какая-то в воздухе... Правда, ненадолго. Я одно с другим никогда не соотносила, но действительно занятно...

«Ноофреска, – записывает вечером Голгофский в своем дневнике. – Так на родине академика Вернадского называли химеру».

✳

Здесь Голгофский берет паузу в своем расследовании, чтобы обобщить уже собранную информацию и сделать некоторые выводы.

Главная мысль Голгофского следующая: химеры, по сути, и были главным инструментом, которым направлялось развитие человечества. С конца Средневековья этим занимались тайные оккультные ордена — а затем, где-то на рубеже девятнадцатого и двадцатого веков, а может быть и раньше, они слились со структурами, которые позднее стали называть «спецслужбами».

Первое массовое боевое применение химер произошло в начале двадцатого века — и оказалось чудовищно эффективным. Сейчас никто уже не в силах понять, из-за чего на самом деле случилась Первая мировая война: с нашей сегодняшней точки зрения, рвануло практически на ровном месте. Но нам кажется так потому, что тогдашних химер наш умственный взор уже не различает — они давно испарились. Видны только длинные ряды могильных камней.

После великой войны — омерзительный пожар русской революции и гражданской бойни. С этими двумя событиями автору все более-менее ясно:

«Кто не верит в победу сознательных смелых рабочих... Ja-ja, Herr Ludendorff. No shit, captain Pinelack».

Подобные примитивные суждения К. П. Голгофского мы даже не комментируем.

Но дальше ясность идет на убыль.

Как работали фабрики химер в тридцатых и сороковых, мы одновременно знаем и не знаем, пишет Голгофский. Знаем, потому что тогдашние химеры надежно отпечатались в культуре — достаточно посмотреть пару черно-белых фильмов, пролистать несколько газетных передовиц или прочитать пожелтевший от времени «передовой роман».

Но как проходили ритуалы и кем они совершались по обе стороны от великого раскола культур, мы вряд ли в силах сегодня восстановить. Следы подобного рода уничтожают с особым тщанием. Мы можем, однако, сказать наверняка, что в двадцатом веке, точно так же как и в конце восемнадцатого, люди в Европе вернулись к древней практике человеческих жертвоприношений.

И здесь Голгофского становится жутко читать, потому что соглашаться с ним не хочется совсем. Но мы все-таки дадим ему слово:

«Многие погибшие в двадцатом веке – крестьяне бывшей Российской империи, узники нацистских лагерей, страдальцы ГУЛАГа, жертвы Рынкомора и так далее – были принесены в жертву Разуму...

«Именно так: человек прикладывал к реальности передовые теории своего времени, и Разум требовал от него действий в соответствии с ними. Разум говорил, что счастье человечества совсем рядом, если решить вопрос с... (подставить нужное). И тот же Разум призывал не бояться социальной хирургии...

«Это уже потом, ретроспективно, подобные практики объявят злом. А тогда это было трудным добром, на котором стоял самый надежный из штампов: «Утверждаю. Разум». В этом смысле Германия сороковых мало чем отличалась от России тридцатых или девяностых. Различались только конкретные технологии умерщвления людей – и медийно-культурная подтанцовка...»

Сомнительный вывод. Были и некоторые другие отличия, но не станем ввязываться в спор. Важно другое – здесь в книге Голгофского кончается ретроспектива, и возникает естественный вопрос: а как обстоят дела сейчас?

Голгофский переходит к исследованию современности, понимая, что один неверный шаг может стоить ему жизни. Нам остается только рукоплескать его мужеству.

Кто и где готовит химер для внутреннего потребления – и в нашем Отечестве, и на Западе – Голгофский, естественно, не может определить дедуктивно (он только вспоминает предложенную Бонье расшифровку выражения «corporate media» – «телесные СМИ»). Зато примерно ясны механизмы и техники. А сам продукт мы пробуем ежедневно: химеры различного рода проплывают перед нашим внутренним взором с утра до вечера, да и весь наш психический скелет, если честно, состоит главным образом из них.

Опираясь на уже понятое, можно попытаться представить себе современную фабрику боевых химер. Видимо, это некое большое предприятие, маскирующееся под животноводческий комплекс.

Там же – несколько гуманитарных корпусов, загримированных под какой-нибудь НИИ или газетную редакцию. Вряд ли мы далеко ушли от абхазской схемы: зачем изобретать новый велосипед, если отлично ездит старый.

Несомненно, это режимный объект – за проволоку никого не пустят. Может быть, таких комплексов несколько в разных местах. Конкретный адрес не особо важен. Гораздо интереснее другое...

«В восемнадцатом веке, – пишет Голгофский, – пожар Французской революции был далеким заревом, пугавшим европейских монархов. В Германии или Испании о парижских погромах узнавали с серьезным опозданием, а понимали случившееся и того позже. В Россию французская зараза добралась, по существу, только в обозе Наполеона. Мировые культуры, конечно, сообщались друг с другом и в те времена – но свет новых идей годами летел через пустоту, разделявшую народы... Почти то же можно сказать о девятнадцатом и даже двадцатом веках, просто скорость сообщения культур увеличивалась. Но в наше время возник новый феномен – глобальная культура, опирающаяся на мгновенно действующий интернет. И это, конечно, открыло перед посвященными в таинства химер совсем другие возможности и перспективы...

«Ничего нового в изготовлении разрушительных химер для атаки других культур и народов нет: лекала русских революций любовно выпиливали в Берлине, Цюрихе и Лондоне, а про недавние события мы даже не говорим...

«Но, как сказали бы военные, механизм доставки и развертывания химер прежде был сложен и замысловат: пломбированные вагоны, завербованные секретари ЦК, неполживое художественное слово и прочий громоздкий реквизит. В двадцать первом веке гибридная война уже не нуждается в подобных костылях».

Тема, которую поднимает Голгофский в этой части своей книги, гиперактуальна. Речь идет о вмешательстве России в политические и культурные процессы свободных рыночных демократий.

Мы все, конечно, слышали эти инвективы. И склонны в глубине души им верить. Что бы ни утверждали казенные пропагандисты, трудно поверить, что столько дыма может подняться совсем без огня, и западное медийно-разведывательное сообщество выдвинуло эти обвинения против России без всяких оснований.

С другой стороны, десяток-другой твиттер-ботов, агитирующих против Киллари, поддельные фейсбучные группы, сеющие рознь среди негров в Тампе (Флорида), боевые мемы калибра «не дрочи, а то не сможешь обнять Иисуса», уверения английской пенсионерки, что ее лично увлек в пучину Брекзита переодетый путинский повар, и т. д. — все это звучит занятно, но не слишком серьезно. Сомнения в достоверности западного нарратива посещали в ночной тишине не только ватника Голгофского, но и самых упертых либералов, к которым относит себя и автор этих строк.

Складывается чувство, что Запад знает что-то важное и роковое о вредоносной российской активности — но вынужден прибегать к иносказаниям и намекам, поскольку не может назвать все вещи своими именами: общественность для этого не созрела.

Голгофский совершает здесь своего рода leap of faith[1] — он предполагает, что спецслужбы пытаются утаить использование боевых химер, с помощью которых в двадцать первом веке ведется гибридная война. Этой работой, вероятнее всего, и был занят генерал Изюмин. Такое предположение настолько гладко вытекает из имеющихся предпосылок и фактов, что сразу кажется убедительным. Но доказательств пока нет.

Голгофскому нужен информатор. Он долго соображает, как его найти — и здесь его мысли принимают, прямо скажем, антисоциальный и даже антигосударственный характер.

Начинается своего рода штирлициана — анализ «информации к размышлению».

«Допустим, — рассуждает Голгофский, — существует секретная лаборатория или фабрика, где производят боевые химеры. Ею, скорее всего, и командовал Изюмин. Может быть, таких лабораторий несколько. Что-то вроде НИИ специнформации под Сухуми,

---

[1] прыжок веры.

только в экспортном варианте. Некоторые служащие, наверное, не будут даже догадываться, чем именно занимается их контора... вот как Альбина Марковна. Но будет и группа посвященных в тайны производства химер...»

Пока все логично.

«Кто-то из этих офицеров, вполне может склониться к измене. Такое вообще свойственно спецслужбистам – у них это что-то вроде профессионального насморка. Допустим, в недрах изюминской спецлаборатории вызрел предатель, желающий передать информацию англичанам... Да, конечно, англичанам – кому же еще? Как он будет действовать? Где искать контакт?»

Разумеется, спецслужбы контролируют не только перемещения, но и электронные коммуникации своих сотрудников. Но за всем ведь не уследишь.

По мысли Голгофского, будущий предатель и высматривающий его офицер английской разведки (радостная готовность, с которой Голгофский примеряет на себя эту роль, заставила бы психоаналитика задуматься) станут вести себя нестандартно — и искать контакта в серой зоне. Как говорят летчики, под радаром.

Но где?

Голгофский думает две недели. Он мысленно перевоплощается в офицера спецслужб, желающего тайно предложить свои услуги партнерам Родины: читает по вечерам либеральную прессу (список мы опускаем) и ездит на такси по так называемым «московским либеральным гадюшникам» (тоже опускаем) — чтобы, как он смутно поясняет, «один резонанс повлек за собой другой».

Возможно, Голгофский на этих страницах просто троллит либерального читателя, расправляя свои подбитые ватой плечи. Не будем обращать внимания, друзья. Тем более что, если судить по этим спискам, автор мог серьезно сэкономить на нервах и такси, просто посидев пару деньков в приемной ФСБ.

«Через две недели, буквально пропитавшись миазмами двуличия, я стал наконец мыслить в нужном тембре. Dark web? Вряд ли, за этим подпространством интернета следят очень тщательно и серьезно, там все на виду. Социальные сети? Вот это уже ближе, хотя тоже маловероятно – их теперь внимательно сканируют и у нас, и у партнеров. Нужен какой-то ресурс, про который все знают, но как бы забыли... Нечто такое, о чем серьезный человек, и в частности контрразведчик, просто не подумает. Предатель и вражеская разведка телепатически найдут друг друга именно там...»

Решение приходит к Голгофскому во сне. Он просыпается, уже зная, что делать.

За окном похожее на восковой шар солнце; мир морозен и свеж. Голгофский садится за компьютер, заходит на двач, ныряет глубоко в трансгендерные пространства и вешает на ветку для *уточек* следующий пост:

КТО ИЩИТ СИС!

Нравится фапать, представляя себя на месте тян? Переодевания тебе доставляют? Прыгаешь на резиновом фаллосе под гипновидео и сисситренеры, одевшись в женское? Хочешь продать интересные фотки, чертежики и схемки? Просто поговорить? Много знаешь про ноо&фрески? Тогда милости прошу к нашему шалашу! Здесь рады всем сис.

адрис: SIS2ch@yandex.ru

Голгофский признается, что сам такого не придумал бы никогда – он просто передирает оригинальные посты с трансгендерных веток. Слово «ноофрески» на всякий случай закамуфлировано от сетевых роботов ФСБ и ГРУ. Адрес на «Яндексе» тоже не случаен.

«Сначала, – пишет Голгофский, – я заготовил ящик на gmail.com – но вовремя сообразил, что английская разведка никогда не допустит такого дилетантского легкомыслия...»

Расчет прост: SIS (secret intelligence service) – официальное название МИ-6. Одновременно это крайне многозначный термин в области, как выражается наш автор, «transgender cutting edge». «No pun intended»[1], добавляет он в скобках, чтобы обратить внимание читателя на этот самый pun; спаси-

---

[1] трансгендерный передовой фронт, дословно — «режущее лезвие» — «игра слов случайна».

бо, кэп, но мы легко обошлись бы без подобного юмора вообще. Голгофского на наших глазах уже изобличили в мизогинии; правильно говорят в народе, что от мизогинии до трансофобии один шаг.

Нам интересно другое. Почему, спросим мы у автора, предатель придет именно сюда?

«Я настолько пропитался к этому моменту изменой, – объясняет Голгофский, – что буквально сочился ею, и инстинктом ощущал координаты той склизкой подворотни духа, куда падший российский офицер приползет продавать секреты Родины... Логика здесь мало помогла бы. Но чутье не обмануло».

Голгофскому начинает поступать почта самого разнообразного свойства. Пишут трогательные русские мальчики, немного изменившиеся со времен Достоевского — одни ищут гайдов по траппованию, другие задаются великими вопросами про пропавший член матери и «objet petite a»[1], третьи — совсем простые души — пытаются понять, почему у других кунов на фотках яйца красные, а у них нет.

Чтобы читатель лучше ощутил текстуру «Искусства Легких Касаний», покажем механизм типичной для Голгофского трансгрессии. Упомянув

---

[1] в психоанализе Жака Лакана «objet petite a» — недостижимый объект желания; Лакан настаивал на том, чтобы это словосочетание не переводилось подобно алгебраическому выражению. Предположительно, «a» означает «autre» — «другого»; в написании «objet petite @» последний знак обычно интерпретируют как символ анального сфинктора: «a hole at the cener of the symbolic order» (S. Žižek).

про «objet petite a», он, видимо, вспоминает читанного в юности Лакана и уносится в длинное отступление про «пронизывающее русскую культуру мещанское стремление «выставиться в Париже»: от Дягилева, от Вознесенского и Евтушенко с этим «выставить бы Филонова, так, чтоб ахнул Париж» в доперестроечной «Правде» — до Хржановского, олигархов и нынешнего Минкульта, готового финансировать эти либидозные импульсы за счет русских налогов.

Это, по мысли Голгофского, и есть «фундаментальнейшая мотивация всего российского искусства и обслуживающей его куртуазной бюрократии» — и когда идешь на московскую выставку или спектакль, то во всех этих инсталляциях, картинах, мизансценах и пр. видишь, в сущности, именно эту энергию...

«Прибили яйца к паркету, виляют жопой на сцене. О чем это? Да вот об этом самом. Лучше бы просто мазали блевоту по стенам, было бы не так гадко. Но в том-то и дело, что мазать ее будут не просто, а в тех же видах...

«Вот это и есть «objet petite п» нашего художника. Вот почему передовое российское искусство – почти всегда такое провинциальное мещанское говно, каким бы международным авангардом оно ни прикидывалось: в самом своем сердце оно старается не решить что-то вечное и важное, а «выставиться в Париже», точно так же, как российский олигарх мечтает не полететь на Марс, а выехать на

IPO в Лондон. В пупочной чакре всего здешнего со-
вриска и «русского богатого» мерцает вот это «petite
п», оно просвечивает сквозь любые вуали, и в каждом сосуде «прекрасного и утонченного» неизбежно
будет булькать эта эссенция, трансформирующая
в тухлые помои и все остальное...

«И ладно бы искусство, скажет тут русский человек с хорошей генетической памятью, но ведь те же
самые люди уже триста лет работают у нас то царями, то вождями. Вот почему, Ваня, тебя с такой пу-
гающей регулярностью возят умирать на европейских фронтах, когда там колонии делят, а в остальное время даже и пускают туда не особо... Только,
как было сказано, на танке. Мерси боку. В следующий раз осмотримся повнимательней...»

Не без удовольствия возвращаемся от этой нелепой инвективы в полный весенней надежды мир
трансов, куда залетел темным филином К. П. Голгофский. Отметим только, что наш автор клеймит
российский «objet petite п» с помощью французского же инструментария, чувствуя в душе, что
иначе выйдет слишком ватно и российский культурный организм не срезонирует. Или он тоже на-
деется напечатать свой опус в Париже?

Итак, Голгофский отвечает на письма — иногда
сдержанно, порой иронично, но всегда уважительно, что настраивает в его пользу. В долгую перепи-
ску он не вступает — ждет реального улова. И вот
первая рыба клюет.

Ему пишет некий *666459-кун:* он доверительно

рассказывает о *сиссянах*, которые любили его после переезда в США (они водятся, как он поясняет, даже среди суровых мужчин мидвеста).

«Мы сняли квартирку через Airbnb и довольно бодро попоролись. Наконец после последней слепой группо-вухи он куда-то пропал, а недавно я встретил его в молле — бородатого и с девушкой... Пичалька. Но я рад за этого сисси. À-propos, имею полные чертежи плавучего дока для «Адмирала Кузнецова».

Увидев это «à-propos», Голгофский вспоминает Бонье и хмурое небо Лиона. Но связи здесь не может быть, конечно. В письме заметна нестыковка: получается, что резидент Америки пытается продать русские военные секреты английской разведке... Откуда они у него? Вывез с собой? Но почему не продал ЦРУ?

Может быть, думает Голгофский, его таким образом тестируют спецслужбы? Он лезет в сеть — и выясняет, что док для «Адмирала Кузнецова» давно утонул. Понятно.

Голгофский прочесывает трансгендерную ветку, находит там пост, почти аналогичный присланному — и убеждается, что рыба все-таки настоящая, просто тухлая: неизвестный с чертежами утонувшего дока маскируется, действуя по тому же методу, что и сам Голгофский. Измена внутри измены: хотел, понимаешь, обмануть не только Отчизну, но и английскую разведку.

Голгофский не отвечает.

Еще несколько дней он, как древний кит, терпеливо фильтрует своими усами проблемы постсоветской молодежи («пару раз, — пишет он, — меня посещало чувство, что теперь я никогда уже не смогу смотреть на юные лица без печали...»). И вот наконец...

Ему пишет некий/ая «Уточка 023» (типичнейший траповский ник). С первых же строк Голгофский понимает, что нашел информатора.

Общение строится по простому принципу: значимая фраза встраивается внутрь трансгендерного трепа для маскировки от одушевленного наблюдателя, которому будет скучно читать эти излияния целиком; ключевые термины разбиваются на слоги, чтобы их не видели сетевые роботы.

Диалог занимает в книге Голгофского пять страниц; мы приведем только пару цитат, чтобы передать общую атмосферу.

Уточка 023: «Куда надо правильно мазать Эстрожель? У меня небольшая жировая складочка. Продам инфу по но_офре_скам дорого. На предплечья мазал тоже, там следов не осталось».

Голгофский: «Эффективнее по практике мазать на живот, если не очень жирный. Можно на бедра, но будут пятна на одежде. Проект Изюм&ина? Главное не раньше чем через 10—11 часов после последнего намазывания».

Уточка 023: «А какой шанс стать ламповой тяночкой за полгода, если мну сорок? Его самого. Упарываю синестрол и эстрадиол».

Голгофский: «Низнаю, зависит от сабжа. Что нужно? Скинь свою фоточку или давай встретимся».

Уточка 023: «Нужен нормальный гайд по развитию оргазма от стимуляции простаты, технику «мост» знаю. Аванс, гарантии экстракции и обустройство по типу «Tamarind seed». И, конечно, попрыгать голенькими вместе».

Голгофский лезет в сеть. «Tamarind seed» — это кино 1974 года про советского перебежчика Feodor Sverdlov, которого играет Омар Шариф — в конце фильма тот заселяется в неплохой домик где-то в свободном мире, куда к нему едет пожилая англосаксонская тянучка модели «true blue». Намерения и аппетиты Уточки 023 понятны.

Голгофский чувствует, что дальше начинаются танцы на минном поле и он рискует жизнью всерьез — но инстинкт исследователя побеждает. Голгофский решает вступить в игру. С массой предосторожностей он назначает неизвестному встречу в центре Москвы.

«Попрыгать голенькими вместе...»

∗

Голгофский тщательнейшим образом готовится к встрече. Главная его головная боль — это верный выбор одежды.

«Как должен одеваться британский разведчик? — вопрошает Голгофский. — Нет, не обрыдлый рекламный агент британского имериализма с двумя похо-

жими на яйца нулями перед до странности неболь-
шим острием (верно, втайне упарывает синестрол
и эстрадиол). Хоть его и играют по очереди все
топовые токсично-маскулинные символы неоколо-
ниального англо-саксонского патриархата и белой
мужской привилегии, в реальном мире такого клоуна
в бабочке примет первый же встречный опер. Как выглядит настоящий сотрудник британской разведки,
крадущийся по холодной и неприветливой московской улице? Особенно когда он не хочет, чтобы его
взяли под локти и поволокли в *Лубьянка призон*?»

Отрадно видеть, что даже зачерствелое сердце
Онана-Варвара открывается прогрессивным ве-
трам, когда возможен моральный профит. Но Голгофский тут же возвращается в свой обычный мо-
дус, куда мы за ним не пойдем: пространные раз-
мышления и отступления нашего автора на тему
современной мужской моды опущены, поскольку
отдают махровой гомо- и трансофобией.

В конце концов Голгофский останавливается
на длинной стеганой рубашке на ватине («на улице мороз, но англичанин оденется именно так»),
рогатом войлочном шлеме («англичане иронич-
ны») и сапогах-казаках. Разумеется, Голгофский
берет на дело свою знаменитую трубку «Данхил».

Встреча происходит на Тверском бульваре.

Уточка 023 — это остроносый и остроусый чернявый мужчина лет сорока-пятидесяти; в нем
чувствуется что-то, как таинственно формулирует
Голгофский, «гуннско-сарматское» (интеллектуал

калибром поменьше сказал бы просто — «похож на молдаванина»).

Уточка одет под пожилого московского хипстера: такой сразу затеряется не то что в толпе, а в вагоне метрополитена или даже лифте. Вдвоем с Голгофским они великолепно дополняют друг друга и не привлекают чужого внимания.

Встав, они неспешно идут вдоль бульвара; Голгофский хлопает себя по бокам и заду, чтобы согреться (жест позаимствован у офицера вермахта из немецкой кинохроники — эклектично, но на предсознательном уровне убедительно).

— Называйте меня В.С., — говорит Уточка. — Это не мое настоящее имя. Вернее, не настоящие инициалы.

— Меня называйте Георг, — отвечает Голгофский хрипловатым от волнения голосом. — Давайте куда-нибудь спокойно поговорим и зайдем... Вернее, зайдем и спокойно поговорим.

Через полчаса блужданий по мглистой зимней Москве (слежки нет) В.С. приводит своего спутника в «Жан-Жак» («а куда же еще спрыгнуть с трансгендерной ветки двум няшным SIS», иронизирует Голгофский; у него мелькает вялая мысль, что напротив «Жан-Жака» надо бы открыть вегетарианский ресторан «Альфонс-Донасьен», но он на всякий случай не делится идеей со своим спутником).

В.С. заказывает «Крок-мадам». Голгофский заказывает «Крок-мадам» и «Крок-месье» и требует смешать их на одном блюде до полной гендерной нейтральности. В.С. хохочет. Атмосфера несколько разряжается; как романтично формулирует Голгофский, «общая аура предательства и измены окутывает нас спасительным темным коконом...»

— Думаю, нас не выпасли, — говорит В.С., — но впредь будем общаться по другим каналам. Как, решим позже.

Они принимаются за еду.

— Мы согласны на ваши условия, но с оговоркой, — сообщает Голгофский.

— Какой? — хмурится В.С.

— Мы сможем обеспечить вам новую идентичность, полный пансион и домик в достойном месте. Все как в «Tamarind seed». Но вот пожилую английскую девушку правильных политических взглядов вы будете искать сами.

В.С. опять хохочет. Теперь он окончательно расслабился, и Голгофский начинает расспросы. Он осторожно упоминает НИИ специнформации под Сухуми.

— Колыбель, — кивает В.С. — Изюмин именно там стажировался. В Сухуми работали старые кадры, последние русские масоны. Их когда-то обучили вы, англичане. Изюмин перенял у них технологию, а потом ее усовершенствовал. И сильно вас обогнал.

— Мы знаем, — кивает Голгофский. — И это нас заботит. Кто нейтрализовал Изюмина и почему?

В.С. дергает подбородком вверх.

— Большая игра. Изюмин слишком в нее заигрался. Вышел за пределы своего, так сказать, мандата.

— Насколько далеко он зашел?

— Весьма далеко, — говорит В.С. — Вы будете неприятно удивлены.

— Его лаборатория еще работает?

— Мастерская, — поправляет В.С., — мы называли ее «мастерская». Нет, ее закрыли сразу же после... несчастного случая с генералом. Некоторых сотрудников перевели на другие спецпредприятия. А меня, например, просто уволили.

Мотивация Уточки 023 становится окончательно ясна.

Информатор плохо выглядит — он, похоже, злоупотребляет наркотиками. Голгофский передает ему конверт с тремя тысячами долларов мелкими купюрами — это его собственные сбережения, которые он выдает за английскую «стипендию». Это окончательно успокаивает В.С. — тот знает, какими суммами оперирует МИ-6 при подкупе русских агентов, и все его сомнения насчет Голгофского отпадают. Он даже делает тому своеобразный комплимент:

— Величие и профессионализм офицеров британской разведки, — говорит он, — оцениваешь в полной мере только тогда, когда узнаешь, за какую зарплату они трудятся...

Голгофский грустно и гордо кивает.

— Мы знаем, чем занимался Изюмин, — говорит он. — Единственное, что нам надо уточнить, это терминологию. Речь идет о химерах. Верно?

— Химеры? — переспрашивает В.С. — Да, именно. Это очень старый термин, еще масонский. Мы тоже им пользовались в обиходе, но в официальной отчетности у Изюмина продукт называли немного иначе. Химема. Тоже в женском роде, но с «м» вместо «р».

— А что это?

— Это гибрид «химеры» и «мема». Особого смысла в таком переименовании не было, но «химера», согласитесь, отдает каким-то... не знаю. Оккультным макабром. Ассоциируется с чем-то ложным и фальшивым. А ведь в спецслужбах финансирование распределяют люди. Попробуйте получить деньги под *химеру*. Не факт, что дадут. А вот боевые *химемы* — совсем другое дело.

— Ага, — кивает Голгофский. — Похоже на химию. Вы это любите.

— Вот именно. Начальство у нас старой закалки. Обожает всякие газы, яды, уколы зонтиком. Олдскульный двадцатый век...

— Кстати, — говорит Голгофский небрежно, — а Изюмин знал что-нибудь про британскую деятельность по созданию химер для России?

Голгофский, конечно, рискует. Ему ничего не известно о предмете и он не знает, как В.С. отреагирует на вопрос. Но информатор спокойно отвечает:

— У нас были только самые общие сведения. Мы знали о семьдесят восьмой бригаде на базе в Беркшире. Которая расположена по соседству с семьдесят седьмой, но входит в систему JTRIG.

Голгофский вдумчиво кивает, словно понимает, о чем речь.

— Кстати, насчет семьдесят восьмой бригады, — продолжает В.С., — очень напоминает по планировке Объект-12, вы не находите? Такие же унылые бараки. Даже гуманитарный блок похож.

Голгофский догадывается, что «гуманитарным блоком» В.С. называет здание, где разрабатываются сами химеры.

— Наверное, — продолжает информатор, — любая страна построит для этих целей схожую конфигурацию зданий. Можно определять прямо со спутника...

— Интересная мысль, — отвечает Голгофский. — Надо будет сказать нашим аналитикам. А что такое Объект-12?

В.С. глядит на него с удивлением.

— Это место, где работал Изюмин. То же самое, что «мастерская».

— А, ну да, — говорит Голгофский, чувствуя, что вот-вот спалится, — мы его называли «лаборатория икс». Мы к этому вернемся чуть позже, с вашего позволения. Мне интересно узнать другое — какие из наших химер вам удалось идентифицировать?

— Мы видели только самые общие направления вашей деятельности, — отвечает В.С. — Знали, что вы усиленно работаете над реабилитацией Сталина. Мы, например, отчетливо засекли ваши мемы «эффективный менеджер», «полководец Победы» и «красный Царь». Вообще, мы видели сильный вектор по популяризации всего советского и имперского. Особенно при работе на молодежь, которая не жила при совке и не помнит, как он смердел перед смертью. Это тонко, очень тонко...

Голгофский значительно кивает.

— Вообще, — откровенничает В.С., — у Изюмина был умный подход к тому, как обнаруживать химеры даже без спецсредств, навскидку. Надо, говорил он, всмотреться в ту область, которая традиционно считается сокровенной и сакральной зоной проявления национального духа — и выяснить, что нового и необычного там шевелится. С высокой степенью вероятности в Америке это будут химеры ГРУ, а в России — английские.

— А Америка?

В.С. презрительно машет рукой.

— Американцы, если честно, туповаты. Они в основном продвигают свои айфоны и Голливуд. У них уже давно непонятно, где разведка, где масс-медиа и где маркетинг. А вот вы, британцы, действуете не в пример тоньше.

Мы еще увидим, какой ошибкой была такая оценка американских возможностей, но пока что Голгофский проглатывает все сказанное. Ему хочется спросить, готовил ли Изюмин какие-нибудь химеры в поддержку Трампа, но он сдерживается.

— Вы тоже неплохо отработали по Брекзиту, — говорит он.

— О да, — соглашается В.С. — Если бы не ляпы.

Он начинает рассказывать, как Изюмин трудился над Брекзитом — и Голгофский замирает: при нем впервые описывают архитектуру и действие боевой химеры.

— Работал продукт примерно так, — говорит В.С., — англичанин читает какой-нибудь безобидный твит и вдруг чувствует себя гражданином великой Британской Империи, глядящим через канал на кровавую европейскую бучу. Слева Киплинг, справа тоже Киплинг, а там — кишащая немытыми мигрантами нищета, кряхтящая под воспрявшими краутами Европка, веками тянувшая к горлу Британии свои скрюченные пальцы... Германия всего в шаге от своей вечной цели: захватить гордый остров, подчинить его своим правилам и параграфам... Но нет, не перевелись еще свободные бриты в земле русской!

Голгофский смеется.

— Конечно, — добавляет В.С. заискивающе, — мы боролись насмерть, но вас, англичан, Изюмин уважал. Он говорил, что медиумы МИ-6 самые сильные в мире — и намекал, что именно они изображены писательницей Роулинг в виде колдунов Хогвартса с «волшебными палочками» в руках. Эти палочки — служебные стилусы. Описанный ею мир магов — это аллегория англо-саксонских оккультных спецслужб. Вы бы с этим согласились?

Голгофский делает нейтральный жест — как бы кивает и одновременно пожимает плечами. В.С. принимает это за согласие.

— Мы до последнего дня работали английскими стилусами, — жалуется он. — Производить сами так и не научились. Закупали через трех посредников в том же месте, что и вы. А наш Воланька еще чего-то от нас требует...

— Когда вы поняли, что мы засекли вашу активность? — спрашивает Голгофский.

— После операции «Брекзит». Видимо, вы проанализировали как следует ноокод и нашли... как бы это сказать... кириллические ляпы. Вот эти «бриты в земле русской» и так далее. МИ-6 после этого уже знала, с кем имеет дело. Ведь верно?

Голгофский с улыбкой кивает. Ему интересно другое — что это за «безобидный твит», про который упомянул В.С.

— Как что, — удивляется информатор. — Активатор.

— Активатор? — переспрашивает Голгофский, хмурясь.

Во взгляде В.С. мелькает подозрение — видимо, английский эмиссар должен знать про такие вещи. Голгофский понимает, что он на грани провала. И тут его осеняет.

— Ну да. У нас его называют триггером.

— Да-да, — кивает В.С., — Изюмин тоже так часто говорил. А вы разве работали не через твиттер?

— В МИ-6 для этих целей предпочитают фейсбук.

— Понимаю, — соглашается В.С. — Надежней и безопасней. И по России охват больше — здесь все у Цукера под колпаком. А твиттерные ключи имеют свой риск. Ограничение по объему... Возможны случайности. Но согласитесь, что в этой области мы вас обогнали.

— В чем именно?

— С удаленной активацией. Это было одно из главных экспериментальных открытий Изюмина. До него в голову никому не приходило, что химеры можно активировать без внешней резидентуры. Я имею в виду, без доступа к западным СМИ. Кодовые фразы в Нью-Йорк Таймс, вербовка телекомиков — все это сразу отпало. Достаточно, в сущности, одного грамотно размещенного твита. Если его увидит пара сотен людей, начнется цепная реакция и эффект воронки. А если начнут ретвитить... Американцы теперь тоже используют для активации твиттер.

Голгофский кивает.

— Мы это обсудим подробнее, — говорит он. — Лучше при следующей встрече. В каком сейчас состоянии лаборатория икс? Я имею в виду, Объект-12? Где она?

В.С. озирается. Вокруг, как выражается Голгофский, «распускается сто цветов измены», но что-то все же настораживает информатора.

— Знаете что, — говорит В.С., — давайте расходиться. А завтра утром я вас туда свезу. На незаметной машине.

— Это не опасно? — спрашивает Голгофский.

В.С. мотает головой.

— Там давно уже никого нет. Объект даже не охраняют — он списан под снос. Но все равно оденьтесь неприметно.

*

На следующее утро Голгофский берет с собой две мормышки для подледного лова. Мало того, он одевается в зимний камуфляж армии США (хайтек-спецпарка для особо холодных температур) —

надежный способ сойти за какого-нибудь московского доцента-гуманитария, придавленного без-
временьем и бытом.

Встреча назначена на автобусной остановке
в малолюдном месте.

В.С. подъезжает на сером «гольфе» с заляпан-
ными замерзшей грязью номерами. Окажись это
обычный гэбэшный «лэндкрузер», Голгофскому
было бы спокойнее — а тут даже непонятно, чего
ждать.

Увидев камуфляж Голгофского, В.С. одобрительно ухмыляется.

— Ехать долго, — говорит он. — Но зато все увидите сами.

Они кое-как выбираются из мерзнущей в проб-
ке Москвы, проезжают Химки и катят дальше.

Вдруг В. С. тормозит в пустынном месте. Из-
виняясь, он объясняет, что напился перед дорогой
чаю — и выходит из машины. Голгофский думает,
что сейчас его убьют, и переживает один из своих
фантомных дыбов пополам с серьезным — до про-
ходящей перед глазами жизни — катарсисом.

«Мы тормозили так три раза, и каждая из этих остановок фантомно стоила мне клока седых волос...»

И десятка лишних страниц нам, добавили бы мы.
Незачем повторять описание одного и того же животного ужаса целых три раза. То же и со сценами
прожитой жизни, мелькающими перед внутренним взором на обратной перемотке. Одного отчета

вполне довольно — сами события ведь не изменились.

Голгофский боится задавать вопросы про объект, на который они едут, потому что его может выдать незнание каких-то специфических нюансов. Он возвращается к теме вчерашней беседы.

— Вы начали рассказывать про «Нью-Йорк Таймс» и телекомиков, — говорит он. — Не можете пояснить?

— А, — отвечает В.С., — это были методы активации химер до эпохи социальных сетей. Мы раньше пользовались главным образом этими двумя каналами. По ним проходили скрипты активаторов, как мы их называли. Ну, или, как вы теперь говорите, триггеры.

— Что именно служило триггером?

— По-разному.

— Можно пример?

В.С. ненадолго задумывается.

— Ну вот типичный случай из старой практики. У нас был агент — выпускающий редактор «Нью-Йорк Таймс». Передовица этой газеты содержала фразу «Soviet officials fear that the advisers could become targets in any attack on Iraq by the American-led forces in the Persian Gulf»[1].

Голгофский вздыхает.

— И тогда то же самое было? А мы в Англии

---

[1] советские официальные лица боятся, что советники могут оказаться под ударом в любой атаке американской коалиции на Ирак.

уже и не помним... И что? Американцы, прочитав эту фразу, ощущали желание вторгнуться в Ирак?

— Нет, — качает головой В.С. — Они вообще не вспоминали ни про Ирак, ни про русских. Но зато видели мысленным взором позор рабства и сегрегации, ощущали вину перед черной частью нации и чувствовали, что термин «Afro-American» крайне оскорбителен своей парикмахерской пренебрежительностью. И говорить следует исключительно «African American». Это за несколько лет стало культурной нормой, а первый термин попал под политкорректное табу. Вот так это работало.

— Чушь какая-то. Ведь в этой фразе даже нет такого слова. Какая связь?

— Никакой, — ухмыляется В.С. — Вот поэтому Изюмин и строил подобные схемы активации. Именно потому, что никакой связи. Заложенный в химеру триггер может быть любым. Просто любым.

— Но почему это так действует? Ведь далеко не все американцы, наверное, читали эту статью в «Нью-Йорк Таймс».

— Не все, — соглашается В.С. — Но здесь вступал в действие эффект воронки узнавания.

— А что это?

— Разве вы не знаете? — удивляется В.С.

— Возможно, знаю, — отвечает Голгофский, чувствуя, как напрягаются мышцы шеи. — Просто у нас другая терминология. Опишите процесс.

— Стандартная развертка. Химеру замечает кто-то один, делится своим переживанием с другими, и те немедленно начинают видеть то же самое. Чем больше людей видит химеру, тем шире становится воронка узнавания и тем больше в нее вовлекается новых людей даже без вербального обсуждения вопроса. Вы читали рассказ Гоголя про Вия?

Голгофский предусмотрительно говорит:

— Не припоминаю. У нас плохо было с русской литературой.

— Это... Ну в общем такой демон, появляющийся на шабаше в деревенской церкви. Ему поднимают веки, он видит прячущегося героя и говорит: «Вот он». И беднягу сразу замечает вся остальная церковная нечисть. В нашем случае участники как бы поднимают веки друг другу, и происходит лавинообразный процесс.

— Теперь ясно, — говорит Голгофский. — Мы это называем просто цепной реакцией. Скажите, а почему вы работали через телекомиков? Как у вас вообще появилась такая идея?

— Это беспринципные и продажные люди. Когда за большие деньги их просили вставить в текст какую-нибудь безобидную кодовую фразу, они соглашались. Мы работали с тремя. Потом остался только один, но с большим охватом.

— Кто?

— Имени не знаю. Агент «Шерстяной». Или просто «Килл Билл». Догадываетесь, кто это?

Голгофский недоуменно пожимает плечами.

— Нет, — отвечает он. — У нас в Британии свои телекомики. Мы их называем правительством... Кого еще можете назвать?

— Какая-то «Бешеная». Изюмин называл ее

«моя бешеная коровка». Настоящего имени тоже не знаю. Она, кажется, не телекомик, а дикторша на одном из главных каналов — хотя в последнее время мы совсем перестали ощущать разницу. Изюмин ей еще все время депеши слал — ты, мол, почаще наезжай на Рашку. Маскируйся. И это, под лесбиянку коси.

— А какими были триггеры, проходившие через телекомиков? — спрашивает Голгофский.

В.С. хмурится, вспоминая.

— Ну, например, чтобы активировать химеру, запустившую вторжение в Афганистан, была использована кодовая фраза «At this point I noticed that my penis is getting thinner and thinner»[1]. Наш комик вплел ее в свою вечернюю белиберду очень органично. Я помню, потому что сам работал над этой темой — был еще стажером... А вот химеру, побуждавшую передовых американских феминисток требовать, чтобы мужчины мочились сидя, активировали по телевидению какой-то фразой, дословно ее уже не вспомню, смысл которой был в том, что Саддам Хусейн вывез свое оружие массового поражения на трех русских баржах. Мы для этого наняли пожилого американского генерала. Изюмин любил такие контрасты.

— Странно, — хмыкает Голгофский. — Казалось бы, логичней было наоборот... Помснять триггеры местами.

---

[1] в это время я заметил, что мой пенис становится все тоньше и тоньше.

313

— Поймите, активирующая фраза совершенно не важна. Как говорил сам Изюмин, мы не соломоны — дело не в кольце, а в гранате...

— Эта последняя химера, кстати, у вас не сработала, — говорит Голгофский. — Насчет установки мужчинам мочиться сидя. Не прижилось.

— Вмешались фабриканты писсуаров, — отвечает В.С. — Знаете, какие там крутятся деньги? Писсуарщики подняли в бой свою медиа-армаду и начали яростно штопать матрицу традиционного нарратива. Тогда Изюмин приказал отступить в тень. Нашим главным правилом было действовать незримо... Но это был чуть ли не единственный случай, когда мы получили от американцев реальный отпор. По всем остальным вопросам они безропотно приняли позу покорности. И дело тут не в их трусости или глупости. Так уж действуют химеры. У вас возникает ощущение, что вам нашептывает советы целый хор внутренних голосов, переть против которых выйдет себе дороже...

Машина тормозит.

— Все, приехали.

Вокруг — полумертвая промышленная зона. Людей почти не видно. Машина стоит у невыразительного забора с колючей проволокой. Голгофский не обратил бы на такой внимания — мало ли в Отечестве оград с колючкой?

За нее не полезешь, но В.С. достает из хипстерского рюкзачка планшет, затем маленький дрон — и запускает его прямо из окна машины.

Голгофский видит на экране планшета одинаковые длинные бараки серо-желтого цвета. Их унылая планировка и общая мрачная аура чем-то напоминают нацистский концлагерь. Рядом с бараками — довольно большое здание, похожее на проектный институт. На стене мозаика, напоминающая своей стилистикой о сухумских руинах: лыжник с ружьем на спине, беззаветно запрокинувшаяся гимнастка — и огромный веселый лось в хоккейной форме, на коньках и с клюшкой.

Голгофский узнает рисунок на шторе из генеральского кабинета.

— Лось, — говорит он. — Почему лось?

— О, это смешная история. Вы же знаете, у нас в армии любят веселые названия. Огнемет «Буратино», газ «Черемуха». Проект Изюмина сначала имел только цифровой шифр, и мы долго не могли ничего придумать. А потом Изюмин увидел в кино, как делают татуировки якудзам, и восхитился — татуировщик даже не колет, а так нежно тычет тростинкой... Как будто только касается кожи, легко-легко. Химеры ведь тоже своего рода татуировки, да? Вот он и назвал весь наш проект «Искусство Легких Касаний», сокращенно «ИЛК». Если переписать английскими буквами — «и», «эл»,«кей» — получится «elk», лось. Поэтому лося выбрали нашей эмблемой...

— А почему он с клюшкой? — подозрительно спрашивает Голгофский. — Это потому, что Путин любит хоккей?

— Не думаю, — отвечает В.С. — Хотя кто его знает.

Видно, что комплекс еще недавно работал, но теперь он мертв: чернеют выбитые окна, свисают обрывки проводов. Потом на экране планшета появляется пристройка, которую трудно не опознать: это крематорий с высокой трубой. И вороны, везде вороны...

— Неужели, — шепчет Голгофский, — неужели тут был...

В.С. понимает с полуслова.

— Это не лагерь уничтожения, — отвечает он. — Вернее, можно назвать это место и так, но убивали здесь не людей. Это птицефабрика. Здесь разводили индюшек. А вон в том двухэтажном корпусе — свиней. Но их было меньше, свиньями работали по Британии и Германии. А по Америке — исключительно индюшками.

— Индюшки? — хмурится Голгофский. — Вроде не самый ходовой в России деликатес.

— Мясо тоже отправляли в Америку, — отвечает В.С. — А когда не могли продать — так часто бывало — сжигали. На внутренний рынок продавать запрещалось. У Изюмина были свои суеверия. Поэтому и построили крематорий.

Голгофский кивает. В Абхазии он видел выветрившийся скелет фабрики химер. Здесь перед ним совсем свежие останки.

В.С., похоже, испытывает за свое прошлое своеобразную гордость. Он тычет пальцем в экран.

— Вот тут, видите, были трансовые комнаты. Только не в трансгендерном смысле. Комнаты для служебного транса.

— Вот здесь?

— Нет. Здесь. Где решетки на окнах...

— А по какой технологии, кстати, вы входили в транс?

— Об этом давайте поговорим после экстракции, — улыбается В.С., — мне же надо сохранить у вас хоть какой-то интерес к нашим методам... Пока скажу, что в этом здании разработали всю американскую политкорректность, identity politics[1], гендерную шизу и левый активизм. Я имею в виду, пока не подключилось ЦРУ. Они понемногу отжали у нас левый вектор, но что-то менять было уже поздно... Левым активизмом и политкорректностью занимался отдел на втором этаже. Видите, вон там, где синий шланг торчит...

— Прямо-таки всю политкорректность здесь разработали? — хмыкает Голгофский.

— Ну, не всю, может быть. В конце восьмидесятых, когда здесь началась работа, она уже существовала в зачатке. Но в целом главный массив нейролингвистических удавок и невротических практик, ассоциируемых с этим названием, был придуман именно здесь. И здесь же химеризован на индюшках.

— Почему именно на индюшках? — спрашивает Голгофский.

— У американцев это национальное блюдо на День благодарения, — отвечает В.С. — Источник животной энергии может быть любым, но Изюмин

---

[1] политика идентичностей.

отличался суеверием. Вернее, даже не суеверием, а известным магизмом мышления. Индюшка ассоциируется с Америкой, и для него это было важно. Мало того, он считал, что если американцы вдобавок сожрут использованную индюшатину, татуировка психополя будет держаться еще прочнее. Поэтому он всегда настаивал на таком решении, несмотря на технологические проблемы.

— Какого рода? — спрашивает Голгофский.

— На одну химеру уходило по сотне индюшек, и с каждой нужно было проводить отдельный ритуал, причем быстро. Когда работали по Англии, на ту же мощность ноофрески хватало двух-трех больших свиней. Но американские химеры и правда выходили более прочными. Они держатся с восьмидесятых.

Голгофский отмечает эту «мощность ноофрески», но не задает вопроса — термин интуитивно ясен. Использование птицы вместо крупных животных тоже не удивляет: понимавшие в долговечности египтяне не зря возились с лягушками и черепахами. Но кое-что остается непонятным.

— Вот вы говорите, политкорректность, левый вектор. Но ведь это, так сказать, общественная жизнь. Выборы, экономика, война — это ясно. Но вы занимались еще и культурой?

— В последние годы мы работали исключительно по западной культуре. Вносили в нее несущественные на первый взгляд, но глубокие и необратимые коррективы.

— Зачем это было Изюмину?

— В этом и состоял его адский план. Западные спецслужбы хорошо понимали, что в двадцать первом веке нет никакой разницы между культурными процессами и военными действиями. Поэтому они много занимались нашей культурой и через своих агентов влияния в целом контролировали ее повестку. Вот только за процессами в собственной культуре они практически не следили. Были очень самоуверенны. Американская душа оказалась беззащитна перед ноосферной атакой через полюс просто потому, что такого никто не ждал. Это был Перл-Харбор духа, причем многолетний.

— Удар в спину?

— Вот именно. Отравленным, я бы сказал, хвостом. Задачей Изюмина было прорыть в здоровой и рациональной американской психике как можно больше абсурдных нор и дыр, постепенно превращая ее в нечто среднее между прогнившим термитником и передержанным сыром «рокфор». Изюмин объяснял начальству, что объем внедренного в американскую культурную норму абсурда и левого идиотизма в какой-то момент станет критическим, и количество перейдет в качество. И американская культура просто... — В.С. щелкает пальцами в поисках слова, — implode, обрушится внутрь самой себя. И тогда Россия восторжествует...

— Хм, — говорит Голгофский, - допустим. Но как вы могли придумывать все необходимые смысловые конструкции? Ведь для того чтобы нормально работать по чужой культуре, надо в совершенстве ее понимать.

В.С. несколько секунд глядит на Голгофского, потом снисходительно усмехается.

— Здесь служили люди, которые понимали ее лучше любого американца, уверяю вас... Но давайте поговорим об этом позже. Завтра или послезавтра.

Он дает дрону команду на возвращение.

— Все, уезжаем... А то мало ли...

*

Голгофский встречается с В.С. еще один раз.

Ему стыдно за себя, потому что он обманывает доверившегося ему человека, и за В.С., поскольку тот, как ни крути, предатель своей страны. Сложное положение, и Голгофский был бы рад избежать его... Но иначе доступа к нужной информации не получить. Путь к дереву познания, как и на заре истории, лежит через грех.

Из рассказа информатора Голгофский узнает, что все семидесятые и восьмидесятые в Америку просачивались замаскированные под выезжающих евреев агенты КГБ и ГРУ — государство тихонько снабжало их требуемым «пятым пунктом», как в те годы называли графу национальности в документах.

Приветливая и доверчивая Америка, улыбаясь, встречала курносых блондинистых «евреев», которые ныряли в великий плавильный котел, но и не думали честно в нем плавиться по примеру Арнольда-терминатора. Тихонько отгребая в сторону, они затаивались среди шлака и следили оттуда за происходящим холодными водянистыми глазами.

Нью-Йорк, Лос-Анджелес, Майами, Чикаго, Детройт... Нет, эти ныряльщики не были спящими агентами, ждущими активации из Москвы. Их миссия была куда коварней. Пропитываясь чужой культурой, они постигали ее мельчайшие нюансы, становясь неотличимыми от американцев в восприятии реальности. Они, собственно, и становились американцами — но это были американцы с двойным дном.

Вот только арестовать их было не за что. Они не нарушали американский закон. В нужный час по свистку из центра они паковали чемодан, летели назад в Россию — и поступали в штат Изюмина. А вот там, там...

— Дело в том, что в культурном смысле Россия тех лет была весьма близка к Америке, — откровенничает В.С. — Люди слушали ту же музыку, читали те же книги, смотрели те же фильмы. Молодежный жаргон состоял в основном из искаженных английских слов. Россия была своего рода недоамерикой, изо всех сил старающейся пролезть в америки настоящие. Это было и смешно и трагично — но одним из побочных эффектов такого положения дел была почти общая для двух культур ноосфера...

«А это, – пишет Голгофский, – означало, что созданную в России ноофреску можно было сделать видимой для миллионов американцев – как гениально догадался в позднее советское время молодой еще Изюмин. И никто даже не подумал бы, что имеет дело с подрывной работой другой страны...»

Это было великое открытие. Толстовские фермы, британские советы, отделы культуры при российских посольствах и прочие конторы прикрытия устарели мгновенно и навсегда. Саудовские эмиссары, приезжающие мутить небо на курбан-байрам — тоже. Россия вырвалась далеко вперед в гонке самых секретных и страшных вооружений.

— Какую задачу ставил перед собой Изюмин? — спрашивает Голгофский своего информатора.

— Разумеется, сокрушить Америку, — отвечает В.С. — Но он понимал, что с такими здоровыми и вменяемыми людьми, какими были американцы конца двадцатого века, проделать подобное будет сложно. Поэтому его задачей было разрушить то главное, что делало Америку Америкой — ясный, рациональный и свободный американский ум. В идеале он хотел превратить США в такое же тупое и лживое общество, каким был Советский Союз семидесятых. Задачей Изюмина было свернуть свободу слова и создать в Америке омерзительную и душную атмосферу лицемерия, страха и лжи, погубившую Советский Союз. С той же аморалкой, парткомом, кучей запретных тем и избирательным правосудием — с поправками на американские реалии, конечно, но все же.

— Как это пришло ему в голову?

— Изначально это была идея одного старого масона из ГУЛАГа, — отвечает информатор. — Воспроизвести в Америке, как он выражался, советский астральный воздух.

Голгофский хмурится.

— Вы это серьезно?

— Изюмин говорил так — глаза боятся, а руки делают...

— И как по-вашему, это удалось?

— А то вы не видите. Еще как. Можно смело считать генерала Изюмина главным архитектором современной американской культуры. Во всяком случае, того, что отдает в ней тяжелым идиотизмом, лицемерием и психопатией — а это, как вы понимаете, почти все, из чего она сегодня состоит. За последние двадцать лет Изюмин превратил американскую культуру в такую, знаете, чокнутую бензопилу, которая пилит пополам саму себя — и американские мозги заодно. Никто не смог ему помешать.

Голгофский вздыхает.

— Чем занимался лично Изюмин? — спрашивает он.

— Общим руководством. Лично он курировал только гендерную идеологию, это было его хобби. Все эти уборные для третьего пола и новые гендерные местоимения были разработаны майором Соней Козловской, его главной консультанткой и экспертом. Она выросла на Манхэттене и с молоком матерей...

— Понятно, — говорит Голгофский, — понятно. Я имею в виду не это, а стратегические направления.

В.С. улыбается недогадливости собеседника.

— Это они и были. Но если вы в олдскульном смысле... Изюмин, конечно, изо всех сил стремился нарушить американскую социальную гармонию и противопоставить один процент, которому принадлежит Америка, остальным девяноста девяти. Он мечтал стравить между собой Джефа, так сказать, Безоса — и тех, кто пашет на него, питаясь на продовольственные талоны.

Голгофский поднимает бровь.

— Вы правда полагали, что у вас такое выгорит?

— Сперва задача казалась невыполнимой, — кивает В.С. — Но на это были брошены огромные интеллектуальные ресурсы. Если мне не изменяет память, сожгли около семнадцати тысяч индюшек. И если вы проанализируете настроения современных американцев, вы увидите, что диверсия удалась.

— А расовые вопросы? — спрашивает Голгофский. — Сеяли расовую рознь?

— Это было запланировано главным образом на будущее.

— Как именно?

— Изюмин собирался ввести race fluidity. Расовую подвижность, если по-русски. Логика его, надо сказать, была безупречна. Он рассуждал так — гендерную подвижность мы уже внедрили. Но если можно быть мужчиной в теле женщины, почему нельзя быть негром или индейцем в белом туловище, и наоборот? Особенно если это несет социальную выгоду? У них такое уже вовсю практикуют разные сенаторши, но мэйнстримом это пока не стало. Изюмин хотел, чтобы выбор осуществлял сам человек в детстве, пересматривал его в любое время, и это право стало таким же незыблемым, как право на выбор гендера. Изюмин полагал, что остатки здравого смысла в американском массовом сознании после этого окончательно сойдут на нет.

Голгофский мрачно кивает.

— А как у вас проходил рабочий процесс?

— Это надо было видеть. Летом Изюмин возлежал во внутреннем дворе под тентом — там до сих пор столбики торчат, помните?

Голгофский не помнит — он видел двор только мельком.

— А на чем Изюмин возлежал?

— На футоне или на коврах с подушками. Когда было жарко, ему стелили прямо на траве. Все время пил чай с ликерами — у него была любимая чайная доска из красного дерева, которую адъютант всюду за ним носил. Одевался он чаще всего в китайский халат из маскировочного шелка...

— Простите?

— Ну, очень качественный шелк, а рисунок на нем — не цветы и птички, как обычно, а цифровой камуфляж. И генеральские погоны на плечах... У него еще седая бородка была и длинные седые волосы. Все вместе весьма впечатляло. Обслуживающий персонал, не знавший, что он и правда генерал, часто принимал его за фрика.

— Возлежал, — повторяет Голгофский. — Он что, лежа отдавал приказы?

— Это не было похоже на приказы и вообще на военный стиль руководства. Его помощники и консультанты обычно садились на подушки вокруг, а он... Как бы это сказать, думал вслух. Разглагольствовал. И в процессе этого расслабленного разговора рождались проекты новых химер.

— Например?

В.С. задумывается, вспоминая — и на его губах появляется улыбка.

— Вот, например, хорошо помню один вечер. Изюмин сначала долго слушал китайскую музыку. Пекинскую оперу, если не ошибаюсь. Что-то про любовь, как он объяснял — а по мне, словно мартышку ножовкой пилят. А потом говорит: пацаны, а почему бы нам немного не подправить американскую сексуальность? Его спрашивают — как, еще? Куда же дальше? А он говорит — есть куда, есть.

В.С. замолкает. Видно, что воспоминание ему приятно.

— И куда же? — спрашивает Голгофский. — Какая была идея?

— Идея была такая — известно, что по статистике женщина испытывает оргазм в основном от стимуляции клитора. А все эти легенды про внутренний G-spot — уловка маркетологов, создающих рыночную нишу для новых электромастурбаторов. Вот Изюмин и говорит — надо, мол, открыть американским активисткам глаза на то, что женщине в принципе неприятно и мерзко, когда мужчина пихает в нее эту свою волосатую гадость, и последние сто тысяч лет она терпит и мучается исключительно из-за своего бесправного положения.

— А что он планировал предложить взамен?

— Структура химеры была такой — поскольку заря передовой мысли осветила наконец цисгендерную гетеросексуальность надлежащим светом, следует ввести новую культурную норму — чтобы мужчина при половом контакте вообще не смел пользоваться своим патриархальным шприцем. Надо велеть мужикам перейти на пальцы и язык строго по лесбийской модели, а свою мерзкую половую нужду в одиночестве сдрачивать в уборной. Причем стоя — сидя можно только пи-пи и ка-ка. Глядишь, лет через двадцать будет демографическая яма. Ну и национальный нервный стресс, конечно, гарантирован... Мы сначала посмеялись, потом задумались, и Соня Козловская говорит — а что, ребята... Вполне. Сделать можно. Только не так. На мужика наденем перчатку, смажем лубрикантом — и продадим процедуру как оргиастическую медитацию осознанности. По линии McMindfulness[1]. Сначала сделаем стартап где-нибудь в Сан-Франциско — и еще денег заработаем для родного ГРУ. А потом уже внедрим в федеральном масштабе. С общекультурным вектором совпадает... Еще бы, отвечает Изюмин. Мы же не зря этот вектор уже двадцать лет выпиливаем.

— И как, воплотили?

В.С. пожимает плечами.

— Не знаю, это было одно из последних совещаний, на котором я присутствовал. Это была бы химера тактического калибра, такие делали быстро. Думаю, она уж готова и даже развернута.

---

[1] МакМайндфулнесс — ироническое обозначение коммерциализированных корпоративных психотехник на базе традиционной медитации осознанности.

А вот открыли на нее глаза общественности или нет, не в курсе.

Голгофский обращает внимание на это повторяющееся «открыть глаза общественности». Трудно, наверное, лучше объяснить в одной фразе, как химера раскрывается в массовом сознании при своей активации.

— Как еще работали по Америке?

— Да по-всякому, — ухмыляется В.С. — Последнее, что я делал лично — это химеру по общей теории относительности. Смысл был такой, что она расистская, потому что в разработке не участвовал ни один негр. У них в академических кругах такое сразу приживается, два раза стучать не надо. Но в основном внедряли социализм. Изюмин говорил так: еще десять лет проживу, и будет там совок образца семьдесят девятого года. Никто трех отличий не найдет.

— О, да он был циник.

— Еще какой, — кивает В.С. — Все время повторял — у них там будет не республика, а сказка с нашим концом. Сначала введем диктатуру меньшинств. То есть не самих меньшинств, ясное дело, а прогрессивных комиссаров, говорящих от их имени. А еще лучше комиссарш. И одновременно прокурорш. Таких непонятно откуда взявшихся кликуш, перед которыми все должны будут ходить на цирлах и оправдываться в твиттере под угрозой увольнения. Назовем это диктатурой общественного мнения. Потом отменим свободу слова под предлогом борьбы с hate speech — для всех, кроме наших. А затем посадим на царство какую-нибудь дурочку-социалистку или Берни. И получим вместо Америки большую невротизированную Венесуэлу с триллионными долгами.

— По оценкам Изюмина, это получалось?

— Не то слово. В последние годы его подразделение работало над формированием критической культурной ситуации, которую он называл «deplorables vs. unfuckables»...[1]

Голгофский на всякий случай хмыкает.

— Если вы посмотрите, — продолжает В.С., — чем живет современная Америка, вы увидите, что дело практически сделано. То есть свой план «Барбаросса» Изюмин выполнил. Ему оставался один последний удар. Финальная, так сказать, процедура. И в этот момент наше руководство решило Изюмина остановить.

— Почему?

— Я думаю, в Кремле просто испугались. Там ведь сообразили, чем вызван этот медийный шум о кремлевских ботах в твиттере, вмешательстве и этой фабрике троллей. Американское разведсообщество дало понять, что разгадало наши методы. Они, конечно, не могут рассказать широкой публике, что всю их гендерную шизу придумали в русских спецслужбах — они оскорбят своих левых и покажутся конспирологами. Но что про-

---

[1] Голгофский в своей книге передаёт эту труднопереводимую игру слов как «белый пролетариат против прогрессивной интеллигенции».

изойдет, если республиканскому сенату на секретном заседании предоставят доказательства, что вся американская политкорректность создана на ферме ГРУ? Наверное, они сразу поднимут в воздух стратегическую авиацию...

Голгофский задумчиво кивает.

— Было даже более важное соображение, — продолжает В.С. — В Кремле пришли к выводу, что уничтожать Америку нам невыгодно. Знаете, как с Римом — его многие не любили, но когда он рухнул, поднялось такое геополитическое цунами, что утонули все враги. Америка — это позвоночник современного мира. Мы можем не любить ее, но если сломать этот позвоночник, плохо будет всем. В том числе и нам. Последствия будут непредсказуемыми. Руководство это понимало, а Изюмин закусил удила... Говорил, что Америка никакой не Рим, а Карфаген, прикинувшийся Римом. А мы — это Рим, который назначили Карфагеном. Или нас надо в жертву принести, или их. Его спрашивают — кому в жертву-то? А он на лося нашего показывает и хохочет: мол, ему, кому же еще... Юмор у него был своеобразный.

— Да уж.

— И еще по лаборатории прошел один слух...

— Какой?

В.С. машет рукой.

— Неважно. Короче, наверху врубили заднего. Изюмину велели прекратить все работы по программе «ИЛК», но он все-таки решился завершить свою Царь-химеру. И когда наверху узнали, что она уже развернута...

Голгофский чувствует холодок под ложечкой. Этого выражения он раньше не слышал.

— Подождите-подождите, — перебивает он, — не так быстро. Что это за Царь-химера?

— Химера последнего удара. Ноосферная супербомба мощностью в пятьдесят тысяч индюшек. Как бы замковый камень в том здании, которое Изюмин строил двадцать лет. Завершающий аккорд.

— Можете точнее описать, что это такое?

— Ну... как бы объяснить. Все те изменения, которые группа Изюмина произвела в американской культуре, в принципе американцам по отдельности понятны и видны. Они их кое-как анализируют, рефлексируют и так далее. Но вот целостной и ясной картины той мрачной тюрьмы, которую построило для них ГРУ, у американцев пока нет. Они по старинке считают себя благородной республикой, продвигающей идеалы добра и свободы. И вот, чтобы раскрыть американцам глаза...

— Как Вию, — вставляет Голгофский.

— Вот именно... чтобы заставить их ясно увидеть ту шизофреническую оруэлловскую зверо-ферму, которой стала Америка в результате трусливой диверсии российских спецслужб, и была разработана Царь-химера.

— Что должно было случиться после ее активации?

— Никакого конкретного события. И одновременно сразу многое. У американцев словно спала бы с глаз пелена. Рассеялись бы иллюзии, еще скрывающие от них жуткую панораму их новой реальности, созданной на Объекте-12. Это, конечно, невероятно подкосило бы американский дух. Результаты были бы катастрофичны.

— Можете чуть подробнее?

— Я могу, но мне неловко.

— Почему?

— Знаете, Изюмин формулировал техническое задание на Царь-химеру в очень эмоциональных, неприличных и сексуально окрашенных терминах. Даже неудобно повторять — вы можете подумать, что это мои слова и мысли.

— Ничего, мы на работе, — отвечает Голгофский. — Валяйте.

— Ну... Там был заложен, например, такой ударный фактор, как неверие в свободную прессу. После активации Царь-химеры американцы должны были увидеть своих корпоративных журналистов как... Почему-то в техзадании это было прописано по-французски: les putes sans peur et sans reproche. Бляди без страха и упрека, которые даже за пять минут до атомного взрыва будут работать над своим резюме. Чувствуется рука гулаговского масона — наверное, использовали старые архивные наброски. Еще, помню, там было выражение «сучки в витрине».

— Почему в витрине?

— Знаете, сегодня журналисты формируют себе

в твиттере профессиональный профиль, где представлены все их мнения и оценки. Заводят как бы такую витринку, где их хозяйство разложено по прилавку — чтобы проще было нанимать. Царь-химера заставила бы американцев воспринимать журналистов как порноактеров, ежедневно выкладывающих в сеть свои снимки с воткнутыми в интимные отверстия матрешками... А самих порноактеров она заставила бы соревноваться, кто засунет матрешку глубже.

— Очень странно. Почему вдруг матрешки?

— Изюмин имел в виду борьбу прогрессивных журналистов с российской дезинформацией и угрозой.

— Угу, теперь понятно. Еще что-то?

— Была запланирована циничная атака на политических лидеров свободного мира. После активации Царь-химеры американцы остро ощутили бы, что вашингтонский сенатор и голливудская актриса — это одна и та же профессия, только актриса сосет у Харви Вайнштейна, а сенатор у Биб... Извините, дальше уже начиналась такая конспирология, что стыдно повторять. В идеале, говорил Изюмин, любой западный политик, не являющийся безусловным и очевидным подлецом, должен быть объявлен русским агентом.

— К какому результату это должно было привести?

— Американцы почувствовали бы, что живут не в свободной республике, а в гнилой олигархической империи и их страна — такая же точно управляемая демократия, как сами знаете кто, с таким же избирательным правосудием, подтасованными выборами и лежащей в основе всего ложью. Разница только в том, как конкретно организован тоталитарный менеджмент и где спрятана подтасовка... Это Изюмин так формулировал. Я лично вовсе не...

— Да понимаю, понимаю, — цедит Голгофский, — иначе вы бы к нам не пришли. Продолжайте.

— И, конечно, атака на культуру. Такая же безрадостная картина — завывающий над пустыней реальности славóй («В.С., наверное, хотел сказать «самум», — отмечает Голгофский, — иначе фраза непонятна»), синтетическое голливудское сало, обязательная реклама спецслужб, дрессированные творцы в своих сетевых витринках и торопливо приспосабливающиеся к левой повестке корпорации, распускающие в духовной тьме свою хайтек-паутину для сбора монеток с глазниц будущих мертвецов...

— О как. Это все?

— Нет. Самое главное — удар по identity. Царьхимера как бы создавала кривое зеркало, где американец видел на своем месте зависимое, запуганное и предельно озабоченное личным выживанием существо, от которого на каждом шагу требуется демонстрация верных политических взглядов и казенного патриотизма. Таким же примерно был советский человек семидесятых. Поэтому конечная линия развертывания химеры была обозначена так: современная Америка — это тоталитарный совок семьдесят девятого года с ЛГБТ на месте комсомола, корпоративным менеджментом на месте КПСС, сексуальной репрессией на месте сексуальной репрессии и зарей социализма на месте зари социализма...

— Что, — иронично спрашивает Голгофский, — и никакой разницы господин Изюмин не видел?

— Видел, — отвечает В.С. — Разница, говорил он, в том, что в совок семьдесят девятого года можно было привезти джинсы из Америки, а сегодняшняя Америка — это такой совок, в который джинсы уже никто не привезет. Из того совка можно было уехать, а из этого некуда. И «Голоса Америки» в нем тоже нет и не будет. Только три чуть разных «Правды» и один многоликий бессмертный Брежнев, который яростно борется сам с собой за право отсосать у Биб... Нет, ну это уже конспирология. Но вы только представьте себе — двуполый самооплодотворяющийся Брежнев, который никогда не умрет.

— Мрачновато, — говорит Голгофский. — Но сравнение с Советским Союзом звучит натянуто. Похоже, генерал Изюмин просто ненавидел прогресс.

— Да нет же, — отвечает В.С. — Как вы не понимаете? Дело не в идеалах, которые провозглашает американская культурная революция. Дело в том, что все эти идеалы — просто намалеванные на кумаче дацзыбао над строящейся зверофермой. Американцы этого не видят, потому что никогда в таком месте еще не жили. А нам это очевидно, потому что это наш национальный архитектурный стиль.

Голгофский кивает. Информатор продолжает:

— Формируемое царь-химерой тройное неверие — в политику, в медиа и в будущее — должно было полностью сокрушить американскую душу. А затем следовало дождаться очередной большой рецессии, чтобы материальный кризис наложился на духовный. Тогда, говорил Изюмин, в Америке начнутся *войны клоунов*...

— Простите? Может быть, клонов?

— Нет, именно клоунов. Изюмин имел в виду вторую американскую революцию.

— А что это значит? Ее что, будут делать клоуны?

— Нет. Во всяком случае, не только. Изюмин говорил, что американцы называют свою реальность «clown world». Каков приход, таков и бунт. Сначала запылает цветная во всех всех смыслах революция, которая сильно подпалит здание цирка. Затем будет гибридная гражданская война, а потом к власти придет военная хунта, где соберутся нормальные люди. И вот с ними уже можно будет вести диалог. Таков был дьявольский план ГРУ, заложенный в Царь-Химеру.

— Значит, Царь-химера уже развернута?

— Насколько я знаю, да, — отвечает В.С. — Но она не была активирована. Триггер был известен

только Изюмину. Он хранился в сейфе в его кабинете. Но после его... Ну, того несчастья, которое
с ним произошло, в сейфе ничего не нашли.

— А что представлял собой этот триггер?

— Царь-химера имела стандартный твиттерный
запал. То есть ее активировал обычный твит. Надо
было примерно шестьсот раз загрузить его в американские ветки — хотя бы в качестве ответа на
другие твиты — и в массовом американском сознании началась бы неостановимая цепная реакция
прозрения...

— Получается, — хмурится Голгофский, — вы
построили бомбу огромной разрушительной силы,
а взрыватель от нее куда-то пропал?

— Получается, так, — отвечает В.С.

— А эта Царь-химера может быть активирована случайно? Вдруг кто-нибудь наберет такой же
точно твит?

— Это практически исключено. В стратегические твиттерные запалы вставляется защитный
код из спецсимволов. Вероятность, что кто-то по-
вторит всю комбинацию вместе со словами, ни-
чтожна...

— У кого этот активатор может быть сейчас?

— Я не знаю, — отвечает В.С. — У Изюмина
дома было множество обысков. Ничего не нашли. Может быть, он просто заучил этот твит наизусть...

— И поэтому ваше руководство нейтрализовало
Изюмина, — задумчиво повторяет Голгофский.

— Я думаю, что Изюмин сам во всем виноват, — отвечает В.С. — Мог бы тихо жить на пенсии. Но за пару дней до своего... несчастья он разослал всем сотрудникам в личку один мэйл, который очень напугал наше руководство. Сейчас...

В.С. лезет за телефоном — и читает с экрана:

«Братья и сестры! К вам обращаюсь я, друзья мои! Наглые, продажные, насквозь лживые американские медиа уже несколько лет употребляют слово «русский» точно так же, как фашистская пресса употребляла слово «еврей». И это вполне нормально с точки зрения американских левых, содрогающихся при неправильном подборе гендерного местоимения. В ходу ежедневно обновляющиеся версии электорального навета... Из нас с вами ударными темпами делают новых евреев. Вспомним историю. У довоенных евреев было две проблемы. Первая — они долго надеялись, что все обойдется. Вторая — у них не было бомбы. Мы тоже верим, что все обойдется. Скоро бомбы не будет и у нас, потому что ее сделают бесполезной. Сейчас последние минуты, когда мы можем что-то изменить... Мужайтесь/женствуйтесь...»

— Ого, — присвистывает Голгофский. — Звучит серьезно. А что это за электоральный навет, про который он говорит?

— Он утверждал, даже в узком кругу, что мы на самом деле не вмешивались в американские выборы. Делали вообще все, кроме этого, но туда не лезли — потому что от президентских выборов зависит только меню Белого дома. Мы же не идиоты воевать с голограммами. Якобы это активное мероприятие ЦРУ по обработке собственного населения.

— В чем его смысл?

— Ну как в чем. Если вы скажете вменяемому американцу, что в Америке демократия, он скорей всего тихонько засмеется — там все знают, что живут при олигархии. Но если вы сообщите ему же про *атаку на американскую демократию*, он гневно сожмет кулаки — и некоторое время, возможно, действительно будет верить, что живет при демократии. Что называется, имплицитно. Это наша старая технология рефлексивного контроля — как у вас ее называют, «refleksyvny kontrol». Изюмина больше всего возмущало, что у нас технологии тырят.

— Понятно. Значит, ваше начальство решило, что Изюмин собирается...

— Вероятно, да, — говорит В.С. — Изюмин часто называл Царь-химеру бомбой. Был шанс, что Изюмин попробует ее активировать без санкции руководства.

— Но если разработанное им оружие действительно было непобедимо, почему это вас пугало?

— Знаете, — отвечает В.С., — я все-таки скажу про слух, который ходил по лаборатории в последние дни нашей работы. Он не слишком правдоподобный, но решайте сами. Якобы американцы получили доступ к нашим новейшим ноотехнологиям, усовершенствовали их и разработали химеру ответного удара. Сверхмощный ноосферный пенетратор под названием «MOAS». Его характеристики показались нашим лидерам такими впечатляющими, что... Возможно, с Америкой заключили какой-то тайный договор о ноосферном ненападении. Но доподлинно мне ничего не известно. Вашим лучше это знать.

— Вы серьезно надеялись договориться с Америкой? После всего, что натворили?

— Ну да, — пожимает плечами В.С. — Мы в последнее время даже брали у ЦРУ заказы по аутсорсингу. Через цепочку посредников, конечно, но они хорошо знали, кто выполняет работу.

— Например? — поднимает брови Голгофский.

— Например, химера «Майдан де ла Конкорд». Техзадание было получено через контакты в Монако, там же передан ключ активации. ЦРУ вообще интересовалось Францией. Мы делали для Лэнгли еще одну химеру — по этой французской триаде «либерте, эгалите, фратерните». Они хотели заменить «фратерните» на «идентите»[1]. Потому что сексизм, и вообще давно пора. Но химеру почему-то надо было сформировать не через стандартный забой свиньи, а через ритуальную порку трех девиц, одна из которых черная, а другая бывший десант-

---

[1] «братство» на «идентичность».

ник. Боялись, что иначе не приживется по культурно-историческим причинам. Думаю, они потому на аутсорсинг и пошли. В ЦРУ сейчас весь блэкопс-директорат из трансгендерных феминисток.

— И что вы?

— А что мы. Выписали из Парижа трех подходящих девок, привезли в спецхату на Рублевке и пороли их целый месяц за американские деньги. Во всех смыслах пороли. У них аж жопы облезли. Там сложный сценарий был — с камзолами, париками, семихвостками. Прямо кино про восемнадцатый век... Вроде стильная получилась химерка. Развернули. Но активировали ее или нет, не знаю. Это вы у своих спрашивайте. Заплатили американцы хорошо — и девушкам, и нам. Тоже, понятно, через посредников...

Голгофский прощается с информатором, обещая вскоре выйти на связь и обсудить окончательные детали побега.

— Скорей всего, — говорит он, — вывезем по выборгскому каналу...

В.С. кивает и благодарно улыбается.

Голгофский встает с лавки и уходит по пустому зимнему бульвару. Через сто метров какая-то сила заставляет его оглянуться. В.С. все так же сидит на скамейке, подняв воротник и далеко вытянув ноги в шведских унтах.

На утоптанном снегу перед ним прыгают три озябших голубя. В.С. кормит их хлебной крошкой из кармана.

*

На следующий контакт В.С. не выходит.

Голгофский выжидает четыре дня, потом с левой симки звонит консьержке в его дом. Консьержка дает ему телефон сестры В.С.

Голгофский звонит ей из метро, чтобы его сложно было отследить — и узнает, что В.С. отравился редким соединением кадмия, мышьяка и ртути. Формула яда уникальна — такой состав вырабатывали только на химкомбинате «Енисей» в конце нулевых годов.

Почерк ясен вполне.

В.С. не умирает (концентрации яда немного не хватило) — но у него поражены внутренние органы, выпадают волосы, и он парализован на всю жизнь. Он не может говорить. Ему предстоит жить — вернее, существовать — на гемодиализе и искусственном легком. По странному стечению обстоятельств, его помещают в тот же военный госпиталь, где в отдельной палате («в отдельной коме», жестко острит в своей книге Голгофский) лежит Изюмин.

— Вы не хотите поехать туда вместе со мной? — чуть вкрадчиво спрашивает сестра.

Голгофский выключает телефон, бросает его в урну и долго ездит по кольцевой. Все понятно. Вопрос только в том, знает ли ГРУ, с кем именно встречался В.С.

Голгофский выходит из метро и долго смотрит на мглистое зарево в московском небе. Зимний русский закат, как всегда, похож на рекламу лавовых ламп английской фирмы «Mathmos». Ах, лампы, лампы...

«Сложно, очень сложно русскому офицеру стать ламповой тяночкой после сорока в этом раздираемом ненавистью мире. Да еще за полгода. И ты, моя заблудившаяся уточка, уже не будешь ею никогда... Друг ты мне? Или враг?»

Голгофский этого пока не решил. Он вспоминает сидящего на лавке В.С., голубей на снегу — и по его щеке сбегает неожиданная слеза. На наш взгляд, одно из самых эмоциональных мест в книге. Может быть, на подсознательном уровне оно как-то связано с репрессированной сексуальностью автора и памятным диалогом вербовки.

«Ну вот и попрыгали...»

Голгофский уезжает на дачу работать над книгой. Там его застает весна.

Мы опять погружаемся в многостраничное описание его романа с Ириной — к счастью, Голгофский больше не сообщает читателю, пользуется он подкладками под крестец или нет.

Цепочки улик вроде бы пройдены до конца. Все в этой истории более-менее понятно. Трудно ожидать новых находок. Но все-таки у Голгофского чувство, будто он упустил что-то очень важное — и оно совсем рядом.

Мы знаем, что активно работающее подсознание попавшего в тупик человека часто дает ему намек на выход во сне. Именно это и происходит с Голгофским — он видит сон, в котором скрыта такая подсказка. Происходит это на даче Изюмина, где он ночует в спальне Ирины.

Сперва ему является египтолог Солкинд в ритуальных одеждах (Голгофский замечает такие же египетские ризы и на себе, но во сне это его не удивляет). Солкинд ведет Голгофского вдоль стены в своей усыпальнице, объясняя ему смысл фресок.

— Божества досотворенного мира в своем туманно-потенциальном бытии разбиваются на пары, состоящие из взаимодополняющих начал, — говорит он. — «Он» с головой лягушки, «Она» с головой змеи — Нун и Наунет, великие родители богов, стоящие у истоков творения. Они вместе суть одно андрогинное божество, предшествующее проявленному миру — русская идиома «ебала жаба гадюку» указывает на глубочайшую мистерию сотворения космоса из предвечного океана хаоса...

Во сне Голгофский понимает каждое слово — но при этом почему-то уверен, что Солкинд вспоминает историю холодной войны.

На стене — античное изображение человека с серпом, похожим на клюшку.

— Это Сатурн, — объясняет Солкинд, — римская фреска первого века нашей эры. Здесь копия, оригинал — в Неапольском музее.

Рядом почему-то висит штора из кабинета Изюмина с веселым лосем в хоккейном шлеме — пока Голгофский смотрит на нее, она превращается во фреску. Теперь Голгофскому кажется, что это лосиная клюшка похожа на древний серп.

— А это криптоикона бога-жнеца, — говорит Солкинд. — Тоже Кронос-Сатурн, он же Баал и так далее. Перечислить все титулы недели не хватит. Русская шелкография конца двадцатого века. Опять копия, оригинал — в частном собрании...

Мимо проносится быстрая тень, факелы на стенах гаснут, и наступает тьма. Голгофский с ужасом понимает, что они стоят перед лицом древнего божества.

— Пространство хаоса безвидно, — продолжает в темноте Солкинд, — и наполнено предвечными звуками. До зарождения света они заменяют его — поэтому идти надо к звуку, из которого рождается все...

Голгофский больше не видит Солкинда — но действительно различает далекий повторяющийся звук, похожий на уханье чекистского хора из памятной по Лиону песни Жильбера Беко.

— Иди к предвечному звуку... — повторяет Солкинд, и Голгофский повинуется.

Передвигаться трудно: за руки и ноги то и дело цепляют какие-то невидимые путы. К счастью, уже через несколько шагов у Голгофского появляются помощники. Это два существа, которые подхватывают его под руки — и поднимают из болота ввысь. Голгофскому кажется, что до него доносится тихий шелест крыл. Ему больше не нужно прилагать усилия, чтобы перемещаться в пространстве.

Он вспоминает старинную книгу, отрывок из которой показал ему Дави:

«Орлы Разума подхватили меня и понесли к огромному и далекому огненному глазу...»

Происходит именно то, что описано в книге. Теперь Голгофский не слышит предвечного уханья, зато впереди появляется свет, и в его красноватых лучах можно разглядеть Орлов Разума.

Поразительно, но они очень походят на синих твиттерских птичек — только маленькими или смешными их никак не назвать. Так вот каковы архонты, думает во сне Голгофский, вот каковы летуны, вот каков твиттер... Возможно, человеческий ум в каждую эпоху придает вестникам Разума новую форму в соответствии с текущим культурным каноном...

А потом Голгофский замечает светящуюся стену, о которой говорила книга.

Стена прозрачна; с одной ее стороны Россия со своими золотыми куполами, с другой — ощетинившаяся небоскребами Америка. Рядом в пространстве появляется какой-то призрак. Голгофский узнает генерала Изюмина — на нем тот самый шелковый халат с генеральскими погонами, о котором говорил В.С.

Голгофский ждет, что генерал разъяснит происходящее, но тот всего лишь повторяет свой жутковатый жест, уже виденный однажды Голгофским: складывает пальцы домиком, показывая «крышу», затем машет пальцами, изображая трепетание крыл — и указывает куда-то вверх...

Голгофский даже во сне чувствует растерянность. Теперь он знает много больше, чем в тот день, но пантомима генерала непонятна по-прежнему. Крылья? Видимо, имеются в виду Орлы Разума, которые держат сейчас Голгофского в пространстве. «Крыша»? Скорей всего, что-то связанное с защитой. Верх? Наверное, указание на высшие силы? Но какие? Или Орлы должны поднять его еще выше?

В этом недоумении Голгофский просыпается. Вокруг знакомая спальня генеральской дачи. Рядом мирно посапывает Ирина, за окном щебечут птицы — там уже прорезается первая листва. Прошло столько времени, но загадка все так же неизъяснима.

И тут...

«Мне показалось, – пишет Голгофский, – будто один из синих твиттерских летунов, только что державших меня на весу, с щебетанием влетел под своды моего черепа...»

Он открывает окно, в одних трусах вылезает во двор изюминской дачи и идет к беседке, где нашел отравленного генерала.

Высоко над ней к ветке старой липы прибит скворечник. Голгофский сомнамбулически взбирается по дереву («на следующий день, – пишет он, – я не решился бы повторить этот подвиг без лестницы»), снимает со скворечника острую крышу домиком — и видит внутри завернутую в несколько слоев прозрачной пленки записную книжку.

Он берет ее, аккуратно возвращает крышу птичьего домика на место, так же сомнамбулически слазит и идет на кухню. Пленка разрезана; книжка чуть отсырела, но в целом невредима.

В ней только одна рукописная строка:

whose rap is it anyway ^%^ yes we can yes we can make america great again[1]

Голгофский понимает, что у него в руках.

«Теперь я знал, – пишет он, – каково это – держать палец на запале неизмеримо могучей бомбы. Это было жуткое и упоительное чувство. Сперва я подумал, что лучше будет сжечь мою находку. Но потом... Во-первых, скрыв ее, я вряд ли прожил бы долго: рано или поздно спецслужбы все равно вышли бы на меня. А во-вторых, зачем Изюмин явился мне во сне? Не хотел ли он доверить мне миссию, которую отменили пробравшиеся в высшее руководство атлантисты?»

Видеть во сне какого-то человека вовсе не означает, что тот приходит к сновидцу с поручением — сон это просто сон. Но мы совершили уже достаточно погружений в ватное подсознание Голгофского, чтобы предугадать его выбор.

Ресантимент побеждает.

---

[1] чей это рэп? «yes we can» — предвыборный слоган Обамы, «make America great again» — предвыборный лозунг Трампа.

«Мы с Америкой в противофазе во всем, – пишет Голгофский, – даже во времени: сдвиг – почти половина суток. Антиподы еще сидят у мониторов, подсчитывая балансы и выплаты – или расслабляются у семейного телеочага под репризы продажных телекомиков и говорящих голов из ЦРУ. Я гляжу мысленным взором на Америку, а на меня самого глядят грозные русские тени – от Александра Невского до маршала Жукова. Раз я еще могу, я должен, я обязан привести Царь-химеру в действие...»

Пока Ирина спит, Голгофский садится за компьютер, регистрирует твиттерный аккаунт и жирным троллем начинает прыгать с ветки на ветку, раскидывая заготовленные ГРУ запалы: из комментов под очередной эскападой Трампа в космический твиттер Илона Маска, оттуда к Кардашьянам и так далее.

«Публика в твиттере не отвечает на сформулированный в химере вопрос, – пишет Голгофский, – потому что американцы сами точно не знают, *чей это рэп*, а за конспирологию у них увольняют с работы. Но сомнений, что воронка узнавания раскручивается, никаких...»

Голгофский полностью отключается от реальности и не замечает течения времени; когда Ирина кладет ладонь на его плечо, он испуганно вздрагивает.

— Что такое?
— Телефон...
— Кто?

Ирина пожимает плечами, но по ее лицу видно, что она испугана. Звонят почему-то на ее мобильный. Запальный твит к этому времени размещен уже семьсот двадцать три раза. За окном вечер — Голгофский просидел за компьютером целый день.

— Алло.

— Константин Параклетович? — спрашивает сиповатый голос. — Вы не знаете меня, но я вас знаю хорошо. Моя фамилия Шмыга. Генерал Шмыга.

— Вы из ГРУ?

— Нет, — вздыхает Шмыга, — я из ФСБ. Не бойтесь, мы вас не убьем — хотя за ГРУ не поручусь. Мы хотели немного их подставить, поэтому не мешали вам вербовать рекрута. Но мы никак не ожидали, что вы все-таки найдете триггер. Я знаю, что вы сделали. К сожалению, мы заметили вашу твиттер-активность слишком поздно — и теперь ничего уже не поменять.

— А зачем что-то менять? — спрашивает Голгофский. — Я не вижу причины, по которой русский офицер...

— Причина тем не менее была, — прерывает Шмыга. — Как вы думаете, почему ГРУ остановило Изюмина?

— Не знаю, — говорит Голгофский. — Трусость, измена — какая разница...

— Нет, — отвечает Шмыга. — Дело в том, что американцы знали про Царь-химеру. И они подготовили ответ. Поэтому у нас была устная договоренность о моратории на ноосферные атаки, но

350

вы все сорвали. Они заметили вашу активность, и мы засекли в русском сегменте твиттера их действия по активации ответного удара.

Голгофскому кажется, будто ему в солнечное сплетение крепко залепили снежком.

— Вы в этом уверены?

— Да. Все их агенты влияния репостят сейчас один и тот же твит — «посмотри, как пляшет среди туч наша госпожа, касаясь сосцами то бронзы факела, то звезд, то терний». Несомненно, это и есть американский запал. Они активируют ноосферную торпеду «MOAS».

Голгофский вспоминает рассказ В.С.

— Так это правда, — стонет он. — Что это за «MOAS»?

— Мы не знаем точно сами, — отвечает Шмыга. — Названа в обычной хвастливой американской манере. Неофициальная расшифровка — «Mother of all Shitholes»[1]. В отличие от нашей Царь-химеры, имевшей множество поражающих факторов, «MOAS» — это кумулятивный гипер-пенетратор однофакторного действия, но он невероятно мощен. Это все, что нам удалось выяснить...

Голгофский молчит.

— Я не осуждаю вас, Константин Параклетович, — говорит Шмыга. — Как офицер я был обязан вас остановить, даже убить, но я не успел. А как патриот я, возможно, поступил бы так же.

---

[1] мать всех жоп.

Изюмин, конечно, тоже. Вы совершили то, о чем мечтали многие, поздравляю. Но теперь к нам летит ответка.

— Что произойдет?

— Не знаю. Думаю, нам придется плохо. Давайте поступим как два русских офицера. Выйдем на улицу, повернемся грудью на Запад — и примем удар... Кстати, вы меня увидите — я сосед Изюмина. Давно хотел познакомиться, но не успел...

— Когда будет ответный удар? — спрашивает Голгофский.

— Скоро. Подметное время двадцать минут, активация уже завершается, так что не мешкайте...

Шмыга кладет трубку — и до Голгофского доходит весь драматизм ситуации.

«Я решил не говорить Ирине ни слова, – пишет он. – Она, собственно, могла не заметить ответного удара вообще – я часто не понимал, где ее дом, здесь или в Голландии. Но мне – патриоту и виновнику, так сказать, торжества – следовало поступить именно так, как предложил Шмыга...»

Голгофский накидывает пижаму и выходит на улицу.

По дачной улочке идут девчонки в весенних платьицах — Голгофский подмечает, что они смотрят не на майский вечер, а на экраны своих мобильных. Красноватый закат одновременно грустен и прекрасен. Мимо проезжает, как пишет Голгофский, «серебряный велосипедист». Видимо, какая-то поэтичная весенняя ассоциация в духе Андрея Белого.

Метрах в ста на улице появляется человеческая фигура — это пожилой полноватый человек в тренировочных штанах и военной рубашке. Он машет Голгофскому рукой и поворачивается к закату. Сцена почти как в фильме-антиутопии про ядерную войну.

У Голгофского есть еще несколько минут, чтобы вспомнить о главном. Чем же занят его ум?

Вот как выглядит последний из ручейков сознания, складывающихся в широкую, но грязноватую реку «Искусства Легких Касаний»:

«Я силился понять, каким будет ответный удар, и не мог. Но зато – это была ослепительная вспышка узнавания – я постиг, почему Изюмин решил запустить Царь-химеру несмотря на угрозу возмездия. Для него это было, если угодно, попыткой сжечь подъемный мост, по которому он только что ходил в атаку... Весь яд, который он создавал долгие двадцать или тридцать лет, чтобы разрушить чужую культуру, начал теперь просачиваться назад в Россию как «прогрессивные веяния и установки»...

«Я вспомнил только что прошедших мимо меня девчушек, утянутых из весны в экраны своих могильников (описка, но не буду исправлять – так в сто раз точнее). Могло ли знамение быть более ясным? Человек – это просто обезьяна со смартфоном. Она скачивает из ночной темноты подсунутые неизвестно кем программы, ставит их на свою глупую голову и начинает скакать...

«Наша интеллигенция всегда тянулась к свету Разума с Запада, тянется и поныне. Но американская культура в современном виде – это проект ГРУ. Яд «novichok» отравил североамериканскую душу и заструился обратно в Россию. Его теперь не узнать и не нейтрализовать...

«Когда все связанное с Россией демонизировано на Западе, сетевые дурочки, прививающие здесь американскую культурную репрессию под зычный храп ФСБ, кажутся по-своему трогательными: геройкам слава! Но если рассказать им, что на самом деле они внедряют созданные ГРУ химеры, они столкнутся с таким сарказмом судьбы, который перенесет не всякая душа...»

И так на двадцать с лишним страниц. Пропустим их, друзья — возьмемся за руки и не будем обращать внимания. Вот тот же ручеек сознания ближе к концу, где читать уже веселее:

«Каким он будет, страшный миг, когда в мой ум ударит американская бомба невозможной силы? Что нового покажут мне костоправы из Лэнгли? Быть может, я с небывалой ясностью увижу скелет когда-то великой страны, где все настолько давно и надежно украдено, что нет никакой надежды ни на будущее, ни на прошлое? Где деткам одна дорога – в персонал, обслуживающий жирную мразь, а единственный работающий социальный лифт расположен на сайте «девушки для путешествий» (который наверняка и прокручивают на своих мобильных уходящие в закат подружки) – но и он чаще увозит в подвал, чем наверх? Где вся общественная жизнь давно проходит на американских платформах и модерируется американцами – а стоящие у руля весельчаки до сих пор зачем-то строят направленные на Америку ракеты?..

«А самое страшное, что мозги у исчезающих в лиловом зареве девчушек так надежно и фундаментально пропитаны сетевым гноем, что помочь им не сможет даже дева Мария – среди их внутримозговых приложений не осталось ни одной левой софтинки, и все большие жизненные выборы давно сделаны за них этим самым смартфоном...»

Но вот нервной внутренней болтовне Голгофского приходит конец. Он видит, как стоящий впереди генерал Шмыга качается, хватается за голову руками — и валится на землю. Девчонки с мобильными, однако, как шли к закату, так и идут: они не заметили ничего странного вообще. Их, похоже, совсем не зацепило торпедой.

Американская химера уже здесь. Голгофскому кажется, что он видит разворачивающуюся в пустоте воронку узнавания — подобие безмерного морского водоворота, уже утянувшего Шмыгу на дно. Еще миг, и Мальстрем доходит до Голгофского тоже. Он закрывает глаза, делает несколько неверных шагов и садится на холодную еще землю, где только появились первые травинки. Его побледневшие губы шепчут:

— Жопа... Боже, какая же вокруг жопа...

＊

Во всех больших текстах Голгофского практически одинаков финал: автор сидит в Сандунах и дописывает свою книгу (видимо, для нашего автора Сандуны — некое подобие парижского «Café de Flore», где Сартр создал свою «Тошноту»; сомнительная реклама и для южноевропейского общепита, и для евразийского банного комбината).

В случае Голгофского, однако, не вполне понятно, где именно находится наш герой: по описанию кажется, что это подобие большого ресторанного зала, где распаренные посетители бани, завернувшись в простыни, услаждают себя прохладительными напитками, а в уголке строчит на своем лэптопе Голгофский, формулируя финальный вывод своего нового опуса.

Нам, однако, не удалось обнаружить в Сандунах похожего прохладительного зала. Быть может, мы были невнимательны — или не удосужились получить вип-допуск в ФСБ, Госдуме или что там у них еще. Верить в то, что Голгофский работал в банной раздевалке, мы отказываемся.

В «Искусстве Легких Касаний» структура финала стандартна для книг Голгофского, вот только выглядит все не в пример мрачнее. Приведем последние страницы целиком — если бы не досадная гомофобная нота, они показались бы нам мощными и даже по-ватному трогательными.

Но перед этим — смахнув напоследок непрошеную слезу — отметим, что, как и было обещано, мы уложились в одну десятую часть первоначального объема. Следите за нашими публикациями и дайджестами — и не забывайте оплачивать подписку! «Синопсис для VIPов» прощается с Вами, это был дайджест романа К. П. Голгофского «Искусство Легких Касаний».

«Я сижу в Сандунах, в облаках пошлости, пара, безнадеги и пивного амбре. Я даже не пытаюсь склеить заново свою разбитую душу. Сквозь хмельные туманы мне виден телеэкран: по нему показывают кривую от лжи харю какой-то ведущей, но я не знаю, что конкретно там крутят – «Первый канал» или MSNBC. Да и какая между ними разница, кроме языка и бюджета?

Слышна и музыка – какой-то пубертатный рэп о молодежных химерах с бесконечными «суками» через каждое слово: подстрочный перевод с афроамериканского на подростковый русский. Ау, Лэнгли! Попросите их переводить «bitch» как «сестра», уловите больше русских сердец. Сестра, здравствуй сестра... Или это я туплю по старости, сука моя жизнь? Мне плохо, но осталось дописать всего несколько строк и слова сами прыгают на клавиши моего водонепроницаемого лэптопа.

Так что же произошло в тот день, когда я вышел на весеннюю улицу в Кратово и попал под американскую контратаку? Не знаю, как ответили бы на этот вопрос Шмыга, В.С., Изюмин или Альбина Марковна – но для меня это был грустный финал сериала, который я с таким восторгом и надеждой смотрел всю свою юность.

В девяностые мы жили в жуткой, жестокой, но устремленной в будущее и полной надежд России. С другой стороны глобуса была Америка; она тоже изрядно пугала, но ею можно было восхищаться от всего сердца, и она действительно походила на библейский «град на холме».

Я подолгу жил в это время в Штатах – и помню предвыборные дебаты между шедшим на второй срок Клинтоном и Бобом Доулом, ветераном Второй мировой. Доул говорил про старую Америку, про мост в прошлое, который он хочет построить – и выглядел немного смешно рядом с элегантным Биллом, снисходительно разъяснявшим, что мост надо строить таки в будущее.

Конечно, Билл победил. И теперь этот мост им. Клинтона готов – но почему-то одним концом он упирается в мексиканскую стену, а другим очень похож на Крымский.

Боб Доул больше не кажется мне старомодным и смешным. Теперь я тоже мечтаю построить мост в прошлое, но понимаю, что это нереально. Мне даже непонятно, какая из двух недоимперий сегодня смешнее – карликовая или большая.

Третья мировая прошла быстро, беззвучно – и в ней не осталось ни победителей, ни проигравших. Спецслужбы обменялись страшными ударами, которых не заметил никто, но они глубоко изменили ткань реальности. Радоваться нечему, петь не о ком.

О Третьей мировой нельзя снять кино – она была не слишком визуальна. Дымятся руины прежнего мира, облучены мы все. И я, лично я виноват в этой трагедии... Расплата будет даже сладка.

Я знаю, что меня ждет.

За соседним столиком сидят два подкачанных педика в красных бейсболках и, поглядывая в мою сторону подведенными глазами, тянут из огромных стаканов белковый смузи. Каждый, кому знакома боевая тактика ГРУ, понимает, что это значит. А если бы я по тупости не догонял таких вещей, мне заранее послали черную метку. Уже третий день мои мэйлбоксы забиты спамом, рекламирующим спортивное питание. Таких совпадений не бывает.

Ну что же. Сейчас я встану, возьму под мышку свой лэптоп – и, как есть в полосатом сине-белом полотенце, направлюсь к выходу. Подождав для приличия полминуты, ассасины пойдут за мной. Но я их не боюсь – и приму возмездие как подобает мужчине.

Во-первых, я действительно его заслужил.

А во-вторых, мне не слишком охота жить – хотел сказать «на руинах мечты», но выражусь прозаичнее – в этой эпохальной жопе, где каждое утро надо гадать, какую заботу несет мне новый дырявый день...

Ибо – говорю уже как историк – что есть жопа в научном смысле? Жопа есть то, что нельзя пройти насквозь, отрезок пути, который придется перематывать назад, и чем глубже уходит в нее наш голубой вагон (а хоть бы и бронепоезд – толку-то что?), тем дольше потом придется пятиться к свету, что был когда-то в начале тоннеля... А в конце этой жопы никакого света нет.

Вернее, он там есть – и такой яркий, что все наши химеры в нем сразу сгорят. Но смотреть на него можно будет только через толстое черное стекло, и совсем недолго».

Москва, Сандуны
XXI век, полдень

P. S. Отметим, что с выхода романа прошло уже немало времени, но ассасины ГРУ так до сих пор и не догнали К. П. Голгофского — что многое говорит о кадровом состоянии российских спецслужб.

Что касается его мрачных предсказаний, то, скорее всего, наш Нострадамус сгущает краски, и упомянутый им ослепительный огонь окажется просто сваркой на строительстве очередной олигархической яхты. Возможно, скажем мы с усталой иронией, нас уже спасло какое-нибудь искупительное жертвоприношение, и в скором времени мы будем листать новый дайджест этого спорного, противоречивого, переоцененного, уставшего, но, несомненно, знакового, значительного и даже гениального местами автора.

Следите за подпиской!

ЧАСТЬ ВТОРАЯ

Бой
после победы

Столыпин

Тюремный вагон мягко покачивало на рельсах.

В этих движениях чудилось что-то принудительно-эротическое: словно бы столыпина уже несколько часов долбил в дупло другой вагон, такой авторитетный, что лучше было даже не знать, что у него внутри — ракета «Буревестник», делегация парламентариев или часть золотого запаса Родины.

Обиженные кумовскими колесами рельсы удивлялись и радовались такому развитию событий — и повторяли то и дело свое веское: «Да-да!»

Во всяком случае, именно такие мыслеобразы посещали зэков — то ли от долгого отсутствия женской ласки, то ли от омерзения к ее тюремным эрзацам, на которые гулко намекал каждый удар колес.

Иногда наваливался тревожный дневной сон — и, помучив кого-нибудь пару минут, отпускал, будто мог одолеть арестантов только поодиночке.

— Привет, драконы! — раздался громкий голос за серой проволочной решеткой, отделявшей клетку от вагонного коридора. — Ссать подано!

В коридоре стоял конвойный.

В руках у него было пять или шесть двухлитровых бутылок из-под «кока-колы». Прижимая их к туловищу, он попытался вставить ключ в замок, выронил одну бутылку, другую, а потом, чертыхнувшись, отпустил их все — и принялся отпирать дверь.

— Нате! Ловите!

Бутылки по одной стали влетать в клетку. Плотно сидящие на нижних шконках чертопасы поджимали ноги, чтобы случайно не зашквариться — непонятно было, ссали в эти бутылки раньше или нет.

Закончив с бутылками, конвоир запер дверь.

— Чтобы на сегодня тары хватило. Не хватит, кипятку больше не спрашивать. На дальняк сегодня не проситься — ремонт. Срать завтра поведем. Вчера с утра предупреждали...

Когда конвойный ушел, темнота над «пальмами» — самыми верхними шконками — веско сказала:

— Эй, чертяка... Че, не слышишь? Я с тобой говорю...

Худенький молодой зэк с краю нижнего топчана поднял голову.

— Я?

— Да, ты. Ну-ка, возьми бутылку, отверни пробку и понюхай — чем пахнет. Ссаками или «кокаколой».

Чертяка послушно взял бутыль, отвернул крышечку и понюхал.

— Вроде «кока-колой», — сказал он. — Да, точно. Тут даже жидкость осталась.

— Ясно, — ответила темнота. — Значит, руками брать не зашквар.

Всем в клетке, конечно, понятно было, что за драма разыгралась секунду назад. На пальмах ехали два крадуна, два самых настоящих жулика. Ослушаться их было опасно. Но простое повиновение их команде от зашквара, увы, не спасало. Парень рисковал — и в этот раз, тьфу-тьфу-тьфу, остался невредим.

— Зашквар не зашквар, — сказал сиплый голос, — а ссать все равно больше некуда.

Это произнес Басмач — грузный восточный человек в перемотанных скотчем очках, ехавший на второй полке.

— Тоже верно, — согласилась верхняя тьма вторым своим голосом, кавказским. — Я другого не догнал. Чего это он нас драконами обозвал? Че за погоняло?

— Нехорошо он нас назвал, — ответил Басмач. — Очень нехорошо. Я сам человек не особо авторитетный, но много лет назад на Чистопольской крытой слышал, как бродяги этот вопрос разбирали. Дракон — тот же петух, только с длинным гребнем.

— Кумчасть на беспредел высела, — выдохнул кто-то из чертей.

— Че ж высела, — ответил другой, — она всегда там сидит.

— А я не согласен, — раздался вдруг голос со средней полки.

Это сказал сосед Басмача, Плеш — мужчина лет сорока, интеллигентного вида, украшенный, как и констатировало погоняло, заметной плешью.

— С чем не согласен? — спросила верхняя полка.

— Что дракон это петух, — ответил Плеш. — Я вам так скажу, петух с реально длинным гребнем — это уже не петух. Или, вернее, такой петух, что он уже по другим базарам проходит. Тут все от гребня зависит.

— Бакланишь ты не по делу, — веско сказала верхняя полка. — Обоснуй.

Плеш коротко глянул вверх.

— Обосновывать не обязан, — ответил он, — потому как пиздеть имею право. Но пояснить могу.

Черти снизу одобрительно закивали головами — Плеш прошел между Сциллой и Харибдой уверенно и точно: не поддался наезду, но и в отрицалово не ушел. Как и положено умеренно козырному фраеру со второй полки.

Конечно, если прикинуть по-серьезному, козырным фраером со второй полки Плеш никак не был. Настоящее его космическое место было все-таки внизу. И к его соседу Басмачу это относилось тоже. На средних полках по всем правилам и понятиям должны были отдыхать два крадуна, что чалились сейчас на верхних пальмах.

Но места так распределил сам начальник конвоя — и, сделав пометки в блокноте, предупредил,

что за любое нарушение, как он выразился, вну-
тривагонной дисциплины температура кипятка
будет снижена до пятидесяти градусов Цельсия,
строго по инструкции. А значит, поняли все, чи-
фиря не заваришь.

Вот так Плеш из черта временно стал фраером.

— Ну поясни, умник, поясни, — усмехнулся
крадун сверху.

— Долгий рассказ будет, — ответил Плеш.

— Спешить нам вроде некуда. Расцепка через
день.

— Расскажу, если чифирьку отхлебнуть дадите.
Свежего.

Клетка замерла. Даже в качестве вписанного на
вторую полку фраера Плеш вряд ли мог претендо-
вать на чифирек с первой заварки. Такое не свети-
ло ему ну никак. Но он, похоже, собрался обменять
свою историю на глоток чайку, и это было требо-
ванием аванса. Требовать он, конечно, мог — но
за аванс потом можно было и ответить. Особенно
учитывая рискованность заявленной темы.

Кружку ему все-таки дали — видимо, крадунам
стало интересно.

— Благодарствуйте...

Плеш отхлебнул бурой жидкости и сморщил
лицо в гримасу омерзения. А потом быстро пере-
дал кружку соседу Басмачу, который тоже хоро-
шенько отхлебнул, прежде чем вернуть кружку наверх. Верхняя тьма не сказала ничего.

— Слушайте... И не перебивайте, босота.

В купе стало тихо — даже на нижних шконках, кажется, отложили карты (хотя на мелких чертиков, по четверо сидевших на каждом из двух нижних топчанов, уважительное обращение «босота» распространялось вряд ли).

— Сидел я тогда по своему первому делу, — начал Плеш, — настолько надуманному и запутанному, что даже не хочется посвящать вас в суть. Не занес, не поделился и так далее. Как сейчас принято выражаться, социальный лифт дернулся и полетел в шахту. Порвался, значит, социальный трос. Но виноват я не был. Оговорили...

— А то, — усмехнулась верхняя полка. — Понятное дело. Тут все по наговору сидят.

— И вот, значит, суд да дело, дошло до этапа. Посадили нас в столыпина. Вагон, помню, был такой же почти, как этот, только еще старее. Пованивал. Окна в коридоре старые, треснутые. В плевках. Я тогда первый раз эти вот бельма увидел...

Плеш кивнул на окно в коридоре напротив дверной решетки. Вместо положенного прозрачного стекла в нем была матово-белая панель. По ней изредка пробегали расплывчатые тени. Иногда — наверное, когда поезд нырял под мост или в туннель — панель становилась заметно темнее.

— Так давно уже делают, — сказал Басмач. — Чтобы через окно нельзя было подать знак сообщникам на станции...

— Возможно. Но для меня тогда все это было в новинку. И тени, мелькавшие в этом мутном телевизоре, отчего-то очень меня пугали. Словно бы смотришь мультик на быстрой перемотке и никак не можешь уловить суть происходящего... А мультик, между тем, про тебя...

— Вяжи про мультики, — сказала верхняя тьма. — Базар был за петухов.

— В клетке нас ехало всего пять человек, — продолжал Плеш, — и это, господа, было роскошно. Вот этот ништячок, — он указал на серую доску, соединяющую средние полки в одну широкую плоскость, — мы даже опускать не стали. Ехали как будто на воле в плацкарте. У каждого своя полка, и одна пустая. И вот, значит, на одной сцепке вводят в нашу клетку шестого.

Плеш поглядел на своего соседа.

— Похож он был, вот не гоню, на тебя, Басмач.

— Я на шестого похож, ты хочешь сказать? — спросил Басмач, подозрительно косясь на рассказчика. — Фуфлогон ты.

— Я тебе не предъявлял, что ты на шестого похож, — ответил Плеш. — Я сказал, что шестой, кого в клетку ввели, был похож на тебя. Разница есть, да? Такой же представительный и солидный. Тоже в очках, и ясно, что с Востока. Только он чуть помоложе был.

— Ты паспорт ему проверял, что он с Востока? — спросила темнота сверху.

— Не проверял. Он сам, когда вошел в хату, вместо «Здорово, братва» сказал «Общий салям». Понятно, что не из Парижа человек.

— Вошел в хату? В какую хату? — спросил тонкий голос снизу. — Вы же в столыпине ехали.

— Клетка, хоть и на колесах, по распоняткам тоже хата, — ответил Плеш. — Иначе тут и на пол ссать можно, и вообще что хочешь делать. Пусть братва подтвердит.

— Вроде так, — сказала верхняя темнота. — Давай дальше рассказывай.

— И вот, значит, после такого приветствия садится он на свободную нижнюю лавку — я напротив сидел — и, как положено, объявляет статью. Сейчас уже не помню точно, что-то такое хозяйственное для госслужащих. Фраерское, в общем, без позора...

— Типа как у тебя, — хохотнула верхняя полка.

— Ну типа да, — улыбнулся Плеш. — Ему тогда и говорят — наполовину в шутку, проверяют на вшивость — если госслужащий, значит сука? А он отвечает, если так, то и вы тут все суки...

— Это и сказал?

— Да. А с нами серьезные пацаны ехали. Тогда не конвой места назначал, сами делили. Двое самых крутых на средней полке — они ночью на откидухе этой, — Плеш постучал по доске, соединявшей его полку с полкой Басмача, — в нарды играли. Один был вор в законе, называть права не имею, а другой киллер новолипецких. Вверху тоже два таких ехали, что не приведи бог, хоть и фраера. Они там чаек делали на бездымном факеле, и со средней полкой делились — вот прямо как вы сейчас... Авторитетные арестанты, в общем, с такими не шутят. Вопросов серьезных к новому ни у кого не возникло — так, посмеяться хотели. Считай, повезло. Ему бы отшутиться и после этого молчать в тряпочку. А он...

Плеш вздохнул.

— Да, — сказала верхняя полка, — попал твой фраерок. И че дальше было?

— Его переспрашивают — ты, значит, нас суками объявил? Он говорит, вы сами себя объявили. Его спрашивают, когда было и кто слышал? Да только что, отвечает. Когда про госслужащих говорили. Потому что вы на самом деле такие же государственные служащие, как те мусора, что в купе для кумчасти едут. Своего рода спецназ внутренних войск.

— Серьезная предъява, — сказал кто-то из чертей.

— Ему говорят, ну-ка обоснуй. А че обосновывать, отвечает. В чем, по-вашему, заключается уголовное наказание? Как в чем, ему говорят. Лишают свободы. А он отвечает, неправда. Свобода — понятие абстрактное и философское. Как ее можно лишить, если ее и так ни у кого на этой планете нету. А русское уголовное наказание, напротив, очень конкретное и простое. Оно по своей природе родственно древнекитайской пытке и заключается в том, что человека надолго запирают в клетку со специально выдрессированными системой садистами и придурками, которые будут много лет издеваться над беднягой под веселым взглядом представителя власти... Поэтому тюремные садисты и придурки — это те же самые госслужащие. Примерно как служебные собаки. То есть чисто суки, что бы они про себя ни думали. Как лагерная овчарка себя понимает, мы ведь тоже не знаем...

В купе установилась густая тишина. Настолько густая, что это, видимо, показалось странным конвою, и за серой решеткой, отделяющей коридор от клетки, появился хмурый человек в камуфляже. Он осмотрел клетку, убедился, что арестанты на месте — и, для виду постояв за решеткой еще с минуту, неспешно ушел в коридор.

— Что, в натуре так и сказал? — спросил наконец один из чертей с нижнего топчана.

— Так и сказал, — подтвердил Плеш и зашелся мелким тревожным смехом. — Мы, натурально, все припухли. Молчали минут пять, прикидывали. Даже гаврилка-мусорок подвалил позырить, вот как сейчас. Я чего смеюсь-то — на сто процентов все так же было.

— Гонишь ты, — сказал чертик с нижней шконки. — Не бывает таких лохов. Чтоб такие слова говорить.

— Еще как бывают, — ответил Плеш. — Я после этого уже не прикидывал, довезут его до этапа или нет. Я думать стал, сколько он километров теперь живой проедет. Вот пусть нам авторитетные люди скажут, что за такое полагается?

— Значит так, — задумчиво произнесла верхняя темнота, — давай считать. Всю босоту суками обозвал. Сказал «дрессированные системой». Значит, по факту предъявил, что чесноки под кумчасть прогнулись. Слова сказаны серьезные. Тут сходом надо решать. Но вариант, похоже, один — на петушатник.

— Я тоже так думаю, — с кавказским акцентом произнес другой угол верхней тьмы. — Это если добежать успеет и не уроют по дороге. И чем кончилось?

— Какое кончилось, — сказал Плеш. — Это только началось. Дальше такое было, что...

Он махнул рукой.

— Ну рассказывай, рассказывай, — сказала верхняя тьма. — Раз уж начал.

— Короче, дальше чепушила этот жирный встает, при всех сует себе руку в штаны — сперва болт почесал, потом очко, долго так, вдумчиво... А потом поднимает эту самую руку, и пальцем по средней полке вж-ж-жик!

Плеш мазнул пальцем по серой доске, показывая, как именно.

— То есть той самой рукой, какой в дупле у себя ковырял?

— Той самой, в чем и дело! Зафоршмачил полку. А на ней вор ехал, представить можете?

— Можем, — сказала верхняя тьма. — Хотя и с трудом.

— Убить его в клетке нельзя, мусора рядом, — откликнулся кавказский голос. — Он это, видимо, понимал и куражился... Чего дальше?

— Дальше... Вор, который на этой полке чалился, понятно, сразу с нее спрыгнул. И согнал с верхней фраера. Фраер, ясное дело, слез вниз. А чепушила этот залез туда, где раньше вор ехал. На ту самую полку, которую зафоршмачил.

— И никто ему по ходу не въебал? — спросил кто-то из чертей.

— Нет.

— Почему?

— А ты подумай, — ответил Плеш. — А если не понимаешь, сейчас люди объяснят.

— Во-первых, полку он не зафоршмачил, а зашкварил, — авторитетно сказала верхняя темнота кавказским голосом. — Но если бы вор на ней и дальше ехать согласился, вот тогда бы он в натуре зафоршмачился. Хотя и не зашкварился бы.

— Почему, — возразил другой угол темноты голосом без акцента. — Вот если кружку в парашу уронить, она тогда станет зафоршмаченная. Если ее даже три дня мыть, все равно чифирек из такой пить — будет в натуре зашквар.

— Сейчас и так говорят, и так, — сказал молчавший до этого Басмач. — Тонкостей уже не понимают.

— А ты, выходит, понимаешь, — ответила верхняя полка насмешливо. — Тогда, может, этот случай нам растолкуешь?

— Какой?

— Да с чепушилой этим. Который полку зашкварил.

— Объясню, чего ж тут.

— Ну давай.

— Вы интересуетесь, зачем он в дупле пальцем ковырял? – спросил Басмач. – Да очень просто. Чтобы о свою же глину закончиться. Его после такого зашквара руками бить уже западло. А ногами между полок невозможно — места нет. Поэтому он и не боялся — рассчитал. Те воры, видимо, сразу все поняли, а вы чегой-то не догоняете...

Клетка погрузилась в молчание.

— Подтверждаю, – сказал Плеш, посмотрев сперва на своего соседа, а потом на чертей внизу. – Так в натуре и было. Теперь поняли, почему его не били?

— То есть этот чепушила у вора среднюю полку отжал? Через дупло, по-форшмачному, но отжал по факту?

— Выходит так, — отозвался Плеш.

Клетка некоторое время размышляла.

— Не, — авторитетно сказала наконец верхняя темнота, — насчет того, что он о собственную глину закончился, вопрос на самом деле спорный. Тогда мы все зашкваренные выходим. Мы же каждый день об нее пачкаемся, когда на дальняк отползаем. Главное руки потом помыть.

— Да, да, так, — подтвердило вразнобой несколько голосов снизу. — Пусть воры скажут. Что бывает, когда после дальняка руки не помоешь?

— Чифирбаком по макитре, — откликнулась верхняя темнота. — Или, если повторный случай, ночью табуреткой по спине. Законтаченных так не

оформляют точно. Иначе чифирбак зафоршмачит-
ся. И табуретка тоже. Это будет как в очко уронить.

— Так, — сказал кто-то из чертей и подозрительно покосился снизу на Плеша. — Значит, бить все-
таки можно. Но ведь если мы это поняли, значит,
и те воры должны были въехать рано или поздно?

— Тут ключевое слово «рано или поздно», — ответил Плеш. — Чепушила этот, видимо, психологию
хорошо понимал. Когда по твоей полке зафоршма-
ченным пальцем проводят, ты, если в понятиях жи-
вешь, с нее первым делом слезть должен. Так?

— Ну.

— А бить этого гада рукой по калгану сразу не
станешь, потому что непонятно, законтаченный он
после такого или нет. Когда полный разбор сделан
и авторитетные люди высказались, вроде выходит,
что пиздить его руками все-таки можно. Но сперва-
то неясно. А как пыль в голове улеглась, злоба уже
и прошла. И потом, за это время много нового случилось. Другие вопросы появились. Жизнь-то идет.

— Все верно, — сказала верхняя тьма кавказ-
ским голосом, — на тюрьма с пиздюлями не спешат.
Они все равно по адресу приедут. Рано или поздно.
А в столыпине ножом и хуем вообще не наказывают.

— Ну, — подтвердил другой голос сверху.

— И чепушила этот, — сказал Плеш, — про свой
случай явно все понимал.

— Почему так думаешь?

— А потому. Братва стала первым делом разби-
рать — законтаченный он теперь через глину или
нет. Вот как мы только что. И вывод сделали такой

же — про петушатник. Слово в слово. Но когда ставится вопрос насчет перьев, по понятиям полагается первым делом у самого кандидата в петухи обо всем поинтересоваться при разборе. Если он рядом.

— Верно, — сказала темнота, — поинтересоваться полагается всегда, а иногда и спросить. Если сознается, какой базар? В машки. А если отрицать будет, а потом выяснится, что все-таки петух, то хана такому петушаре.

Плеш кивнул.

— И чепушилу нашего, значит, вежливо так спрашивают, — продолжал он, — а ты, часом, не пернатый гость? А он глаза круглые сделал, типа два шланга от стиральной машины, и говорит — это как? В каком смысле? Ему тогда конкретный вопрос задают — с кем спишь на воле? Это, отвечает, когда как. Ему тогда говорят — рассказывай. Подробно.

Грузный сосед Плеша по второму уровню прокашлялся, зашевелился и полез со своей полки вниз — словно огромный ком воска, расплавившийся наверху от жары и перетекший через край. Спуск давался ему непросто, он кряхтел и охал, и Плеш даже прервал на время свой рассказ.

Оказавшись внизу, Басмач взял с пола одну из двухлитровых бутылей, свинтил с нее пробку, приспустил штаны и повернулся к серой решетке.

— Ты че тухло свое выпятил, — неуверенно сказал кто-то из чертей.

— Он правильно встал, — отозвался другой. — Если брызги будут, за решетку полетит. На кумчасть... На мусоров поссать сам Бог велел.

Раздалось тихое журчание стекающей в пластик жидкости.

— Давай дальше рассказывай, — сказал Плешу кто-то из нижних чертей.

— Не, — сказал другой черт, — нельзя.

— Почему?

— Пока в хате едят, на дальняк не ходят. А когда на дальняк идут, не едят.

— А какая связь? — спросил первый черт.

— Как какая. Рассказ слушать — это почти как хавку жрать. Тоже пища, только духовная.

— И чего? Выходит, когда радио работает, поссать нельзя? Выключать надо?

— Не знаю, — сказал второй черт. — Если ты это радио с интересом слушаешь и как бы с него питаешься, то нельзя, наверное. Это у воров надо спрашивать.

Грузный Басмач наконец закончил процедуру, завинтил бутылку, поставил ее у двери и полез назад. Забирался вверх он так же долго и трудно, как слезал.

— Тебя зачем мусора наверх положили, — сказал кто-то из чертей. — Тебя под шконку надо — самому же легче будет.

— Еще такую шконку не придумали, под которую он войдет, — сказал другой, и черти засмеялись.

Когда Басмач улегся на свое место, Плеш продолжил:

— И, значит, говорят этому чепушиле — давай, рассказывай, с кем лупишься, где и как. А он так кудряво в ответ... Сейчас, дословно вспомню...

380

Плеш напряг лицо — будто выжимая из тюбика с мозгом заветные капельки памяти.

— Нет... Слово в слово уже не воспроизведу. Но смысл был примерно такой — мы, мол, живем как собаки на севере, в условиях вечного неустройства. И любовь у нас тоже собачья. На зоне просто все отчетливей обозначено, а сущность та же. А вот, например, ближе к экватору, где плещется теплое синее море, где цветут блаженные зеленые острова и скользят сказочные белые яхты, там... Там дело обстоит по-другому...

— И че же там по-другому? — спросил кто-то из чертей.

— Вот и у чепушилы об этом поинтересовались. Чего там, говорят, по-другому? Тоже мужики и бабы. Или нет? Обоснуй, говорят.

Черти на нижней полке к этому времени слушали Плеша очень внимательно, вылупив на него острые и тревожные глаза. Молчала и верхняя тьма — и молчание ее словно набухало понемногу чем-то грозным и нехорошим.

— А чепушила? — спросил один из чертей.

— А чепушила отвечает — разница есть. Там люди привлекательнее, чем здесь. Намного. И еще, говорит, у самых красивых девушек есть хуй.

— В натуре? Так и говорит?

Угу. Его тут же спрашивают — и как ты насчет этого самого? Как к такому относишься?

— А он?

— А он, значит, говорит — ну как... Поначалу, конечно, смущаешься, стыдишься. Краснеешь иногда. Но постепенно привыкаешь. И через пару лет даже начинаешь видеть в этом какое-то ленивое южное очарование.

— Бля-я-я-я. Он в дуб въебался. Так и сказал при двух жуликах?

— Ну.

— И что дальше?

— Все в клетке дыхание затаили, ждут, что дальше будет. И кто-то из крадунов тихо так его спрашивает — и что же ты с этими хуями делаешь? Трогаешь, теребишь? Чепушила так улыбается и говорит — да, бывает и такое. Тереблю иногда... Вор тогда еще тише спрашивает — а может, и того, ртом касаешься? А чепушила опять улыбается и подтверждает — и такое тоже случается...

— Пиздец, попал твой чепушила, — выдохнул кто-то из чертей. — Однозначно теперь попал.

— Спасибо, — усмехнулся Плеш. — Тут академиком быть не надо, чтобы догадаться.

В клетке сделалось тихо — так тихо, что стал отчетливо слышен какой-то тонкий металлический скрип, проступавший иногда сквозь стук колес.

Вор с верхней полки полез вниз справить нужду. У него было рябое и нехорошее лицо, и в его сторону избегали смотреть. Пока он возился с бутылкой, молчали. А потом, когда он вернулся наверх, встали по мелкой нужде трое чертей.

В журчащем безмолвии прошла пара минут — нужду справляли по очереди. Плеш не торопился со своим рассказом. Все главное, конечно, уже было понятно. Но у темы могло оказаться неожиданное развитие.

— Арестанты, — сказал вдруг взволнованный кавказский голос сверху, — вы не въехали, что ли? Это он специально говорил, чтобы пацаны его со средней полки стащить не могли. Руками петуха трогать нельзя. А ногами-то как стащишь? Хотел, наверное, до этапа удобно доехать. Может, он на самом деле и не петух был.

— Может хуй гложет, — ответил другой вор. — Раз сам объявил, значит, петух. Если раньше не был, теперь стал.

— Это да, — согласился кавказский голос. — Теперь стал... Что же, выходит, и поделать с ним нечего? Как в хате при таком раскладе поступают?

— Главпетух отвечает. Ему не в падлу руками взяться.

— Но в клетке-то других петухов не было?

Головы повернулись к Плешу. Тот выждал эффектную паузу — и отрицательно помотал головой.

— Других не было.

— Да... Ситуация. И как решили?

— Сначала молчали. Думали. А потом один из воров чепушилу этого — петухом его еще не объявили, так что я его чепушилой называть пока буду — спрашивает: ты понимаешь хоть, на что ты тут наговорил?

— А он?

Плеш вздохнул и покачал головой. Видимо, эта история до сих пор его не отпустила — и вызывала в нем стойкие эмоции.

— Говорит, понимаю примерно. Его спрашивают — и больше ничего нам по этому поводу сообщить не хочешь? А он так поглядел вокруг и отвечает: да ничего. Или, может, вот что: как говорят божественные андрогины, лижите мою пизду и сосите мой хуй.

— Бля. Бля. Бля-бля-бля... То есть это он братве такое выдал? Слово в слово?

— Ну да.

— И что дальше было?

— Ему тогда тихо так говорят — эй, а ты часом не шахид? Может, на тебе, это, пояс смертника? У тебя уже перебор давно, а ты все прикупаешь и прикупаешь...

— А он?

— Засмеялся опять. И говорит — да нет, не шахид. Был бы я шахид, я бы давно в раю отдыхал с гуриями. Но только я в рай для шахидов не верю, поэтому мне туда нельзя. Не попаду. Так что приходится искать эрзацы и заменители. Его спрашивают, это ты про своих девочек с хуями? Он отвечает, ну да... Они не гурии, конечно, но вполне. Его тогда спрашивают — ты хоть догоняешь, что с тобой будет, когда тебя до петушатника доведут? А он говорит — у шахидов слово такое есть. Иншалла. Кто его знает, что с нами случится... И опять смеется. Вот век воли не видать, так все и было.

— Да, — сказали сверху, — прикупил себе, чертяка. Конкретно прикупил. За таким теперь малява куда угодно пойдет.

— Смотрят на него, короче, уже даже и без

злобы, как на покойника. И последний вопрос задают — а ты чего веселый-то такой? На что ты, пернатый, надеешься? Ведь надеешься на что-то, наверное. Расскажи — интересно.

— Да, — согласились на нижней полке. — Интересно.

— А чепушила отвечает — у меня план есть. Какой, его спрашивают. А он говорит, я от вас, говнов, уплыву...

— Во как, — сказал черт. — Уплывет. По юшке своей.

— Не, — отозвался другой черт, — не по юшке. По крове из рваной дупы.

— Интересная предъява, — подытожила верхняя тьма. — У него поинтересовались, на чем конкретно он уплывет?

— Угу, — ответил Плеш.

— И?

— На его шконке обгорелая простыня лежала. Вернее, уже не простыня, а черный такой огрызок — от факела, на котором чаек делали...

— Хорош сиськи мять, тут не дети едут. И чего?

— Чепушила этот, значит, палец сажей намазал и нарисовал на стене лодку...

— Что?

— Лодку. Такую обычную, как дети рисуют. То ли с трубой, то ли с мачтой — непонятно. Понятно только, что лодка. Вот на ней, говорит, и уплыву... И ржет...

— Тьфу, — сплюнул черт на нижней полке. — Да он безумник просто... А я-то думал... Ебанутый дядя, даже скучно стало. Опустить опустят, да что с такого возьмешь?

— А я с самого начала так и решил, — сказал кавказский голос сверху. — Сомневаюсь только, что он правда ебнутый. Скорее с понтом под зонтом.

— Косарь? — спросила верхняя тьма другим своим голосом.

— Конечно. Хотел под дурака закосить, — кавказский голос мелодично присвистнул, — и в Эльдорадо...

— Косить перед кумчастью надо, — сказал кто-то из чертей. — А не перед братвой.

— Косить везде надо, — ответила верхняя тьма, — потому что с хаты куму стучат. Но чепушиле этому уже поздно. Ему после такого один выход — закрыться по безопасности. И к куму идти в десны пиздоваться. Дурак он или нет, уже неважно. Велика Россия, а дорога одна — на петушатник.

— Че дальше было? — спросили снизу.

— А дальше, друзья мои, — сказал Плеш, — и было самое интересное.

Голос его на этих словах стал тихим и задушевным, а обращение «друзья мои» прозвучало под стук тюремных колес так странно, что двое сидевших под Плешем чертей даже привстали с места, чтобы на него посмотреть.

— Закрылся? — спросила верхняя тьма. — Кума позвал?

— Да нет. Все так и решили, что чепушила этот или косит, или правда дурак. Делать с ним ничего не делали, потому что в столыпине, как нам тут подтвердили, ножом и хуем не бьют. Насчет того, что будет по прибытии, все, конечно, понятно было. И смотрели на него теперь, можно сказать, с легкой жалостью.

— А он? — спросил чертяка.

— Он... Он помолчал немного, а потом говорит: вы, арестанты, Священное Писание знаете?

— А, на жалость решил давить, — сказали сверху. — Тоже бывает. Слезу пустил?

— Да нет, — ответил Плеш. — Не в этом дело было. Ему так и сказали, что про Священное Писание бакланить на таком перегоне уже немного поздняк. А он даже разозлился — почему, говорит, поздняк. Такое никогда не поздняк. Вот вы помните разбойников, которых вместе с Христом распяли? Они плохие люди были, жестокие. Но один из них в него уверовал, прямо на кресте — и Христос ему сказал: «Нынче же будешь со мной в раю». Ну да, отвечают ему, был такой базар. Допустим. А ты тут при чем? А при том, говорит чепушила. Я, конечно, не Христос. Но я вам официально объявляю — если кто-нибудь тут мне верит, он может на этой лодке вместе со мной уплыть. Одного человека возьму в светлое завтра. Просто за веру в чудо...

Клетка захохотала. Смеялись черти, смеялись жулики у себя на пальмах. Даже сам Плеш смеялся — тоже, видимо, понимал, какую несусветно смешную мульку он только что выдал.

— Надо было на слове ловить, — сказал кто-то из чертей, и клетка опять дружно заржала.

— Не смеши так, — попросил другой, — все говно растрясется, а на дальняк нельзя...

— И че? — спросил другой чертяка, когда смех утих. — Нашелся у него попутчик?

Плеш кивнул.

— Кто?

— Я, — сказал Плеш.

На этот раз в клетке никто не засмеялся. Видимо, все поняли серьезность сделанного только что признания — и теперь вычисляли возможные последствия.

— Че, правда, что ли? — сказал наконец один из нижних чертей.

— Да, — ответил Плеш. — Сам даже не понимаю, как такое случилось. Просто... На душе у меня по ряду обстоятельств было плохо. Вы представляете, тюремный вагон, тоска смертная, везуха кончилась, перспектив никаких... Я не то чтобы ему поверил, конечно. А ощутил как-то по-особенному остро, что никакой другой надежды у меня уже нет. Кроме этой нарисованной лодки.

— И че дальше было?

— Я и сказал — мол, верю. И поплыву. Если возьмешь, конечно.

— А чепушила?

— А чепушила этот отвечает — нынче же будешь со мной... ну, говорит, если не в раю, то совсем близко.

— При всех базар был?

— При всех, — ответил Плеш. — Вот как сейчас.

Клетка некоторое время молчала. Потом один из верхних жуликов сказал:

— Ты сам-то понял, что набросил?

— Да понял, — вздохнул Плеш. — Конечно.

— На петушиной лодке решил уплыть? Ну ты конкретно маху дал, Плеш. Теперь к тебе тоже вопросы могут быть. Не жопный рамс, но близко. Так что за базаром следи внимательно. Давай рассказывай, что дальше было. Чего братва сказала, как рассудила...

— Братва... Да почти и не сказала ничего. Посмеялись надо мной, конечно. Уже поздно было к этому времени, все устали и хотели спать. Сводили меня на дальняк, вернулся я на свое место да и уснул.

— И все?

— Это как сказать. Все, да не все.

— Ну рассказывай.

— Сплю я, короче, и тут кто-то меня за плечо трогает. Я глаза открываю и вижу чепушилу этого. Только на лице у него теперь такая прозрачная фигня, типа как маленький противогаз или респиратор — закрывает рот и нос. А сзади начальник конвоя стоит в таком же прозрачном наморднике. И улыбается приветливо. Я бы даже сказал, угодливо — мусор зэку никода так не улыбнется. Я думаю — что за дела? А начальник конвоя палец к своей маске прикладывает — мол, тихо — и такой же респиратор мне протягивает. Я взял, приложил к лицу, вдохнул раз-другой, и в голове у меня как бы прояснилось... Спать сразу расхотелось, и даже бодрячок легенький пробил...

— Гонишь, — сказал один из чертей неуверенно.

— Не гоню. А начальник конвоя, значит, жесты делает приглашающие — выгнулся перед открытой дверью, прямо как швейцар у кабака. Я ваще припух... Мировая революция, что ли? Слез со шконки, выхожу за ними в коридор. Во всех клетках храп слышен. Никто не говорит... Доходим до купе конвоя, выходим в тамбур, и тут начальник конвоя начинает дверь открывать. А поезд быстро идет, трясется. Я думаю — может, они меня сейчас с него тупо сбросят? Даже хотел назад в клетку побежать...

— И?

— Начальник дверь открыл, и тут я понимаю, что какая-то туфта творится. Там ветер должен быть, грохот. А ничего подобного нет. Только лесенка пластмассовая, и что-то типа такого алюминиевого перрона рядом качается. Чепушила этот, значит, по лесенке на перрон переходит, начальник конвоя за ним, я следом, и тут такое вижу, такое...

— Чего?

— Значит, стоим мы типа в таком небольшом зале, прямо почти в габарит столыпина. Метр до стен, метр до потолка. Как описать-то... Знаете, есть боксы, где машины на воздух поднимают? Вот примерно такой, очень маленький, но крайне аккуратный. И в нем висит наш столыпин. Только... Только я смотрю — а это на самом деле никакой не столыпин, потому что колес у него нет вообще. Просто гондола в форме длинного вагона.

А внизу такие желтые... Как сказать... Типа лапы, которые его держат, и эти же лапы его покачивают — туда-сюда, туда-сюда. А над лапами такие длинные рычаги с колотушками, которые бьют в дно через прокладку. И получается стук колес. Короче, не столыпин это, а люлька такая алюминиевая. С первого взгляда видно, что очень дорогая хрень, и качественно сделанная. Как самолет. С такими утопленными заклепочками, полированное все — блестит аж. Хайтек. Везде какие-то номера, надписи по-английски. Стрелочки, уровни, таблички. Отпидарасили, как в космическом центре. А у окон вагонных, за этой белой пластмассой, такие лампы стоят, а перед ними движущиеся фиговины качаются, типа как дворники на машине, со всякими шаблонами и фигурами. Это, как я понял, тени делать. Только лампы не горели, потому что в столыпине ночь была.

— Точно фуфло гонишь, — сказал кто-то из чертей. — Ты че, не помнил, как в этого столыпина входил?

— Помнил, в том-то и дело. Обычный тюремный вагон. Стопудово не эта алюминиевая люлька... Потому-то голова у меня кругом и пошла. Даже про чепушилу этого забыл... А потом смотрю — выходит он из-за ширмочки, и на нем уже не тюремный шмот, а халатик из синего шелка. Расшитый, не поверите, такими веселыми фиолетовыми петухами.

— Бля, — сразу в несколько голосов сказала клетка.

— И он мне, значит, говорит — пойдемте-ка, друг любезный, кое-что вам покажу... Поворачивается и идет к двери из бокса. Я оборачиваюсь, а сзади, натурально, начальник конвоя. Уже в гражданской рубашке с пальмами. Видимо, пока я на этот агрегат глазел, тоже переоделся, брюки только камуфляжные остались. Улыбается так и показывает головой — иди, мол, куда зовут. А в кармане, вижу, ствол бугрится. Чувствую, надо слушаться. А то совсем какие-то странные дела...

— Я уже понял, — сказала верхняя темнота кавказским голосом. — Потом скажу, не буду вам кайф ломать. Давай дальше, Плеш.

— Чепушила этот, значит, открывает дверь. За ней лесенка вверх, узкая такая, но отделка пиздец. Дерево, сталь, стекло. Он по ней. Я за ним. Два пролета, еще одна дверь, он ее открывает, бля... Я смотрю и глазам не верю. Мы на палубе.

— Какой палубе?

— Яхты, — ответил Плеш. — Огромнейшей яхты.

— Чего ты увидел конкретно? — спросила верхняя темнота. — Опиши.

— Там такая крыша сверху... Вернее, не крыша, потому что стен под ней не было, а как бы огромный козырек с лампами. И под самой большой круглой лампой — здоровый накрытый стол. А рядом такой широченный диванище с подушками. Дальше ограждение — и за ним вечернее море. Далеко-далеко на горизонте земля — какие-то горы торчат. Типа как бы острова. И на них редкие такие огоньки... В небе закат, красиво, слов нет.

И воздух такой свежий, такой соленый, что даже больно. Я только тогда понял, как в столыпине воняло.

— Ахуеть.

— А ниже и дальше, — продолжал Плеш, — еще одна палуба. И на ней, в натуре, самый настоящий вертолет.

— А еще кто-нибудь там был, кроме этого чепушилы? — спросил чертяка снизу.

— Да. На диване. Такие нереально красивые телки в восточных нарядах, и на голове у каждой как бы шлем в виде золотого храма. Танцовщицы. Всего десять или около того. У некоторых в руках музыкальные инструменты — я таких раньше даже не видел. У одной как бы длинная мандолина. У другой маленькие гусли. А у третьей какие-то гонги на палочках. Я реально таких обалденных баб никогда в жизни не встречал. Вообще никогда. А потом смотрю... У них кадыки. Небольшие такие, но если приглядеться, видно.

— Девочки с хуем, — проговорил один из чертей презрительно и сплюнул.

— Ты че, в хате плюнул, дурила? — спросили сверху.

— Я на ботинок, — сказал черт. — На свой ботинок, в натуре.

Гляди, пропадало ложкомойное, каждый день глиной умываться будешь... Плеш, и че дальше было?

— Дальше... Дальше приглашает он меня к столу. А там... Напитки разные. Вина в основном.

Красные, белые... И салатики всякие, закусочки, все в маленьких таких тарелочках. Даже не на еду больше похоже, а на какое-то мелкое изобразительное искусство. В музее можно показывать. Я говорю — что это за еда такая? А он отвечает — косяки. Я не понял сначала — какие косяки? Чепушила засмеялся и говорит — не, не такие, как в столыпине. «K-a-i-s-e-k-i». Еда такая японская.

— Про еду не надо, — сказала верхняя полка, — день не жрали.

— Короче, садимся мы за стол, и трансы со своего дивана тихонько играть начинают. Музыка приятная такая, тихая, ненавязчивая. Тинь-тинь-та-ра-ра, тинь-тинь-та-ра-ра... Чепушила этот налил вина два бокала, выпили мы, потом за хавчик взялись, и голова у меня влегкую закружилась. И тогда чепушила говорит — теперь понимаешь, любезный? Я и отвечаю — почти, говорю, но не совсем. А он тогда спрашивает — ты такое вкусное белое вино когда-нибудь пил? Нет, отвечаю. Никогда. А он говорит, это, между прочим, самое обычное «Пино Грижио», ничего особенного. А косяки понравились? Небесная хавка, отвечаю, просто небесная. А он говорит — хавчик-то тоже ординарный. Хорошими поварами сделан, качественные продукты, но ничего сверхъестественного. Любой человек с регулярным заработком может себе время от времени позволить...

— Не говори про еду, гад, — сказала темнота.

— Не гад я, а честный фраер, — огрызнулся Плеш. — Дальше рассказывать или нет?

— Рассказывай. Только про еду не упоминай. Заменяй словом «чифирь».

Плеш вздохнул, собираясь с мыслями.

— Короче, сидим мы с ним, чифирим, чифирим, и он мне свою жизненную философию излагает. Человек, мол, живет для удовольствия и наслаждения. Любой человек, бедный или богатый, живет только и единственно ради него. Потому что люди так устроены, что иначе жить не смогут и не станут. Просто у разных социальных классов эти удовольствия разные. Во всяком случае, внешне. Но та часть человеческого мозга, которая их испытывает, совершенно одинаковая.

— Резонно говорит, — заметила темнота. — Я тоже про такое думал. Чифирь в хате — это как на воле кокаин. Даже лучше, когда долго чалишься.

— Вот. Он то же самое примерно объяснять стал. Лучшее в мире вино, говорит, если его каждый день пить, станет пресным как вода. А если после пары суток в столыпине вот этого обычного «Грижио» выпить, оно нектаром покажется. Чувствуешь, говорит, куда клоню? Пока нет, отвечаю. Он говорит — а ты подумай, что будет, если после суток в столыпине действительно лучшего в мире вина выпить? Я только плечами пожал. И тогда он... Про бухло можно?

Можно, пробурчала темнота.

— Он тогда достает из серебряного ведерка на столе такую бутылку, обычного вида, только этикетка в таких серо-бурых разводах, словно в сугробе зимовала. Вот, не угодно ли. Шато д'Икем,

395

одиннадцатый год. Я говорю, совсем молодое... Он отвечает, нет. Постарше нас с тобой будет. Я тогда — подождите-подождите... Вы хотите сказать, девятьсот одиннадцатый? А он говорит, нет. Восемьсот одиннадцатый. Тысяча восемьсот одиннадцатый год. Винограды Семильон и Савиньон с преобладанием первого. Много сахара в осадке, поэтому сохраняется веками, хотя белые вина обычно портятся быстро. Знаешь, как раньше королей в меду мумифицировали? Вот примерно тот же эффект... Ну-ка попробуй... И наливает мне. Правда, немного совсем, полбокала. Я попробовал...

— И че?

Плеш закрыл глаза и почмокал опаленными чифирем губами, пытаясь воскресить во рту забытый вкус.

— Даже не знаю, как описать. Сладкое. Приятное. Но не в этом дело. Это было... Ну, как будто в этом вкусе Наполеон и Кутузов, Наташа Ростова и Лев Толстой, Крымская война, Парижская коммуна, Первая мировая, Вторая мировая... Потом уже наше время, и я сам. Маленький такой. Словно я в космос поднялся и всю историю оттуда увидел. И не просто туда взлетел, а из сраного столыпина выпрыгнул. Понимаете разницу?

Клетка угрюмо молчала.

— Чепушила этого вина, значит, тоже отхлебнул и стал свою мысль дальше развивать. Удовольствие и наслаждение, говорит, по своей природе не могут быть постоянными. Они всегда связаны с переходом от какой-то потребности к ее удовлетворению. От жажды и голода к их насыщению, от полового одиночества к спариванию и так далее. Было плохо, стало хорошо, потом все прошло. Каждый социальный класс удовлетворяет потребности привычным для себя образом, поэтому общее количество удовольствия в человеческой жизни почти одинаково в разных социальных стратах. Это, можно сказать, божеская справедливость. Или природная, если ты в Бога не веришь. И раб, и Цезарь счастливы одинаково, хотя от разных вещей. Ты, говорит, математику помнишь из школы? Вот представь себе две кривые с одинаковым наклоном. У богатого она проходит в сто раз выше, но наклон тот же. Площадь под графиком может различаться на несколько порядков, но производная будет та же. Личное персональное удовольствие и есть такая производная. Высота графика роли не играет.

— Математику сворачивай уже, — сказала темнота.

— Сейчас, — ответил Плеш, — там два слова осталось. Но природу, говорит он, можно обмануть. Самый простой способ — это из нижней точки графика для самых бедных перейти в высшую точку графика для самых богатых. Тогда производная, или крутизна происходящего, будет уже совсем другая. И удовольствие тоже. Как ты только что мог заметить.

— Правильно, — заметила темнота сверху.

— Мысль эта, говорит чепушила, на нашей планете не новая, и до нее за последние три тысячи лет доходили многие. По-русски это называется «из грязи в князи». Гарун аль-Рашид почему, как ты думаешь, нищим переодевался? Истории про себя слушал? Ага, как же. У него для этого придворные поэты были. Нерон зачем актером подрабатывал? Коммод зачем в Колизее дрался, как сраный раб? Не для славы, браток. Слава у них всех уже была такая, что к ней сколько ни прибавляй, больше не станет. Нет, вот именно и исключительно для этого — понять лишний раз, чего в жизни достиг... Почувствовать по контрасту... И еще, говорит, иногда очень хочется, чтобы вместе с тобой это кто-нибудь другой понял и ощутил. Хотя бы на время... Нерон с Коммодом для этого целые цирки собирали. А у нас, говорит, со свидетелями сложнее. Зритель сегодня у меня один ты... Но мне хватит.

Плеш вздохнул и замолчал, словно рассказ этот его крайне утомил и опечалил. Молчали и зэки. Потом кто-то снизу спросил:

— И что дальше?

— А дальше чепушила этот мне говорит — знаешь, что больше всего изумляет? Что я каждый раз на стене эту лодку рисую, каждый раз предлагаю со мной поплыть — и ни разу никто не захотел. Хотя, может, и лучше, что никто не хочет. Один хрен придется в тюрьму вернуться, потому что зэков сдавать нужно в целости, тут все строго. У ФСИНа условие — никаких накладок. Вечером урок этих назад повезут — сначала вертолетом, потом самолетом. Как устриц. Сдаем строго в срок, всех вместе — пока вагон-двойник на перегоне маринуют. Так что оставить погостить я никого надолго не могу...

Плеш замолчал, и по его грустному лицу стало ясно, что конец его странной истории совсем рядом.

— И чем кончилось?

— Короче, доел... то есть, дочифирили мы с ним, «шато д'Икем» еще немного выпили, поцеловались с вечностью. Много он не наливал. А потом он говорит — пора, значит, идти. Пошли мы назад в трюм, спускаемся в этот зал. Столыпин там все так же качается. Только лампы напротив окон уже горят вполсилы, типа рассвет. И петухи на его халате в этом свете нежно так переливаются... Последнее, что перед глазами...

— Вот это реальный главпетух был, — сказал мрачно кто-то из чертей. — Такие под шконкой точно не водятся. А потом что?

— Чепушила со мной попрощался и к трансам своим пошел. Остался я с начальником конвоя. Тот улыбается, конечно, но ствол в кармане выпирает, как будто у него стояк никак не пройдет. Он, значит, опять эту маску прозрачную мне выдал, сам такую же надел и пошли мы вглубь вагона. Там все как храпели, так и храпят. Он даже дверь в нашу клетку не запер, оказалось — просто прикрыл. Открывает он ее передо мной, руками так виновато разводит — и кивает на мою шконку. Что тут делать. Я залез, он руку протягивает — давай, мол, маску. Я и отдал.

— А потом?

— А потом вагон качнуло, как на стыке бывает, и я проснулся.

— Где?

— В столыпине. Где же еще.

— А чепушила?

— Чепушилы этого не было уже. Сняли ночью.

— Ясно, — сказала верхняя тьма. — Он потому и дурковал так, что знал — ночью на другой маршрут переведут. Хоть маляву на него составили?

— Непонятно было, на кого, — ответил Плеш. — Да и забыли про него быстро. Мало ли петухов на зоне.

— А, блять, — сказал кто-то из чертей. — Только теперь доперло. Так это твой сон был! А то у меня крыша уже поехала.

— А я сразу понял, — произнесла верхняя тьма кавказским голосом. — Я тоже, помню, пошел как-то раз гулять по полю. Там стадо овец. Я подхожу, а эти овцы на самом деле не овцы, а девочки в таких белых пушистых платьях. Все на четвереньках стоят и кого-то ждут. Молодые, нормальные такие дамки. Смотрят на меня и молчат. Я к одной пристроился, дрыг раз, дрыг два — и тоже проснулся. Знаешь где? В изоляторе на первой ходке.

В клетке погас свет. Потом за решеткой нарисовался силуэт конвойного:

— Спать, драконы! Отбой. Ссать строго в бутылки, место должно еще быть. Срать выведем завтра.

— Спасибо за заботу, гражданин начальник! — просипел кто-то из чертей. — Чтоб ты так срал завтра, как я сегодня!

Конвоир поглядел на него тусклым взглядом, что-то взвесил — и, видимо, решил не связываться. Еще через минуту свет погас и в коридоре. Стало совсем темно.

— Ну и че дальше было? — спросила верхняя полка, когда конвоир ушел.

— Да все как обычно, — ответил Плеш. — Через день довезли до зоны. Столыпин этот самым настоящим оказался. Тем самым, в который я садился — у него на боку пятно краски было, я запомнил. Да и клетка та же самая, даже царапины одинаковые на стенах. Вот только лодку эту, которую чепушила на стене рисовал, мусора со стены стерли. Еще когда спали все. Чтоб, типа, никакой надежды... Выгрузили нас, короче, прямо в поле — прыг-скок вместе с вещами, конвой стреляет без предупреждения. Ну и стал срок свой мотать.

— Тебе не предъявили, что с петухом уплыть захотел?

— Базар про петушиную лодку был, — ответил Плеш, — но я с него грамотно съехал. Сказал, что лоха разводил и ловил на слове. Руками его не трогал, вещей его не касался. А про сон я тогда никому не рассказывал. Так что какой с меня спрос?

Тьма наверху зевнула и сказала что-то неразборчиво-неодобрительное.

— А про сон этот, — продолжал Плеш, — я до сегодняшнего дня даже не рассказывал никому. Сильно на меня подействовал...

— Почему подействовал? — спросили снизу.

— Трудно сказать. Словно я понял, как оно в жизни бывает. И захотелось мне тоже... Ну, может, не так высоко, но подняться. Короче, другим человеком я стал, вот что. Отсидел полгода, потом на условно-досрочное подал. Кум отпустил.

— А дальше?

— Дальше пошел к успеху, — усмехнулся Плеш. — И нормально так сперва все было... Пока вот опять не осудили, мусора позорные, за хозяйственное преступление... Только я теперь не сдамся. Освобожусь — опять к успеху пойду. Я свое у жизни полюбому зубами вырву. Я видел, какой он, успех... Хоть и во сне это было, а все равно... Эх...

— Интересная история, — сказала верхняя тьма. — И какой ты из нее главный вывод сделал?

Плеш долго молчал. Дыхание его стало шумным, словно он незаметно для себя засыпал.

— Ты спишь, что ли?

— Не, не сплю пока, — ответил Плеш. — Думаю, как объяснить... Вот есть такая хохма, что рай для комаров — это ад для людей. Если на распонятки перевести, ад для петухов — это рай для правильных пацанов. Вроде пернатые под шконкой, а братва на пальмах. Только это глюк и разводка.

— Почему?

— Потому что братва на самом деле не на пальмах. Она на нарах. Просто она верхние нары пальмами называет. А на пальмах — на реальных пальмах, которые на пляжах растут — петухи. И они как раз в раю. А мы в этом петушином раю работаем адом. Едем в своем тюремном вагоне и думаем, что масть держим. А вагон этот катит по большой синей и круглой планете, где про нас ничего даже и знать особо не хотят. И петух на ней — самый уважаемый человек. Как это в песне пели — с южных гор до северных морей пидарас проходит как хозяин необъятной родины своей...

— Обоснуй.

— А че тут обосновывать, — пробормотал Плеш уже совсем заплетающимся языком. — Тут в культуре понимать надо. Вон в Америке знаете как? Если кто про себя объявил, что он еврей и пидарас, он потом даже правду у себя в твиттере писать может.

— Правду о чем?

— Да о чем угодно. И ничего ему не будет, как дважды представителю угнетенных майноритиз. Ну, почти ничего — если, конечно, частить не будет. А остальных так поправят, что мама не горюй. Вона как петухи высоко летают. А у нас... Ну да, кажется иногда, что пернатые под шконкой. Пока в столыпине едем...

Слова были в идеологическом смысле очень и очень сомнительные — это поняли все.

— Да, — сказала задумчиво верхняя тьма, — ясно теперь, как ты мыслишь. А знаешь, Плеш, ведь с тобой теперь тоже вопрос решать надо.

— Почему?

— В тот раз ты с базара съехал, потому что братве про сон не рассказал. Но сейчас-то ты все выложил. И расклад уже другой выходит. Ты же с петушарой этим за столом сидел. Вино пил, пищу принимал. Кто ты после этого, Плешка?

Словно холодным ветром повеяло в клетке: формально это не было еще объявление петухом или зашкваренным, но уши, привычные к строю и логике тюремных созвучий, узнали черную метку. Плешка, Машка, петушок... Не сама еще метка, конечно — только эхо и тень. Но тени не бывает без того, что ее отбрасывает, и все, кто еще не спал, ощутили это сразу.

— Да брось ты, — сказала верхняя тьма своим кавказским голосом. — Это ж сон. Говорят, сон в руку. А такого, чтоб сон в сраку, я не слышал. Фраеру главпетух приснился. И что? Мало ли что ночью привидится. Зашквар во сне зашквар, только если в том же сне за него и спросят. А потом зашквара нет.

— Ладно, замнем пока, — ответила темнота своим первым голосом. — Но рамс запомним. Ходишь ты, Плешка, по самому краю. Учти...

Плеш повернулся к стене. Все, кто еще не спал, понимали, о чем он сейчас думает. Конечно, существовала надежда, что завтра этот поздний разговор не вспомнят — но уверенности такой теперь уже быть не могло.

Впрочем, что людям чужая беда... мало ли своей? В клетке вовсю храпели несколько ртов, и звук этот был настолько гипнотизирующим и сладким, что и остальных быстро накрыло сном.

∗

Прошло полчаса, и в клетке зажегся свет.

Щелкнул ключ, отворилась дверь, и в купе вошел конвойный. На голове у него почему-то была мягкая белая панама, а на лице — прозрачная маска-респиратор, закрывающая нос и рот.

Он склонился над Плешем и приложил точно такую же маску к его лицу. Плеш замычал, проснулся — и сразу кивнул головой. Конвойный повернулся к Басмачу и проделал ту же процедуру.

— Федор Семенович, Ринат Мусаевич, выходим! — прошептал он.

Как только бывшие Плеш с Басмачом вышли в коридор, конвойный закрыл дверь и повернул ключ в замке. Коридор, где оказались Федор Семенович с Ринатом Мусаевичем, выглядел странно.

Собственно, это был не вполне коридор. Или, еще точнее — вполне коридор только при взгляде из клетки. Напротив двери было забранное белым пластиком окно и крашеная стена в несвежих потеках у пола. Но чем дальше от двери, тем сильнее искажалось пространство — изгибались стены, расходились пол и потолок. А кончалось все неприметным поворотом за угол — совсем недалеко от входа в клетку.

— Зачем так выгнули все? — искаженным маской голосом спросил Ринат Мусаевич.

— Это для формирования перспективы, Ринат, — ответил Федор Семенович. — Из-за решетки кажется, что коридор настоящий до самого конца. Только поэтому и получилось втиснуть. Искажения все равно есть, конечно, но глазу не заметно... Все просчитано до миллиметра.

Они повернули за угол, прошли через открытую конвойным дверь — и по зеленому пластиковому мостику перешли на качающийся перрон. И сразу же стало ясно, что качался не перрон, а сам вагон.

Если, конечно, это можно было назвать вагоном.

Конструкция, подрагивающая на желтых лапах в центре тесного бокса, казалась не особо большой — алюминиевый куб, в который мерно били снизу резиновые колотушки. Но тщательностью и сложностью отделки этот куб походил на спутник. На нем было много разноцветных линий, стрелок — и небольшая голубая эмблема:

TSSS Marine Gmbh

А под ней, словно косой почтовый штемпель, темнело синее и крупное:

FUJI© INC, SKOLKOVO

В алюминии было окно, забранное матовым пластиком. Перед ним вращался похожий на елку кронштейн со множеством шаблонов сложной формы. За кронштейном горела наведенная на окно лампа.

Ринат Мусаевич и Федор Семенович сняли респираторы.

— Удивительно, как они втиснули, — сказал Ринат Мусаевич. — Не увидел бы, не поверил. Сколько отдал?

— Девять миллионов семьсот тысяч.

— Дешево.

— Для меня не очень, — ответил Федор Семенович. — Они, главное, брать долго не хотели, говорили, что только для мегаяхт работают, бюджет с двадцати миллионов. Я сначала думал, это Дамиан прайс задирает. Он теперь зубастый, акул уже не боится. Оказалось нет, действительно немцы. Но у меня не столько в деньги упиралось, сколько в размер. Больше шести метров никак не вписать по габаритам — у меня же лодка совсем маленькая, если с твоей сравнивать. Но потом фирме интересно стало, могут они такой вариант сделать или нет. Чтобы из клетки все натурально выглядело. Получается, они развивают ноу-хау, а я финансирую.

— Да, немцы они такие, — согласился Ринат. — Ты на дальняке лимонов пять сэкономил, кстати. Если не семь.

— Да? А почему?

— Это же самый дорогой агрегат во всем столыпине. Там отдельная проекционная установка, которая полотно под дырой изображает — ты ссышь, а внизу земля несется. Шумогенератор, пневмоотсос.

— А это зачем?

— Говно ловить до того, как на экран шлепнется. И все жидкости тоже. Брызги по любому долетают, поэтому экран каждый месяц менять надо.

— А что, — спросил Федор Семенович, — защитное стекло поставить нельзя?

— Нельзя. От него демаскирующий блик. На дальняк же весь столыпин ходит. Зимой, когда картинка совсем белая, экран вообще раз в неделю меняют. И там еще отдельный климат-центр, чтобы мороз генерировать. Когда снежинки через очко в вагон влетают. Так что сэкономил ты знатно.

Федор Семенович только вздохнул.

— В общем ничего, — подвел итог Ринат Мусаевич. — Убедительно вполне. Пошли наверх.

Поднявшись по лестнице, они вышли на солнечную палубу.

Над гладью моря висели высокие витые облака. Половину горизонта закрывал зеленый тропический берег — он был далеко, но можно было различить парящие над ним точки птиц. Еще дальше синели силуэты гор.

Недалеко от яхты Федора Семеновича сверкал белыми плоскостями другой корабль — огромный и длинный, похожий на ковчег Завета: не того, конечно, о котором рассказывают лохам в церкви, а настоящего, секретного, про который серьезные люди говорят только шепотом, и только с другими серьезными людьми.

— Какая у тебя лодка красивая, Ринат, — выдохнул Федор Семенович. — Понимаю, что глупо, а все равно — как вижу, завидую.

Ринат Мусаевич засмеялся.

— Ничего, — сказал он. — Не все сразу. Ты вот тоже за семь лет неплохо раскрутился. Даже у меня такого прикола нет.

— Это ты про что?

— Про бутылки, куда ссать надо. Сильный ход.

— Вынужденная мера.

— Все равно прикол. Надо будет ввести. Типа дальняк на день закрывать. Но не больше.

— Это да... Ринат, я так рад тебя в гостях видеть... Раз уж мы про бутылки заговорили — у меня тут как раз пузырек Шато д'Икем есть, тысяча восемьсот сорок седьмого года. На аукционе купил. Давай, может, выдоим?

Ринат Мусаевич кивнул.

— Не откажусь. Но не сейчас. Прибереги до завтра или послезавтра. Кстати, ты всегда перед арестантами так выступаешь? Всю технологию им рассказываешь?

Глаза Федора Семеновича заблестели.

— Я, Ринат, не их развлекал, а тебя. Думаю, неужели не заржет ни разу? Нет. Ты железный реально, как Феликс.

Ринат Мусаевич погладил себя по животу.

— А то. Если бы меня, Федя, на смех пробивало, когда не надо, я бы по этому морю не плыл. В России главное, что надо уметь — это сделать морду кирпичом и молчать. Вот Борька с Мишей этого не понимали до конца, потому и попали. А ты-то понимаешь?

Федор Семенович поднял руки, и на его лице проступило виноватое выражение.

— Понимаю, Ринат. Только мы же сейчас не в России. Мы в моем столыпине. Зачем его делать было, если и в нем молчать надо?

— Вот ты самого главного еще не просек, — вздохнул Ринат Мусаевич. — В том-то и дело. Если ты у себя в личном столыпине промолчишь, так и в России у тебя все нормально будет. Потому что Россия, Федя, это столыпин. А столыпин — это

Россия. И то, что у тебя есть тайный выход на палубу, ничего не меняет. Понял?

— Понял, Ринат, понял. Но тогда другой вопрос возникает. Где мы на самом деле-то?

— В каком смысле?

— Ну, мы чего, на яхте плывем и в столыпина иногда заныриваем? Или мы на самом деле в столыпине едем и на палубу иногда вылазим?

— Да ладно, — засмеялся Ринат Мусаевич. — Не грузись. Но я тебе серьезно говорю, я, например, даже в столыпине разговариваю осторожно. Слушаю, что люди гонят, и на ус мотаю. Потому и живу в покое и радости. Так что галочку себе поставь, советую.

— Уже поставил, — сказал Федор Семенович. — Ты точно выпить не хочешь?

Ринат Мусаевич отрицательно покачал головой.

— Мне трансиков новых подвезли. Пойду проверять. Я только трезвый могу, годы уже такие. Хочешь со мной?

— Ой, спасибо, Ринат... Они красивые, да, но кадык мне не нравится. И елдак тоже как-то мешает — ну что это такое, какой-то спринг-ролл все время в ладонь тычется. Я понимаю, конечно, это как фуа-гра или испанская колбаса с плесенью. Надо вкус развить. Но я уж лучше по старинке...

И Федор Семенович кивнул в сторону бассейна, где плескалось несколько длинноногих русалок.

— Меня даже за них супружница знаешь как пилит...

— Ладно, — сказал Ринат, — пойду.

Они молча дошли до лестницы, спустились к корме и подошли к пришвартованному к яхте катеру.

— Так в целом понравилось? — спросил еще раз Федор Семенович.

— Есть что-то, да. Удачно в мелкий габарит вписали. Но у тебя погружения нормального нет, Федя, если честно. За сутки драматургия отношений не успевает сложиться. Если целый вагон с дальняком сделать, трое суток можно ехать. Сначала тебя из клетки в клетку по безопасности переводят. Потом из других клеток малявы на тебя поступать начинают. Совсем другие ощущения...

— Ну да, — кивнул Федор Семенович.

— Ссать в бутылку, конечно, интересно. И сутки не срать — тоже. Но если один раз попробовал, дальше ничего принципиально нового не будет. А самый ништяк, Федя, это когда конвой тебя на дальняк ведет личинку откладывать, а вагон длинный, и из всех клеток на тебя черти смотрят. А потом приводят обратно, а на твоей шконке уже три чертопаса в стиры режутся... Вот это, брат, реально штырит. А бутылки... Что бутылки...

Федор Семенович сокрушенно вздохнул.

— И дешево у тебя только на первый взгляд, — безжалостно продолжал Ринат Мусаевич. — Потому что на самом деле куда дорож.

— Почему?

— Ты за каждые сутки перевозку в два конца оплачиваешь. И ФСИН, и самолет, и вертолет, и спецмедицину. А я один раз за трое суток. У меня целый вагон скопирован, а у тебя всего одно купе, так что контингента я больше вожу. Но самолет-то все равно целиком фрахтовать и тебе и мне. Цена одна. А сами урки по деньгам в общем раскладе говно, сколько их — вообще не важно. Бюджетные варианты, они в действительности самые дорогие. Если по большому сроку смотреть.

— Это да, — кивнул Федор Семенович.

Ринат Мусаевич сделал еще один шаг к трапу, остановился и потрепал Федора Семеновича за плечо.

— Ничего, не расстраивайся. Вот выйдешь через год на ай-пи-о, купишь лодку подлиннее и сделаешь себе нормальный столыпин. Не завидуй, Федь. Я ведь тоже в этом мире не самый крутой. Вон у Ромы знаешь как на «Эклипсе»? Вагон на вторые сутки тормозит, окно в коридоре открывают — типа проветрить, а там вечерний перрон, станционный фонарь качается, бухие мужики дерутся и бабки грибы продают в банках. В вагоне в это время капустой начинает вонять, и слышно, как на станции Киркоров из репродуктора поет. Все, блять, стопроцентно реалистичное. Настолько, что мы один раз в клетке даже на водку собрали, забашляли старшине, и он нам бутылку паленой через окно купил... Печень потом двое суток болела. Видишь, как бывает? Ты вот мне завидуешь, а я Роме. Нормально, Федя. Это жизнь...

— А-а-а, — наморщился Федор Семенович, словно до него наконец что-то дошло, — так это... А я-то...

Ринат Мусаевич, уже поставивший ногу на трап, опять остановился.

— Чего?

— Разговор был в моем столыпине. С неделю назад. Только теперь вот доперло.

— Какой разговор?

— Да ехал на соседней полке один мужик — такой типа честный фраер. Всю дорогу мне мозги штукатурил своей конспирологией. Мол, Путин Абрамовича уже раз пять арестовывал и отправлял по этапу — а до конца задавить не может. Абрамовича к самой зоне уже подвозят, и тут жиды с масонами приезжают в Кремль, подступают к Путину с компроматом и говорят: «Отпусти немедленно нашего Абрамовича, а то все счета твои тайные раскроем». И Путин прямо с этапа отпускает. Злится, чуть не плачет — а поделать ничего не может. Так до зоны ни разу и не довезли.

— Крепко.

— И, главное, арестант, который мне это втирал — по типу канонический русский мужик духовного плана. Глаза синие как небо. Чистый Платон Каратаев — такие раньше разных тургеньевых на парижские запои вдохновляли. Мол, придет день, и сокровенная правда через такого мужика на самом верху прогремит...

— Ну вот, считай, и прогремела, — усмехнулся Ринат Мусаевич. — Расскажу теперь всем за коньячком.

— Боже, как грустна наша Россия, — вздохнул Федор Семенович.

— Грустна, — согласился Ринат Мусаевич. — Но сдаваться не надо. Мы ведь не просто так со спецконтингентом катаемся, Федя. Мы с людьми по душам говорим на понятном им языке, воспитываем... Ныряем в народ на всю глубину его. И сегодняшний твой рассказ тоже как-то отзовется. Упадет в копилку. Люди, глядишь, немного человечнее станут, глаза приоткроют. Капля камень точит.

Федор Семенович открыл было рот, но Ринат Мусаевич остановил его жестом.

— Юра вон у себя на «Катаклизме» баню в столыпине устроил, — продолжал он. — Жестяные стены, слив воняет, на стене банка с опилками и содой. Иногда током ебошит, но не сильно. Значит, в каком-то реальном поезде такую же точно баньку сделали. Люди теперь в дороге помыться смогут — если, конечно, конвой разрешит. Вот это и есть социальное партнерство. Понемногу, понемногу богатство и просвещение просачиваются вниз. Для того ведь в девяностых все и затевали.

Федор Семенович кивнул.

— И то верно, — сказал он. — Но как же чертовски медленно. Как много еще надо сделать. И как коротка жизнь...

ОГЛАВЛЕНИЕ

Часть первая. САТУРН ПОЧТИ НЕ ВИДЕН

ИАКИНФ 9

ИСКУССТВО ЛЕГКИХ КАСАНИЙ 129

Часть вторая. БОЙ ПОСЛЕ ПОБЕДЫ

СТОЛЫПИН 363

Литературно-художественное издание

ЕДИНСТВЕННЫЙ И НЕПОВТОРИМЫЙ. ВИКТОР ПЕЛЕВИН

Пелевин Виктор Олегович

ИСКУССТВО ЛЕГКИХ КАСАНИЙ

Ответственный редактор *Ю. Селиванова*
Младший редактор *И. Кузнецова*
Художественный редактор *А. Сауков*
Компьютерная верстка *О. Шувалова*
Корректор *Н. Сикачева*

ООО «Издательство «Эксмо»
123308, Москва, ул. Зорге, д. 1. Тел.: 8 (495) 411-68-86.
Home page: www.eksmo.ru E-mail: info@eksmo.ru
Өндіруші: «ЭКСМО» АҚБ Баспасы, 123308, Мәскеу, Ресей, Зорге көшесі, 1 үй.
Тел.: 8 (495) 411-68-86.
Home page: www.eksmo.ru E-mail: info@eksmo.ru
Тауар белгісі: «Эксмо»
Интернет-магазин : www.book24.ru
Интернет-магазин : www.book24.kz
Интернет-дүкен : www.book24.kz
Импортёр в Республику Казахстан ТОО «РДЦ-Алматы».
Қазақстан Республикасындағы импорттаушы «РДЦ-Алматы» ЖШС.
Дистрибьютор и представитель по приему претензий на продукцию,
в Республике Казахстан: ТОО «РДЦ-Алматы»
Қазақстан Республикасында дистрибьютор және өнім бойынша арыз-талаптарды
қабылдаушының өкілі «РДЦ-Алматы» ЖШС,
Алматы қ., Домбровский көш., 3«а», литер Б, офис 1.
Тел.: 8 (727) 251-59-90/91/92; E-mail: RDC-Almaty@eksmo.kz
Өнімнің жарамдылық мерзімі шектелмеген.
Сертификация туралы ақпарат сайтта: www.eksmo.ru/certification
Сведения о подтверждении соответствия издания согласно законодательству РФ
о техническом регулировании можно получить на сайте Издательства «Эксмо»
www.eksmo.ru/certification
Өндірген мемлекет: Ресей. Сертификация қарастырылмаған

Подписано в печать 25.07.2019. Формат 84x108¹/₃₂.
Гарнитура «Ньютон». Печать офсетная. Усл. печ. л. 21,84.
Тираж 80 000 экз. Заказ 7392.

Отпечатано с готовых файлов заказчика
в АО «Первая Образцовая типография»,
филиал «УЛЬЯНОВСКИЙ ДОМ ПЕЧАТИ»
432980, Россия, г. Ульяновск, ул. Гончарова, 14

ISBN 978-5-04-106222-4

9 785041 062224

18+

И НАМ, РОГАТЫМ, ОТКАТЫВАЙ !